KEY·可以文化

诺贝尔文学奖得主
莫言演讲全编

NO ONE IS NOT
A CHANGELING

莫　言
演讲集
·2·

我们都是被偷换的孩子　莫言

2019年6月,在牛津大学摄政公园学院荣誉院士授予仪式上演讲

2002年冬,与大江健三郎先生在高密东北乡

2004年冬
在北海道石川啄木雕像前

2007年10月
与埃及作家黑托尼

2010年12月,在日本北九州

2018年阿尔及利亚国家杰出奖证书

2012年诺贝尔文学奖证书

美国文学对中国文学以及我个人的影响 ——莫言

据中国著名学者钱钟书考证，美国文学在中国的译介与传播，始于晚清。美国诗人朗费罗（　）的《人生颂》（　）是确实可考最早译成汉语的英语诗歌。时间大约在1864年（同治词），距今146年。这样的翻译和译读，基本上是两国高级知定官之间的风雅趣事，与普通的读者没有关系。尽管传播范围狭窄，但毕竟是开启了先河。

20世纪初（1901年，光绪二十七年），不懂英语的林纾与魏易合译了斯托夫人（　）的《黑奴吁天录》（今译汤姆叔叔，前十届）。这当然是中国文学翻译史上的一件大事，也是影响了中国历史进程的一件大事。林纾的翻译，抱有明确的政治目的。他用66天的时间，含着热泪，完成了该书的翻译。因他不懂英语，这样的翻译，几乎就是会话加创作。他在讨论这本书译本的序文中说："其中累述黑奴惨状，非巧拾饮悲，亦就厌厉兴春秦者，觉黄种之将亡，因而寓忧其悲怀耳。"此书一出，反响巨大。1904年，一位名叫灵石的读者写道："黄人之祸，不久将终将来，而美国之禁止华工，各国之虐待华人，已现波及零落，无异黑人，且较诸黑人之尤剧。"他呼吁读者："以哭黑人之泪哭我黄人，以黑人已往之迫哭我黄人之现在。"鲁迅读完《黑奴吁天录》后在致蒋抑卮的信中说："漫思故国，来日方长，载悲黑奴前车如是，弥觉感喟。"

由此可见，中国的知识分子对美国文学的翻译和阅读，因看中其中的是作品中包含的政治意义，而对于文学技巧，

目录

第一辑

3　漫谈斯特林堡
　　——在北京大学斯特林堡研讨会上的发言

8　一个人的"圣经"
　　——在阿摩司·奥兹作品讨论会上的发言

13　大江健三郎先生给我们的启示
　　——在大江文学研讨会上的发言

23　我是唯一一个报信人
　　——在大江健三郎学术研讨会上的发言

26　保存和发展独特多样的亚洲文化
　　——第十七届福冈亚洲文化奖得奖感言

28　两个与食物有关的童话
　　　　——在福冈市饭仓小学的演讲

33　我的文学历程
　　　　——在第十七届亚洲文化大奖福冈市民论坛的演讲

41　土行孙和安泰给我的启示
　　　　——在韩中文学论坛上的演讲

46　离散与文学
　　　　——在韩国全州亚非文学庆典上的演讲

51　让我受益匪浅的韩国小说
　　　　——在首届"韩日中东亚文学论坛"上的演讲

60　读书就是读自己
　　　　——在"21世纪年度最佳外国小说·微山湖奖"
　　　　颁奖典礼上的演讲

64　影响的焦虑
　　　　——在中美文学论坛的演讲

第二辑

73　写出触摸人类灵魂的作品
　　　　——在首届"大家·红河文学奖"授奖仪式上的感言

76　高贵而孤独的灵魂
　　　　——在第二届冯牧文学奖颁奖大会上的演讲

78　我与新历史主义文学思潮
　　　　——在台北图书馆的演讲

85　用耳朵阅读
　　　　——在悉尼大学的演讲

91 小说的气味
　　——在巴黎法国国家图书馆的演讲

97 作为老百姓的写作
　　——在苏州大学"小说家讲坛"的演讲

107 作家与他的创造
　　——在山东大学文学院的演讲

116 个性化的写作和作品的个性化
　　——在第二届华语文学传媒大奖颁奖仪式上的发言

119 中国小说传统：从我的三部长篇小说谈起
　　——在鲁迅博物馆的演讲

129 关于小说的写作
　　——在上海大学的演讲

151 检察题材电视剧创作刍议
　　——在检察题材电视剧讨论会上的发言

158 试论当代文学创作中的九大关系
　　——在第七届深圳读书论坛上的演讲

第三辑

199 华文出版人的新角色与挑战
　　——在台北出版节上的发言

204 城乡经验和写作者的位置
　　——在台北出版节"作家之夜"的发言

209 书香人更香
　　——在香港书展的发言

211 幸亏名落孙山外
　　——蒲松龄短篇小说奖获奖感言

213	我的文学经验
	——在山东理工大学的演讲
244	翻译家功德无量
	——在北京大学世界文学研究所成立大会上的发言
250	文学与世界
	——在"中国文学海外传播"国际学术研讨会上的演讲
256	文学与我们的时代
	——在香港中文大学的演讲
272	写作时应该忘记翻译家
	——在第二次汉学家文学翻译国际研讨会闭幕式上的致辞
275	在北京师范大学国际写作中心成立仪式上的发言
278	翻译家要做"信徒"
	——在第三次汉学家文学翻译国际研讨会上的发言
282	喧嚣与真实
	——在第三届南方国际文学周上的演讲

第一辑

漫谈斯特林堡
——在北京大学斯特林堡研讨会上的发言

时间：2005年10月19日

能参加这样一次重要的会议并且得到在会议上发言的机会，我感到非常荣幸。

为了准备这篇发言稿，我特意在互联网上搜索了一下，有关斯特林堡的信息竟然有四万多条。信息之多，使许多当红作家都望尘莫及。可见，斯特林堡这团"瑞典最炽烈的火焰"，已经在中国熊熊燃烧起来了。

我在网上和报纸上多次看到，瑞典王国驻中国大使雍博瑞先生说："斯特林堡是瑞典的鲁迅。"这个比喻，非常具有说服力，这让那些即便对斯特林堡的作品不甚了解的人，也会清楚地知道斯特林堡在瑞典的文学地位和他在世界文学大格局中的地位。

今天恰好是鲁迅逝世纪念日，我们在这里召开会议，从某种意义上说，就不仅仅是对斯特林堡的纪念，也是对鲁迅的纪念。

我不是鲁迅研究专家，也不是斯特林堡研究专家，但我在多年之前,就感觉到这两个作家有一种遥相呼应的关系。鲁迅和斯特林堡,不仅仅是在中国和瑞典的文学地位相当,而且,他们二人的精神是相通的。

据鲁迅日记记载,他在1927年10月里,购买了斯特林堡的《一出梦的戏剧》《到大马士革去》《疯人自辩状》《岛的农民》《黑旗》等书。我们不能断定鲁迅的创作是否受过斯特林堡的影响,但鲁迅对斯特林堡的作品非常熟悉,这是可以肯定的。

鲁迅和斯特林堡的作品,都表现出一种不向黑暗势力妥协的顽强的战斗精神。他们都是孤独的战斗者,都是能够深刻地洞察人类灵魂的思想者。他们都有一颗骚动不安的灵魂,都是能够发出振聋发聩声音的呐喊者。他们都是旧的艺术形式的挑战者和新的艺术形式的创造者。他们都是对本民族的语言做出了贡献的大师。他们都是真正的现代派、先锋派,都是超越了他们的时代的预言家。他们作品中提出的许多问题,依然是我们现在面临着的问题。他们当年所做的工作,今天依然没有完成,他们的作品,依然具有强烈的现实意义。

雍博瑞大使向中国读者介绍斯特林堡时说"斯特林堡是瑞典的鲁迅",我想,中国驻瑞典的大使向瑞典读者介绍鲁迅时,也可以说:"鲁迅是中国的斯特林堡。"

我在上个世纪八十年代,读过斯特林堡的长篇小说《红房间》,当时的感觉是他的小说比较枯燥,结构上有些类似中国的古典小说《儒林外史》,并没有什么了不起的。但过了不久,当我读了他的剧本《父亲》和《朱丽小姐》之后,才感到了他的深刻和伟大。回头重读《红房间》,也就读出了一种与传统小说大不一样的、不以故事情节吸引读者而以思辨的精辟紧紧抓住读者的精神力量。

最近,我通读了由我们优秀的翻译家李之义先生翻译、人民文学出版社出版的五卷本《斯特林堡文集》，被这团"炽烈的火焰"烧灼得很痛很痛；当然，他灼痛的不是我的肉体，而是我的灵魂。

1849年出生的斯特林堡，活到今天已经是156岁。按二十岁为一代人计算，他应该是我祖父的祖父，是真正的老祖宗，但我在读他的时候，却丝毫没有面对祖先的感觉。我感觉到，他就是一个与我同辈的人。他的痛苦、他的愤怒，都让我联想到自己的痛苦和愤怒，也就是说，他的作品，激起了我的强烈共鸣。

我感觉到他是一个团团旋转、隆隆作响的矛盾的综合体。他不仅仅是一团炽烈的火焰，他还是一条浊浪滚滚的大河。他的灵魂中，有许多对立的东西在摩擦、碰撞、瓦解、组合，犹如滚滚而下的河流中裹挟着泥沙、卵石、杂草、鱼虾、动物的尸体，犹如一个动物园的铁笼里同时关押着狮子、老虎、恶狼和绵羊。而且那些激流时刻都想冲决大河的堤坝，而且那些动物时刻都想冲破铁笼的羁绊，而写作，成了排泄这巨大能量的唯一渠道。所以，他的作品，是真正的从灵魂深处发出的呐喊。

我感觉他是一个不但敢于拷问别人的灵魂，同时更敢于拷问自己灵魂的作家。他发出的火焰灼伤了许多人，但灼伤的最严重的还是他自己。我无端地感到斯特林堡是一个身穿黑衣、皮肤漆黑、犹如煤炭、犹如钢铁的人，就像鲁迅的小说《铸剑》里的人物"宴之敖者"。宴之敖者说："我的灵魂上有这么多的、人我所加的伤，我已经憎恶了我自己。"这宴之敖者，正是鲁迅当时心境的写照。我觉得斯特林堡的晚年心境，与鲁迅的晚年心境十分相似：他也是饱受中伤和打击，他也是用"一个都不宽恕"的态度与他的敌人战斗，他也是在憎恨敌人的时候也憎恨自己。在某种程度上，他对自己的憎恶，胜过了鲁迅对自己的憎恶。斯特林堡经常发出"刽子手比受刑者还要痛苦"的论调，他那些自命为"活体解剖"的作品，与其说是在解剖别人，不如说是在解剖自己。在没有比较全面地阅读斯特林堡之前,我的那部描写刽子手和酷刑的小说《檀香刑》受到了很多人的批评,他们说我缺少"悲悯精神",说我"展示残酷",我不能接受这样的批判,因为我感到我很有悲悯精神,因为我感到掩盖残酷才是真正的残酷,但我找不到有力的武器反驳这些批评。现在,我从斯特林堡这里找到了武器——刽子手比受刑者更痛苦,刽子手为了减缓痛苦而不得不为自己寻找精神解脱的方法。斯特林堡在他的晚年,经常梦到自己被放在乌普萨拉大学医学院的解剖台上被人解剖,这正是他勇于自我批判的一个象征吧。

我觉得他是一个从自我出发、以个人经验为创作源泉的作家。由于他的天性中有许多病态的东西,由于他个人的生活极其曲折复杂,所以他的创作资源就极其丰富,他的个人经验里就天然地包含着巨大的艺术能量。由于他的个人生活与社会生活纠缠在一起,由于他个人的矛盾和痛苦恰好与时代的矛盾和痛苦吻合,所以,他的那些即便是带有浓厚的自传色彩的作品,也就突破了个人经验的狭小圈子而获得了普遍的社会意义。他发自灵魂深处的呐喊,也就成为了人民的呐喊和为人民的呐喊。

我觉得斯特林堡是一个习惯于白日做梦的作家。他大概经常把梦境和现实混淆起来,经常把作品中的人物和他自己混淆起来,正如他自己所说:"我仿佛是在睡梦中走路,想象似乎和生活合而为一。"因此,他把自传写成了小说,而把小说和戏剧写成了自传。他的有些作品是模仿了自己的生活,而他的生活,有时候也会模仿自己的作品。确实有许多人给他制造了痛苦,但我觉得,他自己给自己制造的痛苦,比所有的人给他制造的痛苦都要深重。这样的人,如果不当作家,那确实会很麻烦。

许多没有读过斯特林堡作品的人，也知道他是一个憎恨女性的人。我读完他的文集后，深深地感觉到这是一个错误的结论。我觉得他是一个极其热爱、极其崇拜、极其依赖女性的人。我看了他写给女人的情书——我的天呐——他果然是瑞典词汇量最大的作家，天下的甜言蜜语似乎都被他说尽了。他的那些信洋溢着灼热的真实感情，绝不是为了让女人上钩的花言巧语。我想无论多么高贵、冷漠的女人，碰上斯特林堡这样的追求者，大概最终也会举手投降。他也确实用最恶毒的语言辱骂过他曾经用最美好的语言歌颂过的女人，但我认为这不能成为他憎恨女性的证据，就像我们不能根据一个人对食物的咒骂做出这是一个憎恨食物的人的结论一样。一个美食家，也必定是一个对食物最挑剔的人。我觉得他是一个极端的理想主义者，他希望女性完美无缺，但平凡庸俗的婚姻生活中的女人，总不如恋爱中的女人可爱。恋爱中的斯特林堡爱情激荡，婚姻中的斯特林堡丧心病狂。我想，如果斯特林堡不结婚，只恋爱，那么，他的小说和戏剧中的女人，就会是另外的模样。那样，他就不会背上憎恶女性的恶名，而很可能会成为热爱女性的榜样。

我还觉得，斯特林堡最伟大的一部作品，就是他的全部生活。他的爱情、他的婚姻、他的奋斗、他的抗争、他的荣耀、他的耻辱、他的写作、他的研究、他的短暂富贵、他的颠沛流离、他的拥趸万千、他的众叛亲离……这一切，构成了一部交响乐般的伟大作品。这既是"一出梦的戏剧"，也是一部"鬼魂奏鸣曲"，更是一个丰富得无与伦比的灵魂的历史。

中国的著名诗人臧克家先生在纪念鲁迅时曾经写道："有的人死了，但他永远活着；有的人活着，但他早就死了。"这样的颂诗，斯特林堡也当之无愧。斯特林堡和鲁迅虽然都死了，但是永远活着的人，他们永远活在自己的作品里，使一代代的读者，感到他们是自己的同代人。

一个人的"圣经"

——在阿摩司·奥兹作品讨论会上的发言

时间：2007 年 9 月
地点：北京

阿摩司·奥兹先生在《爱与黑暗的故事》中文版前言里说："假如你一定要我用一个词来形容我书中所有的故事，我会说：家庭。要是你允许我用两个词来形容，我会说：不幸的家庭。"十年前，奥兹先生的五本著作的中文版同时推出时，他也曾经说过："我的小说主要探讨神秘莫测的家庭生活。"是的，奥兹先生在他浩瀚的著作中，的确始终保持着对家庭生活的探索热情，的确以他深刻而敏锐的洞察力于人们司空见惯的日常生活中发现了家庭生活中触目惊心或者激动人心的奥秘。读完奥兹先生的作品，尤其是读完这部《爱与黑暗的故事》后，我感到奥兹先生太谦虚了。在这部长达五百多页的巨著中，奥兹先生不仅写了他的富有传奇色彩的家庭的日常生活和百年历史，而且始终把这个家庭——犹太民族社会的细胞——置于犹太民族和以色列国家的历史与现实之中，产生了"窥一斑而知全豹"的惊人效果。这种以小见大的写法,显示了奥兹先生作为小说家的卓越才华,也为世界文学的同行们提供了可资借鉴的光辉样本。奥兹先生不仅仅是个杰出的作家,也是一个优秀的社会问题专家;尽管他并没有刻意地表现自己小说之外的才华,但这部书还是让我们看到了他在民族问题上、语言科学上、国际政治方面的学养和眼光。

《爱与黑暗的故事》带有浓厚的自传色彩,但我在阅读时,还是把它当作一部纯粹的小说。巴勒斯坦问题大概是世界上最复杂的问题,以色列与阿拉伯诸国的关系大概是世界上最复杂的关系,犹太民族与欧洲各民族和阿拉伯民族的矛盾也大概是世界上最棘手的矛盾;要用文学的方式来展示、描绘这些问题、关系和矛盾,的确是个巨大的难题。这里的确是人类灵魂的演示场,这里也的确是人的光荣和人的耻辱表现得最充分的地方,这里毫无疑问是文学的富矿,这里应该产生伟大的文学,但写作的难度之大也是罕见的。阿摩司·奥兹先生担当了这个民族、这个国家的文学代言人,用他一系列作品,尤其是这部《爱与黑暗的故事》,完成了历史赋予文学的使命。正如他在这本书中勇敢地表白的那样:"你身在哪里,哪里就是世界的中心。"当然,这个世界中心是文学意义上的。全世界的文学目光,都追随着奥兹先生的笔,聚焦在小说所描写的这个犹太家庭上。周围一团漆黑,奥兹先生的笔写到哪里,哪里就闪闪发光。

作为一个身为小说作者的读者,我习惯于首先从技术层面上来解读这部作品。奥兹先生是塑造人物的高手,他娓娓道来,不动声色,用他细腻、准确的语言和无数生动的细节,将一个个性格鲜明、栩栩如生、闻其声如见其人的人物,引领到我们面前。幽默、活泼、对女人充满真正爱心的爷爷,每日进行卫生大扫除、开朗、热情的奶奶,慷慨大度的外祖父,絮絮叨叨的外祖母,学富五车的伯祖父,善良温存的伯祖母，聪明、软弱、怀才不遇的父亲，美丽冷傲、多愁善感、心如大海一样神秘莫测的母亲，像钢铁一样坚硬、武断专横的本·古里安将军……奥兹先生在这部书里写了数十个有名有姓的人物，有的人物仅仅出场一次，但奥兹先生也能以画龙点睛般的描写，赋予他生命，让他散发出生命的气息。

奥兹先生善于营造场面，他的人物总是处在运动中。他把人物的行动、人物的语言、人物的丰富感受、许多极富象征意义的细节，与一个又一个独特的场面交织在一起，构成一幅连绵不绝的生活和历史画卷。我们跟随着他的笔，跟随着他小说中的人物，穿越耶路撒冷的大街小巷，进入约瑟夫·克劳斯纳的书房；我们跟随着面孔通红的格里塔阿姨进入迷宫般的服装店，进入黑暗的储藏室；我们嗅到了樟脑球的气味，看到了那个脖子上挂着裁缝皮尺，和善的眼睛下有两个大眼袋的阿拉伯父亲。我们跟随着他们进入阿拉伯的富人区，见到了浓密的眉毛连成一线的阿拉伯少女阿爱莎和她的弟弟；我们跟随着主人公爬上树梢，体验着他的被友爱和虚荣充溢着的少年心境，以及误伤小男孩之后那种悔恨交加的心情。我们跟随着他们进入那个惊心动魄的联合国表决之夜，众多的犹太人仿佛变成了石头，黑暗的街道，灿烂的星空，颤抖的空气，危机四伏而又充满希望，然后是灾难性的喊叫。我们仿佛看到了主人公的父亲，这个能讲多种语言、温文尔雅、彬彬有礼的男人站在那里吼叫，没有词语的吼叫，"好像那时还没有发明文字"。我们看到了主人公的母亲，这个冷漠矜持的妇女，第一次与她的形同路人的丈夫相拥相抱，民族、国家的命运和个人家庭的命运如此动人地交融在一起；而在犹太人居住区外，无数的阿拉伯人，正在沉默中，准备迎接被驱逐出家园的悲惨命运，并准备着流血、战斗、牺牲。——这个场面，是阿摩司·奥兹为世界文学做出的贡献，它必将成为经典，它已经成为经典。——我们跟随着主人公进入被骄阳曝晒着的基布兹，进入基布兹的鸡场与会所，嗅到集体食堂的饭菜香气，看到拖拉机颠簸奔跑时激起的烟尘，看到那位父亲面对着皮肤黑红、故作粗野状的儿子的尴尬神情。我们跟随主人公，战战兢兢地进入本·古里安将军简陋的办公室，感受到了这位铁腕人物既令人恐惧又令人亲近的独特魅力。我们跟随主人公和他的母亲去图书馆寻找父亲，领略了这对夫妻之间病态的感情和这个家庭里压抑的氛围，以及在冷漠、敌视中依然存在的爱与温暖。母亲之死是全书的核心，也是最后的高潮。作者以"基因和染色体"的忠实，再现了母亲那两次漫长的雨中漫步，如同一个超长的电影镜头，追随着这个因为过于美丽、过于聪明、过于敏感、过于痴情而与那片战火频仍、被鲜血浸泡过的土地格格不入的女人的一生。她从远处走来，从眼前走出，往远处走去，只留给我们一个难以言说的背影。

读奥兹先生的这部小说，可以感受到他对耶路撒冷这个光荣的、同时也是多灾多难的城市了如指掌。他熟悉这城市的每一条大街和小巷，熟悉这城市的每一座建筑物和每一棵树，当然，他更熟悉在这个城市里生活着和生活过的人。这部书兼备普鲁斯特《追忆似水年华》的微妙和乔伊斯《尤利西斯》的精确，就像根据《追忆似水年华》可以感受十九世纪法国贵族的生活，根据《尤利西斯》可以复制都柏林这个城市一样。读过《爱与黑暗的故事》，我们这些没有到过以色列的人，就仿佛是一个耶路撒冷的居民，并与小说主人公的家族是多年的朋友。

除了奥兹先生精湛的小说技艺，我更加欣赏奥兹先生在他的著作中表现出来的博大胸怀。他宽容、理智，充满爱心；他是站在全人类的高度来俯瞰这片土地和在这片土地上搏斗着、挣扎着、艰难生存的人们。他说:"在个体和民族的生存中,最为恶劣的冲突经常发生在那些受迫害者之间。受迫害者与受压迫者会联合起来,团结一致,结成铜墙铁壁,反抗无情的压迫者,不过是种多愁善感、满怀期待的神思。在现实生活中,遭到同一父亲虐待的两个儿子并不能真正组成同道会,让共同的命运把他们密切地联系在一起,他们不是把对方视为同病相怜的伙伴,而是把对方视为压迫他的化身——或许,这就是近百年来的阿以冲突。"

奥兹先生是犹太人,但他的目光超越了犹太民族;奥兹先生是以色列国民,但他的胸怀包容了全人类。犹太人几千年来流离失所,希特勒屠杀他们,斯大林也屠杀他们;同样,阿拉伯人也是苦难深重。犹太人建立以色列国,希望有一块安身立命的土地,这是正当的正义要求;但阿拉伯人捍卫自己的家园也是庄严的行为。于是冤冤相报,兵连祸结,血流成河,经久不止。两个苦难深重的民族,犹如僵持在一座独木桥上的两头山羊。

奥兹先生发出的声音是清醒的、智慧的声音。他的《爱与黑暗的故事》充满忏悔精神,充满包容性。这本书中没有真正意义上的坏人,但好人带给好人的痛苦也许更加难以忍受。正如作者自述:"它并非一部黑白分明的小说,而是将悲剧与喜剧,欢乐与渴望,爱与黑暗结合在了一起。"而这些,正是伟大作品的内在本质。

我认为《爱与黑暗的故事》具有《圣经》般的宽容与诚实,这是奥兹先生一个人的"圣经",但我希望它能成为所有善良的人们的"圣经"。因为,从这本书中,我们可以读到自己的灵魂的秘密。

大江健三郎先生给我们的启示
——在大江文学研讨会上的发言

时间：2006 年 9 月 11 日

进入二十一世纪之后不到六年的时间里，大江健三郎先生连续推出了《被偷换的孩子》《愁容童子》《二百年的孩子》《别了，我的书！》这样四部热切地关注世界焦点问题、深刻地思考人类命运、无情地对自己的灵魂进行拷问并且在艺术上锐意创新的皇皇巨著。对于一个年过七旬的老人来说，这简直是个不可思议的奇迹。功成名就的大江先生，完全可以沐浴在巨大的荣光里安享晚年，但他却以让年轻人都感到吃惊的热情而勤奋工作，这样的精神，让我们这些同行敬仰、钦佩，也让我们感到惭愧。

这些天来，我一直在想，到底是一种什么力量，支撑着大江先生不懈地创作？我想，那就是一个知识分子难以泯灭的良知和"我是唯一一个逃出来向你们报信的人"的责任和勇气。大江先生经历过从试图逃避苦难到勇于承担苦难的心路历程，这历程像但丁的《神曲》一样崎岖而壮丽，他在承担苦难的过程中发现了苦难的意义，使自己由一般的悲天悯人,升华为一种为人类寻求光明和救赎的宗教情怀。他继承了鲁迅的"肩住黑暗的闸门放他们到宽阔光明的地方去"的牺牲精神和"救救孩子"的大慈大悲。这样的灵魂是注定不得安宁的。创作,唯有创作,才可能使他获得解脱。

大江先生不是那种能够躲进小楼自得其乐的书生,他有一颗像鲁迅那样疾恶如仇的灵魂。他的创作,可以看成是那个不断地把巨石推到山上去的西绪福斯的努力,可以看成是那个不合时宜的浪漫骑士堂吉诃德的努力,可以看成是那个"知其不可为而为之"的孔夫子的努力;他所寻求的是"绝望中的希望",是那线"透进铁屋的光明"。这样一种悲壮的努力和对自己处境的清醒认识,更强化为一种不得不说的责任。这让我联想到流传在中国东北地区的猎人海力布的故事。海力布能听懂鸟兽之语,但如果他把听来的内容泄露出去,自己就会变成石头。有一天,海力布听到森林中的鸟兽在纷纷议论山洪即将暴发、村庄即将被冲毁的事。海力布匆匆下山,劝说乡亲们搬迁。他的话被人认为是疯话。情况越来越危急,海力布无奈,只好把自己能听懂鸟兽之语的秘密透露给乡亲,一边说着,他的身体就变成了石头。乡亲们看着海力布变成的石头,才相信了他的话。大家呼唤着海力布的名字搬迁了,不久,山洪暴发,村子被夷为平地。——一个有着海力布般的无私精神,一个用自己的睿智洞察了人类面临着的巨大困境的人,是不能不创作的。这个"唯一的报信人",是不能闭住嘴的。

大江先生出身贫寒,勤奋好学,博览群书,写作之初,即立志要"创造出和已有的日本小说一般文体不同的东西"。几十年来,他对小说文体、结构,做了大量的探索和试验,取得了举世瞩目的成就。进入二十一世纪后,他又说:"写作新小说时我只考虑两个问题,一是如何面对所处的时代；二是如何创作唯有自己才能写出来的文体和结构。"由此可见，大江先生对小说艺术的探索，已经达到入迷的境界，这种对艺术的痴迷，也使得他的笔不能停顿。

最近一个时期，我比较集中地阅读了大江先生的作品，回顾了大江先生走过的文学道路，深深感到，大江先生的作品中，饱含着他对人类的爱和对未来的忧虑与企盼，这样一个清醒的声音，我们应该给予格外的注意。他的作品和他走过的创作道路，值得我们认真学习和研究。我将他的创作给予我们的启示大概地概括为如下五点：

一、边缘——中心对立图式

正像大江先生 2000 年 9 月在清华大学演讲中所说："我的作品，无论是小说还是随笔，都反映了一个在日本的边缘地区、森林深处出生、长大的孩子所经验的边缘地区的社会状况和文化……在作家生涯的基础上，我想重新给自己的文学进行理论定位。我从阅读拉伯雷出发，最后归结为米哈伊尔·巴赫金的方法论研究。以三岛由纪夫为代表的观点，把东京视为日本的中心，把天皇视为文化的中心；针对这种观点，巴赫金的荒诞写实主义意象体系理论，是我把自己的文学定位到边缘，发现作为背景文化里的民俗传说和神话的支柱。巴赫金的理论是植根于法国文学、俄国文学基础上的欧洲文化的产物，但却帮我重新发现了中国、韩国和冲绳等亚洲文化的特质。"

对于大江先生的"边缘——中心"对立图式，有多种多样的理解。我个人的理解是，这实际上还是故乡对一个作家的制约，也是一个作家对故乡的发现。这是一个从不自觉到自觉的过程。大江先生在他的早期创作如《饲育》等作品中，已经不自觉地调动了他的故乡资源，小说中已经明确地表现出了素朴、原始的乡野文化和外来文化与城市文化的对峙，也表现了乡野文化自身所具有的双重性。也可以说，他是在创作的实践中，慢慢地发现了自己的作品中天然地包含着的"边缘——中心"对立图式。在上个世纪几十年的创作实践中，大江先生一方面用这个理论支持着自己的创作，另一方面，他又用自己的作品，不断地证明着和丰富着这个理论。他借助于巴赫金的理论作为方法论，发现了自己的那个在峡谷中被森林包围着的小村庄的普遍性价值。这种价值是建立在民间文化和民间的道德价值基础上的，是与官方文化、城市文化相对抗的。

但大江先生并不是一味地迷信故乡，他既是故乡的民间文化的和传统价值的发现者和捍卫者，也是故乡的愚昧思想和保守停滞消极因素的毫不留情的批评者。进入二十一世纪后的创作，更强化了这种批判，淡化了他作为一个故乡人的感情色彩。这种客观冷静的态度，使他的作品中出现了边缘与中心共存、互补的景象，他对故乡爱恨交加的态度，他借助西方理论对故乡文化的批判扬弃，最终实现了他对故乡的精神超越，也是对他的"边缘——中心"对立图式的明显拓展。这个拓展的新的图式就是"村庄——国家——小宇宙"。这是大江先生理论上的重大贡献。他的理论，对世界文学，尤其是对第三世界的文学，具有深刻的意义。他强调边缘和中心的对立，最终却把边缘变成了一个新的中心；他立足于故乡的森林，却营造了一片文学的森林。这片文学的森林，是国家的缩影，也是一个小宇宙。这里也是一个文学的舞台，虽然演员不多，观众寥寥，但上演着的却是关于世界的、关于人类的、具有普遍意义的戏剧。

大江先生对故乡的发现和超越，对我们这些后起之辈，具有榜样的意义。或者可以说，我们在某种程度上，不约而同地走上了与大江先生相同的道路。我们可能找不到自己的森林,找不到"自己的树",但我们有可能找到自己的高粱地和玉米田;找不到植物的森林,但有可能找到水泥的森林;找不到"自己的树",但有可能找到自己的图腾、女人或者星辰。也就是说,重要的问题不在于我们是否来自荒原僻野,而是我们应该从自己的"血地",找到异质文化,发现异质文化和普遍文化的对立和共存,并进一步地从这种对立和共存状态中,发现和创造具有特殊性和普遍性共寓一体特征的新的文化。

二、继承传统与突破传统

大江先生早年学习法国文学,对萨特的存在主义理论深有研究。在他的创作的初始阶段,他立志要借助存在主义的他山之石,摧毁让他感到已经腐朽衰落的日本文学传统。但随着他个人生活中发生的重大变化和他对拉伯雷、巴赫金的大众戏谑文化和荒诞现实主义文学理论的深入研究,他重新发现了以《源氏物语》为代表的日本文学传统的宝贵价值。读大学时期,他对日本曾经非常盛行的"私小说"传统进行过凌厉的批评,但随着他创作的日益深化,他及时地修正了自己的态度。他"泼出了脏水,留下了孩子"。许多人直到现在还认为大江先生是一个彻底背叛了日本文学传统的现代派作家,这是对大江先生的作品缺乏深入研读得出的武断结论。我们认为,大江先生的创作,其实是深深地植根于日本文学传统之中的,是从日本的传统文学土壤中生长起来的文学森林。这森林里尽管可能发现某些外来树木的枝叶,但根本却是日本的。

大江先生的大部分小说,都具有日本"私小说"的元素,当然这些元素是与西方的文学元素密切地交织在一起的。大江先生的小说,无论是具有里程碑意义的《个人的体验》，还是为他带来巨大声誉的《万延元年的足球队》，还是近年来的"孩子系列"，其中的人物设置和叙事腔调，都可以看出"私小说"的传统。但这些小说，都用一种蓬勃的力量，涨破了"私小说"的甲壳。他把个人的家庭生活和自己的隐秘情感，放置在久远的森林历史和民间文化传统的广阔背景与国际国内的复杂现实中进行展示和演绎，从而把个人的、家庭的痛苦，升华为对人类前途和命运的关注。

正像大江先生自己所说的那样："其实，我是想通过颠覆'私小说'的叙述方式，探索带有普遍性的小说……我还认为，通过对布莱克、叶芝，特别是但丁的实质性引用，我把由于和残疾儿童共生而带给我和我的家庭的神秘感和灵的体验普遍化了。"

其实，所谓的"私小说"，不仅仅是日本文学中才有的独特现象，即便是当今的中国文学中，也存在着大量的类似风格的作品。如何摆脱一味地玩味个人痛苦的态度，如何跳出一味地展示个人隐秘生活的圈套，如何使个人的痛苦和大众的痛苦乃至人类的苦难建立联系，如何把对自己的关注升华为对苍生的关注从而使自己的小说具有普世的意义，大江先生的创作，为我们提供了可资借鉴的典范。其实，从某种意义上来说，所有的小说都是"私小说"，关键在于，这个"私"，应该触动所有人、起码是一部分人内心深处的"私"。

三、关注社会与介入政治

十九年前，我在写作《天堂蒜薹之歌》时，伪造过一段名人语录："小说家总是想远离政治，但小说却自己逼近了政治。小说家总是想关心'人的命运'，却忘了关心自己的命运。这就是他们的悲剧所在。"政治和文学的关系,其实不仅仅是中国文学界纠缠不清的问题,也是世界文学范围内的一个问题。我们承认风花雪月式的文学独特的审美价值,但我们更要承认,古今中外,那些积极干预社会、勇敢地介入政治的作品,以其强烈的批判精神和人性关怀,更能成为一个时代的鲜明的文学坐标,更能引起千百万人的强烈共鸣并发挥巨大的教化作用。文学的社会性和批判性是文学原本具有的品质,但如何以文学的方式干预社会、介入政治,却是摆在我们面前的重大课题。

在这方面,大江先生以自己的作品为我们做出了有益的启示。大江先生的鲜明政治态度和斗士般的批判精神是有目共睹的,他对社会和政治问题的敏感和关注也是有目共睹的,但他并没有让自己的小说落入浅薄的政治小说的俗套,他没有让自己的小说里充斥着那种令人憎恶的教师爷腔调,他把他的政治态度和批判精神诉诸人物形象。他不是说教,而是思辨;他的近期小说中,存在着巨大的思辨力量,人物经常处于激烈的思想交锋中,是真正的具有陀思妥耶夫斯基风格的复调小说。正如他自己所说:"我把写作这些小说期间日本和世界的现实性课题,作为具体落到一个以残疾儿童为中心的日本知识分子家庭生活的投影来理解和把握。"他把他的小说舞台设置在了他的峡谷森林中,将当下的社会现实与过去的历史事件进行比较和对照,他让来自世界各地的人物和小说主人公家庭成员同台演出;于是,正如我在前面所说,从文学的意义上,这里变成了世界的中心,如果世界上允许存在一个中心的话。

四、广采博取与融会贯通

继承民族传统和接受外来影响,是久远的文化现实,也是文学包括所有艺术发展过程中的不可或缺的两个方面。大江先生学习西洋文学出身,他对西洋文学的了解和研究深度是我们望尘莫及的。但他并没有食洋不化,他在《被偷换的孩子》中对兰波的引用,在《愁容童子》中对堂吉诃德的化用,在《别了,我的书!》中对艾略特的引用,都使他的书具有了学者小说的品格。反过来,也正是这样的具有学者品格的小说,才能包容住这么多异质的思想和艺术形式,并成为一个有机的整体。大江先生在他的小说、随笔、演讲和通信中所涉及的外国作家、诗人、哲学家有数百个之多,并且都是那么贴切和自然,这是建立在他渊博的知识背景和广阔的文化胸怀上的。也正是有了如此的学养和胸怀,大江先生才能站在世界的高度上,倡导我们亚洲的作家们,创造"世界文学之一环的亚洲文学"。

五、关注孩子与关注未来

去年,我曾经为我的读比较文学的女儿设计了一个论文题目:《论世界文学中的孩子现象》。我对她说,从上个世纪六十年代至今,世界文学中,出现了许多以孩子为主人公,或者以儿童视角写成的小说。这种小说,已经不是《麦田里的守望者》那样的成长小说,而是具有广阔的社会背景和复杂的文化背景,塑造了独特的儿童形象。譬如德国作家君特·格拉斯的《铁皮鼓》中的奥斯卡,尼日利亚作家本·奥克利《饥饿的路》中那个阿比库孩子阿扎罗,英籍印度裔作家萨尔曼·拉什迪《午夜之子》中的萨利姆·西奈,中国作家韩少功《爸爸爸》中的丙崽,阿来《尘埃落定》中的那个白痴,以及我的小说《四十一炮》中那个被封为'肉神'的孩子罗小通和《透明的红萝卜》中的那个始终一言不发的黑孩儿。我特别地对她提到了大江先生最近的"孩子系列"小说:《被偷换的孩子》中的戈布林婴儿、《愁容童子》中的能够自由往来于过去现在时空的神童龟井铭助。我问她:为什么这么多不同国家不同文化背景的作家,会不约而同地在小说中描写孩子?为什么这些孩子都具有超常的、通灵的能力?为什么这么多作家喜欢使用儿童视角,让儿童担当滔滔不绝的故事叙述者?为什么越是上了年纪的作家越喜欢用儿童视角写作?小说中的叙事儿童与作家是什么关系?我女儿没有听完就逃跑了。她后来对我说,导师说这是一个博士论文的题目,她的硕士论文用不着研究这么麻烦的问题。

我知道自己才疏学浅,很难理解大江先生"孩子系列"作品中孩子形象的真意,但幸好大江先生自己曾经做过简单阐释,为我们的理解提供了钥匙。

大江先生在《被偷换的孩子》中,引用了欧洲民间故事中的"戈布林的婴儿"。戈布林是地下的妖精,它们经常趁人们不注意时,用满脸皱纹的妖精孩子或者是冰块做成的孩子,偷换人间的美丽婴儿。大江先生认为他自己、儿子大江光和内兄伊丹十三都是被妖精偷换了的孩子。这是一个具有广博丰富的象征意义的艺术构思,具有巨大的张力。其实,岂止是大江先生、大江光和伊丹十三是被偷换过的孩子,我们这些人,哪一个没被偷换过呢?我们哪一个人还保持着一颗未被污染过的赤子之心呢?那么,谁是将我们偷换了的戈布林呢?我们可以将当今的社会、将形形色色的邪恶势力,看成是戈布林的象征,但社会不又是由许多被偷换过的孩子构成的吗?那些将我们偷偷地置换了的人,自己不也早就被人偷偷地置换过了吗?那么又是谁将他们偷偷地置换了的呢?如此一想,我们势必跟随着大江先生进行自我批判,我们每个人,既是被偷换过的孩子,同时也是偷换别人的戈布林。

大江先生在他的小说和随笔中多次提到过他童年时期与母亲的一次对话,当他担心自己因病夭折时,他的母亲说:"放心,你就是死了,妈妈还会把你再生一次……我会把你出生以来看过的、听过的、读过的还有你做过的事情,一股脑儿地讲给他听,而且新的你也会讲你现在说的话,所以两个小孩是完全一样的。"我想,这是大江先生为我们设想的一种把自己置换回来的方法。大江先生还为我们提供了第二种把自己置换回来的方法,那就是像故事中的那个看守妹妹时把妹妹丢失了的小姑娘爱妲一样,用号角吹奏动听的音乐,一直不停地吹奏下去,把那些戈布林吹晕在地,显示出那个真正的婴儿。

我们希望大江先生像他的母亲那样不停地讲述下去,我们也希望大江先生像故事中那个小姑娘爱妲一样不停地吹奏下去。您的讲述和吹奏,不但能使千千万万被偷换了的孩子置换回来,也会使您自己变成那个赤子!

我是唯一一个报信人
——在大江健三郎学术研讨会上的发言

时间：2009 年 10 月
地点：台北

认识大江先生，已经整整十年了。这十年间，我们七次相逢，结下了深深的友谊。大江先生毫无疑问是我的老师，无论是从做人方面还是从艺术方面，他都值得我终生学习，但他却总是表现得那样谦虚。刚开始我还以为这谦虚是他的修养，但接触久了，也就明白，大江先生的谦虚，是发自内心的。事实上许多人都不如他，但他总觉得自己不如人。他毫无疑问是大师，但他总是把自己看得很低。他紧张、拘谨、执着、认真，总是怕给别人添麻烦，总是处处为他人着想。因此，每跟他接触一次，心中就增添几分对他的敬意，同时也会提醒自己保持清醒的头脑。曾经私下里跟朋友们议论：像大江先生这样，是不是会活得很累啊？我们认为，大江先生的确活得很累，但我们的世界上，正是因为有了像大江先生这样"活得很累"的人，像责任、勇气、善良、正义等许多人类社会的宝贵品质，才得以传承并被发扬光大。

2002年2月,我与大江先生在我的故乡高密,做过长时间的座谈。当时我说:"在您的《小说的方法》一书中,您讲到麦尔威尔在他的《白鲸》里,引用了《圣经·约伯记》里的那句话,'唯有我一人逃脱,来报信给你'。您说这是您的小说创作的最基本的准则,这饱含深意。我认为这也是我的创作原则。我们搞文学也好,做电影也好,完全可以用这样自信的口吻来叙述,这才是作家写作应该持有的态度。想怎么说就怎么说,我是唯一的报信者,我说是黑的就是黑的,我说是白的就是白的。真正有远大理想的导演或小说家,应该有这种开天辟地的勇气,有这种'唯一一个报信人'的勇气。说不说是我的问题,读不读是你的问题。拍不拍是你的问题,看不看是他的问题。但我要按我的想法来说,哪怕只剩下一个读者,只剩下一个观众。"

事过七年,回头重读当年的对话,回顾大江先生近年来的一系列作品和许多果敢的行动,我感到有必要修正和补充我当年的话:正因为我是"唯一一个报信人",所以,我的声音、我的话,对于保存事物的真相,就具有了非常重要的意义。这就要求这个"唯一的报信人",既要有坚持真理的勇气,又要有忠诚的品格。即便他的话遭到很多人反对,但他还是要敢于坚持真理、敢于说出真相。

也是在那次对谈中,大江先生说:"文学的效用之一,就在于赋予孩子们和人们一种方法,比如说教给孩子们和人们如何克服恐惧,以及如何让人们更有勇气……我觉得饱含对人的信任这一点是我们文学的首要任务,而表现出确信人类社会是在从漆黑一片向着些许光明前进是文学的使命……我就像冒险一样,把非常可怕、黑暗的世界当作大河流淌一般描写着。但是文学的支点是:文学不论描写多么黑暗的地方,最重要的是要看最后来临的喜悦是什么。我觉得所谓文学,应该是以显示对人的希望、对人类社会的信赖为终结的……"

这七年来,大江先生身体力行着自己的话,他写出了好几本不仅仅是献给孩子,也是献给成人世界的书。在这些书里,他没有回避这个世界的黑暗和面临着的巨大危险,他一如既往地向人们提醒着历史上曾经发生过的惨剧,告诫着人们要防止历史重演过去的悲剧。同时,他也将他对这个世界的希望,寄托在那些未被魔鬼置换过的纯真儿童身上。他的声音是我们这个世界上令人头脑清醒的声音,他的作品也是能让我们的心智变得冷静和健全的"醒世恒言"。

2006年9月,我与朋友通信时,曾以"老爷子"戏称大江先生。大江先生的年龄的确比我们大一些,但他的精神比我们年轻。从他的书里,我们可以读到他那颗灿烂的童心。尽管四周黑暗重重,但我们看到了那灿烂童心照耀处的光明。

保存和发展独特多样的亚洲文化
——第十七届福冈亚洲文化奖得奖感言

时间：2006 年 9 月

地点：日本福冈市

获得本届亚洲文化奖大奖，我感到十分荣幸！

1990 年，亚洲文化奖设立之初，因为巴金、黑泽明等著名人士的获奖，这个奖就引起了亚洲国家文化艺术界人士的关注。后来，随着更多的为保存和发展亚洲地区独特的多样性文化做出了创造性贡献的大师级人物的获奖，福冈的亚洲文化奖，已经在亚洲地区确立了崇高的地位，而创办了这个具有重大意义奖项的福冈市，也如一颗灿烂的明珠，放射出迷人的光芒。

我从来没有把这个奖项和我个人联系在一起，因为，与历届获奖名单中那些大师相比，我只是一个以诚实的态度埋头写作的普通作家。我所取得的成绩，可以说是微不足道。因此，当我得知获奖消息时，感到荣幸的同时，也感到惭愧。

独特、多样的亚洲文化，是世界文化的重要构成部分，是全人类的共同财富。继承、保存、发展、创造亚洲文化,是亚洲的文化艺术工作者神圣的职责。我愿把这次获奖,当作一次鞭策,在今后的岁月里,以更大的勇气和更多的真诚,做出自己的贡献。

最后,我要向设立了亚洲文化奖的福冈市政府、向支持了这个奖项的福冈市人民、向来自亚洲五十多个国家的近四千名推荐评委和评委会委员们,表示崇高的敬意和衷心的感谢!我怀着谦恭的心情接受你们给予我的这项荣誉。

两个与食物有关的童话

——在福冈市饭仓小学的演讲

时间：2006年9月15日
地点：日本福冈市

一个半月前，福冈市亚洲文化奖评审委员会在北京举行新闻发布会时，福冈市总务和企划局长鹿野至先生问我：让您这样一位有名的作家，去给一些十一二岁的孩子演讲，您会不会感到委屈呢？——我对他说，1999年我第一次去日本时，曾经为爱知县知立市德风幼儿园的一群只有四五岁的孩子演讲，现在，能为十一二岁的孩子们演讲，说明这些年来，我的演讲水平有了很大的提高！

七年前那次演讲，我为德风幼儿园的孩子们讲了两个故事。现在，我想把这两个故事讲给你们听。

第一个故事是我奶奶讲给我听的。她说，在很早的时候，每到冬天，天上飘下来的是洁白的面粉，而不是雪花。那时候的人们根本不需要种地，就有吃不完的面粉。有一次，上帝派一个使者到人间去视察。天使为了考验人心，便化装成一个叫花子的模样，身上穿着破衣,手里拿着拐棍,老态龙钟,肮脏不堪。天使来到一户人家,这户人家正在烙饼,烙饼的是一个凶老婆子。在她的旁边坐着一个小孩子。天使哀求那个老婆子说:"好心的人啊,我已经好几天没有吃饭了,饿得头昏眼花,您把白面饼赏一张给我吃吧!"老婆子怒冲冲地说:"滚!你这臭叫花子,快从我面前消失。否则我就要放狗咬你。"这时,拴在树下的狗对着天使咆哮。老太婆拿起一张面饼,扔到狗面前,说:"老狗,吃吧。"天使继续哀求:"好人啊,你既然可以把面饼给狗吃,为什么就不能给我一张呢?"老太婆说:"臭叫花子,你给我闭嘴,狗能帮我看家护院。你能帮我干什么?"这时,锅灶旁边那个孩子把尿布尿湿了,大哭起来。老婆子把尿布从孩子屁股下掏出来,把一张新烙出的饼当作尿布塞到孩子屁股下面。老婆子把那块尿布——其实也是一张饼——扔给天使,说:"臭叫花子,你如果想吃,就把这张饼吃了吧。"天使叹了口气,走了。

天使回到天上,把在人间看到的情况向上帝做了汇报,上帝非常生气。从此,天上再也不下面粉,而是下寒冷的雪花了。人们要吃上白面饼,就要付出艰苦的劳动。

第二个故事来自台湾布农族的传说。

说从前,有一个住在地下的民族,他们的长相和我们人类相似,唯一不同的是他们都长着一条长长的尾巴。这群生活在地下的人,并不需要用嘴巴来吃东西,当他们饿时,只需要把食物闻一闻就算吃饱了。所以,当他们煮食物时,大大小小的人都围在锅子边嗅味。他们嗅过的食物就不要了。居住在这群人地上的布农族人,总是会算好时间,赶到地下,把那些尚有余温的食物拿走。

布农族人和这群长尾巴的人有一个约定,就是当布农族人快要走到地下人居住的地方时,要连续地发出 tu-pu-zu 的声音,听到这个声音，地下的人就会把自己的尾巴藏起来，他们不愿意让外族的人看到自己的尾巴。因此，布农族与地下人交往多年，从他们那里得到过无数的食物，但由于一直恪守规定，始终没有发现地下人长着尾巴的秘密。

后来，有一个好奇的人，去地下人那里拿食物时，故意没有发出 tu-pu-zu 的提示声。结果，那些地下人仓皇中四处逃窜，有的尾巴折断了。从此，地下人用石头堵住了自己的洞口，断绝了与布农族的交往。布农族再也得不到这些精美的食物了。

我之所以讲这样两个故事，是因为这两个故事都包含着深刻的道理。我想，第一个故事，是提醒我们，人要具有同情怜悯之心，要心存善良；人要注意节约，即使是轻松得来的东西，也不能随意浪费。我祖母当年给我讲述这个故事后，她更多的是批评那个恶老太婆浪费食物，在我祖母他们这些老人心目中，随便浪费食物，是要受到上天惩罚的。第二个故事告诉我们，人应该信守诺言，不能背约。这样的故事有很多，我相信在日本肯定也有类似的民间故事。

我想，不论社会发生什么样的变化，人类的同情心和怜悯心，人类忠于友谊、信守诺言、不背叛朋友，都是宝贵的品质。如果人类丧失了这些品质，这个世界将会变得非常可怕。

这两个故事，都与食物有关。民间故事里与食物有关的故事占着相当大的比例，这就说明我们的祖先获取食物的艰难。我在二十岁之前，一直处在半饥半饱的状态，这也培养了我对食物的特殊兴趣。一个饥饿的人，最关注的当然是食物。我的小说中有那么多关于食物和饥饿的描写，有那么多对挥霍浪费、腐败奢侈的讽刺和批评，就因为我是从饥饿的道路上一步步走过来的。我深知食物的宝贵和获取食物的艰难。

我五六岁时,是上个世纪六十年代初期,那正是中国最艰难的时期。这个时期,我们村里的孩子与你们在图片上看到的非洲儿童差不多:骨瘦如柴,腹部膨大。我们像小狗一样在村子里、田野里转来转去,寻觅可以吃的东西。草根、树皮、小甲虫,都是我们的食物。有一次,村里的小学校拉来一车煤炭,有一个孩子率先把一块煤塞到口里,响亮地咀嚼着。我们于是蜂拥而上,抓起煤块吃起来。吃煤的感觉我至今还记忆犹新。——这些事讲给你们听,你们可能认为我是在编小说,但这确是真实发生过的事情。

我像你们这般年纪的时候,中国发生一场所谓的"文化大革命",我因为说了真话而被赶出了校门(那个时候,是不能说真话的。大家都在说假话)。我一个人到草地上去放牛,整天与牛在一起,没有人与我说话。我就与天上的鸟儿说话,与牛说话。这个时期,养成了我胡思乱想的习惯,也培养了我与大自然之间密切的关系。牛当然不能说话,但我能够很好地猜到牛的意图。幸亏这样的生活没有延续太久,否则我很可能要变成一头牛了。

童年时期的生活,在我走上小说创作的道路之后,都变成了宝贵的资源。我的小说里写了很多植物,也写了很多动物,充满了童话色彩。但我小说里写得最多的还是牛,这肯定与我放过牛有关。

曾有记者采访我:莫言先生,如果时光可以倒流,每个人可以自由选择自己的生活,您是继续选择一个饥饿、孤独的少年时期,为长大之后成为作家做准备呢?还是选择一个幸福的童年?我毫不犹豫地回答:我当然会选择幸福的童年。至于当不当作家,并不重要。而且,也未必只有童年不幸的人才能当作家。中国现在有许多八十年代之后出生的孩子,他们都是独生子女,从小衣食无忧,饱受溺爱,但这批孩子里也出现了许多年轻作家。当然,他们写作的小说,与我这样出身的人写出的小说，是大不一样的。每一代人有每一代人的生活，每一代人有每一代人的幸福和痛苦，因此，每一代人都有自己的文学。但好的文学，必须具备共同的本质，那就是要充满怜悯同情之心，对人的命运予以关注。

我今天的演讲，类似于上个世纪六七十年代在中国颇为流行的一种"忆苦思甜"报告，就是要用过去的痛苦来反衬今天的幸福，从而让大家珍惜今天的生活。但我知道这样的报告效果不会太好，因为我知道，现在的孩子尽管衣食无忧，但他们依然有痛苦。但我想，让你们知道几十年前，曾经有许多孩子，在你们无法想象的艰苦环境中生活着，也许会给你们一种认识自己生活的参照，从而获得一种对为我们创造了今天生活的先辈们的敬意，获得一种对为我们提供了食物和居住环境的大自然的敬意，认识到劳动的光荣，认识到节约是人类宝贵品质，那我将感到无比的欣慰！

我的文学历程
——在第十七届亚洲文化大奖福冈市民论坛的演讲

时间：2006年9月17日
地点：日本福冈市

能站在这个庄严的讲坛上演讲，我感到非常荣幸，请允许我向福冈市亚洲文化奖评审委员会和支持了这个奖项的福冈市人民表示真挚的感谢和崇高的敬意！

我1955年出生于中国山东省高密县一个偏僻落后的乡村。今年已经51岁了。按照农村人的观念，50岁就应该算个老人啦，但我总感觉到自己还没有长大，总感觉到人生的道路还很漫长，文学的道路才刚刚开始。这非常滑稽，但小说家能够保持一颗童心，也许是件好事吧。

我曾经在美国的一次演讲中说过：饥饿和孤独是我创作的源泉。在这里，我要重复这个观点。尽管来此之前，我太太曾经劝说我：到日本后，就不要提小时候吃不饱的事了，免得让人家笑话。但我犹豫再三，最终还是决定要谈谈这个问题，因为，这问题也许是解读我的作品的一把钥匙。

我五岁的时候，1960年，正是中国历史上一个苦难的岁月。生活留给我最初的记忆是母亲坐在一棵白花盛开的梨树下，用一根洗衣用的紫红色的棒槌，在一块白色的石头上捶打野菜的情景。绿色的汁液流到地上，溅到母亲的胸前，空气中弥漫着野菜汁液苦涩的气味。那棒槌敲打野菜发出的声音，沉闷而潮湿，让我的心感到一阵阵地紧缩。——这是一个有声音、有颜色、有气味的画面，是我人生记忆的起点，也是我文学道路的起点。我用耳朵、鼻子、眼睛、身体来把握生活，来感受事物。储存在我脑海里的记忆，都是这样的有声音、有颜色、有气味、有形状的立体记忆，活生生的综合性形象。这种感受生活和记忆事物的方式，在某种程度上决定了我小说的面貌和特质。——这个记忆的画面中更让我难以忘却的是，愁容满面的母亲，在辛苦地劳作时，嘴里竟然哼唱着一支小曲！当时，在我们这个人口众多的大家庭中，劳作最辛苦的是母亲，饥饿最严重的也是母亲。她一边捶打野菜一边哭泣才符合常理，但她不是哭泣而是歌唱，这一细节，直到今天，我也不能很好地理解它所包含的意义。——我母亲没读过书，不认识文字，她一生中遭受的苦难，真是难以尽述。战争、饥饿、疾病，在那样的苦难中，是什么样的力量支撑她活下来？是什么样的力量使她在饥肠辘辘、疾病缠身时还能歌唱？我在母亲生前，一直想跟她谈谈这个问题，但每次我都感到没有资格向母亲提问。——有一段时间里，村子里连续自杀了几个女人，我莫名其妙地感到了一种巨大的恐惧。那时候我们家正是最艰难的时刻，父亲被人诬陷，家里存粮无多，母亲旧病复发，无钱医治。我总是担心母亲走上自寻短见的绝路。每当我下工归来时，一进门就要大声喊叫，只有听到母亲的回答时，心中才感到一块石头落了地。有一次下了工回来已是傍晚,母亲没有回答我的呼喊,我急忙跑到牛栏、磨坊、厕所里去寻找,都没有母亲的踪影。我感到最可怕的事情发生了,不由得大声哭起来。这时,母亲从外边走了进来。母亲对我的哭泣非常不满,她认为一个人,尤其是男人不应该随便哭泣。她追问我为什么哭。我含糊其词,不敢对她说出我的担忧。母亲理解了我的意思,她对我说:孩子,放心吧,阎王爷不叫,我是不会去的!

母亲的话虽然腔调不高,但使我陡然获得了一种安全感和对于未来的希望。多少年后,当我回忆起母亲这句话时,心中更是充满了感动,这是一个母亲对她的忧心忡忡的儿子做出的庄严承诺。活下去,无论多么艰难也要活下去!现在,尽管母亲已经被阎王爷叫去了,但母亲这句话里所包含着的面对苦难挣扎着活下去的勇气,将永远伴随着我、激励着我。

——在写作这篇演讲稿的间隙里,我打开电视机,正好看到以色列重炮轰击贝鲁特的画面。滚滚的硝烟尚未散去,一个面容憔悴、身上沾满泥土的老太太便从屋子里搬出一个小箱子,箱子里盛着几根碧绿的黄瓜和几根碧绿的芹菜。她站在路边叫卖蔬菜。当记者把摄像机对准她时,她高高地举起拳头,嗓音嘶哑但异常坚定地说:

我们世世代代生活在这块土地上,即使吃这里的沙土,我们也能活下去!

老太太的话让我感到惊心动魄,女人、母亲、土地、生命,这些伟大的概念在我脑海中翻腾着,使我感到了一种不可消灭的精神力量。这种即使吃着沙土也要活下去的信念,正是人类历尽劫难而生生不息的根本保证。这种对生命的珍惜和尊重,也正是文学的灵魂。

在上个世纪六十年代初期那些饥饿的岁月里,我看到了许多因为饥饿而丧失了人格尊严的情景,譬如为了得到一块豆饼,一群孩子围着村里的粮食保管员学狗叫。保管员说,谁学得最像,豆饼就赏赐给谁。我也是那些学狗叫的孩子中的一个。大家都学得很像,保管员便把那块豆饼远远地掷了出去,孩子们蜂拥而上抢夺那块豆饼。这情景被我父亲看到眼里。回家后,父亲严厉地批评了我。爷爷也严厉地批评了我。爷爷对我说:嘴巴就是一个过道,无论是山珍海味,还是草根树皮,吃到肚子里都是一样的。何必为了一块豆饼而学狗叫呢?人应该有骨气!他们的话,当时并不能说服我,因为我知道山珍海味和草根树皮吃到肚子里并不一样!但我也感到了他们的话里有一种尊严,这是人的尊严,也是人的风度。人,不能像狗一样活着。

我的母亲教育我,人要忍受苦难,不屈不挠地活下去;我的父亲和爷爷又教育我,人要有尊严地活着。他们的教育,尽管我当时并不能很好地理解,但也使我获得了一种面临重大事件时做出判断的价值标准。

饥饿的岁月使我体验和洞察了人性的复杂和单纯,使我认识到了人性的最低标准,使我看透了人的本质的某些方面。许多年后,当我拿起笔来写作的时候,这些体验,就成了我的宝贵资源;我的小说里之所以有那么多严酷的现实描写和对人性的黑暗毫不留情的剖析,是与过去的生活经验密不可分的。当然,在揭示社会黑暗和剖析人性残忍时,我也没有忘记人性中高贵的有尊严的一面,因为我的父母、祖父母和许多像他们一样的人,为我树立了光辉的榜样。这普通人身上的宝贵品质,是一个民族能够在苦难中不堕落的根本保障。

我读书到小学五年级,因为说了一些不该说的话,而被赶出了校门。那时候我只有十一岁,参加不了沉重的劳动,只能到荒原上去放牧牛羊。当我赶着牛羊从学校门前路过,看到与我同年龄的孩子们在校园里嬉笑打闹时,心中充满难以名状的痛苦。我非常希望读书,但我已经被剥夺了读书的权利。到了荒地里,我把牛放开,让它们自己吃草。蓝天如海,草地一望无际,周围看不着一个人影。没有人的声音,只有鸟在天上叫的声音。我感到很孤独,很寂寞,心里空空荡荡的。有时候我躺在草地上,望着天上懒洋洋地飘动着的白云,脑海里便浮现出许多莫名其妙的幻象。我们那地方流传着很多狐狸变成美女的故事,我幻想着能有一个狐狸变成的美女与我来做伴放牛。但她始终没有出现。有时候我会蹲在牛的身旁,看到湛蓝的牛眼和映在牛眼里我的倒影。有时候牛会把我拱到一边,因为我妨碍了它吃草。有时候我会模仿着鸟儿的叫声试图与天上的鸟儿对话,有时候我试图与还在吃草的牛谈心,但鸟儿不理我,牛也不理我。我只好继续幻想。——许多年后,我成为一个小说家,当年的许多幻想,都被我写到了小说里。许多人夸奖我想象力丰富,甚至有人夸张地说我是中国最有想象力的作家,也有许多文学爱好者,希望我告诉他们如何培养想象力的秘诀,对此我只能报以苦笑。

我已经简单地讲述了饥饿和孤独与我的创作的关系,下面,我想讲一下我为什么要写作的问题。我曾经说过,我最初的写作动机,既不高尚也不严肃;我也曾说过,我之所以要写作,是因为我想过上一天三顿吃饺子的幸福生活。——对不起,又与饥饿和食物有关。我也曾经说过,之所以写作,是想挣点稿费,买一双皮鞋,买一块手表,回村去吸引姑娘们的目光。——对不起,依然很庸俗,很功利。但随着时光的推移,我已经有条件实现每天三顿吃饺子的梦想,我已经不愿穿皮鞋不愿戴手表,但我的写作一直在继续,这不得不使我认真地审视:到底什么是我真正的写作目的?我回顾了几十年来的写作经历,观照了我目前的写作和心理状况,得出了这样的结论:我真正的写作动机，是因为我心里有话要说，是想用小说的方式，表达我内心深处对社会对人生的真实想法。这也是获得首届亚洲文化大奖的中国作家巴金先生晚年所大力倡导的"说真话，把心交给读者"的意思。另外，我认为，对小说这门艺术的迷恋和探险般的实验与创新，是支持着我不断写作的力量源泉。

我从小就不乏说真话的勇气，甚至可以说，说真话是我的天性。但我的勇气和我的天性在我少年时期遭到了挫折和压抑。那是一个一句话说不好就可能带来灾难的时代，我的母亲对我喜欢说话的天性忧心忡忡，她一再告诫我要少说话。这也是我后来更名为"莫言"的原因。我更换了名字，但我并没有改掉天性，只要我一拿起笔，话语就如决堤的江河滔滔而出。我想，少年时期我少说了的话，都在后来的写作中，变本加厉地得到了补偿。

从我少年时期，我就感到社会上，包括每一个家庭中，都有两套话语体系。这种现象持续了几十年，直到现在也没有完全消除。人们在公开场合说的是冠冕堂皇的假话，明明衣不蔽体、食不果腹却要歌颂美好幸福生活，明明对某些人满怀感激却要当众骂他们猪狗不如，明明对某些人恨之入骨却要对他们感恩戴德。只有到了家里，面对着自己的亲人，人们才开始说一些与事物的真实面貌相符的真话。在相当长的一段时期内，甚至到了现在，说假话、空话、大话，一直受到褒奖和鼓励；而说真话则会受到压制、打击和残酷的迫害。这就使整个社会充满了诸如一亩水稻生产十二万斤稻米的谎言，这就使许多人丧失了说真话的勇气和能力，这就使整个社会弄虚作假成风，事实的真相被歪曲、遮蔽，在这种社会环境中产生的文学，也只能是虚假的文学。而这种粉饰现实的虚假文学，长期占据文学的中心地位，只有到了上个世纪八十年代，当我们这批作家崭露头角之后，这种现象才得以逐步纠正。

我从1985年发表中篇小说《透明的红萝卜》登上文坛,一直到今年发表长篇小说《生死疲劳》,二十多年来,对我的创作,一直存在着激烈的争议。赞扬者认为我开辟了中国文学新的时代,批评者认为我的作品里展示了残酷,暴露了丑恶,缺少美好与理想。我欢迎批评,但我决不盲从。我认为敢于展示残酷和暴露丑恶是一个作家的良知和勇气的表现,只有正视生活中的和人性中的黑暗与丑恶,才能彰显光明与美好,才能使人们透过现实的黑暗云雾看到理想的光芒。

当然,我的小说引发赞誉和批评的原因不仅仅因为我无畏地写出了社会和人生的真相,还因为我大胆地借鉴和学习了西方乃至日本文学中的技巧,像夏目漱石、川端康成、谷崎润一郎、三岛由纪夫等日本文学家的作品,都对我的创作产生过积极的,甚至是启蒙般的影响。我曾经多次说过,川端康成的小说《雪国》中的一个句子,激发了我的灵感,使我写出了《白狗秋千架》这篇小说。正是在这篇小说中,第一次出现了"高密东北乡"这个文学的地理名称。从此,我就像一个演员登上了一个广阔的舞台,我就像一个穷小子得到了一把打开宝库的钥匙。写不尽的故事,从文学的高密东北乡像河水一样奔涌而出。我与我的同行们的锐意创新,引发了上世纪八十年代的中国文学革命。许多评论家都在关注、研究我的创作,他们有的把我归为"寻根派",有的把我划为"先锋派",有的认为我是中国的"新感觉派",有的认为我是中国的"魔幻现实主义",有的认为我是中国的"意识流"。但我不停地变化,使他们的定义都变得以偏概全。我是一条不愿意被他们网住的鱼。

经历过这个向西方文学广泛学习和借鉴的阶段之后,我开始有意识地把目光投向了中国的民间文化和传统文化,这样做并不是对学习西方的否定,而是进一步的肯定。因为,只有广泛深入地了解西方文学的历史和现状之后,才能获得一种重新认识中国文学的参照体系,才可能在比较中发现东西方文学的共同性和特殊性,才能够写出具有创新意识的既是中国的又是亚洲的和世界的文学。

大江健三郎先生十几年前就提出了创造作为世界文学之一环的亚洲文学的构想。这是具有世界性高度的文学目光,其中充满了丰富的辩证法。大江健三郎先生的观点与福冈亚洲文化奖的宗旨不谋而合,都是在倡导建立在广泛交流基础上既保存和继承了民族和地区文化的独特性、多样性,又具有世界文化的共同性和普遍性的亚洲文化。这是保存与创新、继承与发展的统一。我认为,人类社会的根本目的,不仅仅是要保存旧的事物,更重要的是要创造新的事物。只有充分交流、互相学习,才可能创造出新的文化与艺术。我相信,在本世纪里,亚洲文化必将产生更大的影响,作为亚洲文学重要构成部分的中国文学,也必将成为世界文学的重要构成部分,中国文学的繁荣,将改变世界文学的格局。

女士们、先生们,在当今这个矛盾重重、危机四伏的世界上,文学的影响正在日渐式微,这是一个令人痛心但又无法改变的事实。文学不能解决以色列和阿拉伯世界的冲突,文学也不能制止恐怖行为,文学也不能让美国从伊拉克撤军,文学也不能让朝鲜和伊朗停止核武器试验。面对着世界上许许多多的问题,文学都是没有力量的。但文学不应该自动退席,文学家不能退缩到地洞里保全自己,文学家应该积极地关注这个世界上发生的一切,并用文学的方式发表自己的看法。文学家应该站在全人类的高度和立场上,思考人类的前途和命运,并发出自己的声音。当然,这声音将是非常微弱的,甚至是被人嗤笑的,但如果没有了这些声音,这个世界将会变得更加单调。

土行孙和安泰给我的启示
——在韩中文学论坛上的演讲

时间：2007 年 10 月
地点：北京

在我还是一个儿童时，就听老人们讲述过土行孙的故事。他是中国神魔小说《封神演义》中的一个身怀"土遁"绝技的豪杰，能够在地下快速潜行。因为这绝技，他立下了许多功劳。他也多次被敌人擒获，但只要让他的身体接触到土地，就会像鱼儿游进大海一样消逝得无影无踪。长大后，我自己从书上看到过希腊神话中那位巨人安泰的故事。他的父亲是海神，母亲是地神。他的力量来自大地母亲，只要不离开大地，他的力量就无穷无尽，但如果离开了土地，他就软弱无力，不堪一击。

我总感到这两个人物之间有一种神秘的联系，总感到这两个人物与我所从事的文学活动有某种联系。我们习惯于把人民比作母亲，也习惯于把大地比作母亲。而人民——土地——母亲，对于一个文学工作者来说，就是我们置身其中的丰富多彩的生活。

生活是文学艺术的永不枯竭的源泉,无论是什么样子的天才,无论他具有多么丰富的想象力,脱离了生活,脱离了与人民大众休戚与共、生死相依的关系,就失去了力量的源泉,要想写出能够深刻反映时代本质的作品,几乎是不可能的。始终与最广大的民众站在一起,时刻不忘记自己是民众的一员,永远把民众的疾苦当成自己的疾苦,就像土行孙和安泰时刻不离开大地一样,我们才能获得蓬勃的创作动力,才能写出感动人心的作品。

我从二十世纪八十年代初期开始文学创作,至今二十多年来,一直保持着对人民大众日常生活的关注,一直把自己个人的痛苦和人民大众的痛苦联系在一起,一直保持着"土包子"的本色,尽管难免遭受聪明人的讥讽,但我以此为荣。我的已经被翻译成韩文的《透明的红萝卜》《红高粱家族》《天堂蒜薹之歌》《食草家族》《酒国》《丰乳肥臀》《檀香刑》等作品,都是我所生活的时代的反映。有些篇章尽管描述的是历史生活,但其中贯注着的也是一个生活在当代的作家的强烈情感,因此也就具有了反映现实生活的当代性。其中的大部分作品,都是在写自己最熟悉的生活,在宣泄自己的情感;但由于个人的痛苦和大多数人民的痛苦幸运地取得了某种程度的一致,因此,即便是从自我出发的创作,也就具有了一定程度的普遍性,获得了某种程度的人民性。

我坦率地承认,在我年轻气盛时,也曾一度怀疑过"生活决定艺术"这一基本常识。但随着年龄的增长和创作经验的增加,我体会到,即便那些自以为凭空想象的创作,其实也还是生活的反映,也还是建立在自我经验基础上的产物。

近年来,我渐渐地感受到一种创作的危机,这危机并不是个人才华的衰退,而是对生活的疏远和陌生。我相信这不是我一个人的问题,也是许多作家同行们的问题。当你因为写作获得了高官厚禄,当你因为写作住进了豪宅华屋,当你因为写作拥有了香车宝马,当你因为写作被鲜花和掌声所包围,你就如同离开了大地的土行孙和安泰,失去了力量的源泉。你也许可能不服气,口头上还振振有词,自以为还力大无穷,但事实上已经心有余而力不足了。

随着一个作家的作品数量的日渐增加和名声的逐步累积,不仅仅使他在物质生活上和广大民众拉开了距离,更可怕的是使他与人民大众的感情拉开了距离。他的目光已经被更荣耀的头衔、更昂贵的名牌、更多的财富、更舒适的生活所吸引。他的精神已经在不知不觉中变得平庸懒惰。他已经感受不到锐利的痛楚和强烈的爱憎,他已经丧失了爱与恨的能力。他已经堕落成为一个所谓的"中产阶级"。他不放过一切机会炫耀自己的成功和财富,把财富等同于伟大,把小聪明等同于大智慧。他追求所谓的高雅趣味,在奢侈虚荣的消费过程中沾沾自喜。他热衷于搜集和传播花边新闻和奇闻逸事,沉溺在垃圾信息里并津津乐道。这样的精神状态下的写作,尽管可以保持着吓人的高调,依然可以赢得喝彩,但实际上已经是没有真情介入的文学游戏。这样的结局,当然是一个作家的最大的悲哀。避免这种结局的方法,当然可以像晚年的托尔斯泰那样离家出走,当然可以像法国画家高更那样抛弃一切、远避到南太平洋群岛上去和土著居民生活在一起;但如果做不到这样决绝,那也起码应该尽可能地与下层人民保持联系,最起码地要在思想上保持着警惕,不要忘记自己的卑贱出身,不要扮演上等人,不要嘲笑比你不幸的人,对你得到的一切应该心怀感激和愧疚,不要把自己想象得比所有人都聪明,不要把所有的人都当成你讥讽的对象,你要用大热情关注大世界,你要把心用在对人类的痛苦的同情和关注上,总之,你不要把别人想象得那样坏,而把自己想象得那样好。

是的,我们所处的时代人欲横流、矛盾纷纭,但过去的时代其实也是这样。一百多年前,狄更斯就在他的名作《双城记》的开篇写道:"这是最好的时候,也是最坏的时候;这是智慧的年代,也是愚蠢的年代;这是信仰的时期,也是怀疑的时期;这是光明的季节,也是黑暗的季节;这是希望之春,也是失望之冬;人们面前有着各种事物,人们面前一无所有;人们正在直登天堂,人们也在直下地狱。"面对着这样的时代,一个作家应该保持冷静的心态,透过过剩的媒体制造的信息垃圾,透过浮躁的社会泡沫,去体验观察浸透了人类情感的朴实生活。只有朴实的、平凡人民的平凡生活才是生活的主流。在这样的生活中,默默涌动着真正的情感、真正的创造性和真正的人的精神,而这样的生活,才是文学艺术的真正的资源。

作家当然可以,也必须在自己的创作中大胆地创新,大胆地运用种种艺术手段来处理生活,大胆地充当传统现实主义的叛徒,与巴尔扎克、托尔斯泰对抗;但以巴尔扎克、托尔斯泰为代表的批判现实主义作家对现实生活所持的批判和怀疑精神,他们作品中贯注着的对人的命运的关怀和对现实的永不妥协的态度,则永远是我们必须遵循的法则。我们必须具备这样的对人的命运的关怀,必须在作品中倾注我们的真实情感;不是为了取悦某个阶层,不是用虚情假意来刺激读者的泪腺,而是要触及人的灵魂,触及时代的病灶。而要触及人的灵魂,触及时代的病灶,首先要触及自己的灵魂,触及自己的病灶;首先要以毫不留情的态度向自己问罪,不仅仅是忏悔。

一个作家要有爱一切人、包括爱自己的敌人的勇气。但一个作家不能爱自己,也不能可怜自己,宽容自己,应该把自己当作写作过程中最大的、最不可饶恕的敌人。把好人当坏人来写,把坏人当好人来写,把自己当罪人来写,这就是我的艺术辩证法。

在这个"娱乐至死"的时代里,在诸多的娱乐把真正的文学创作和真正的文学批判、阅读日益边缘化的时代里,文学不应该奴颜婢膝地向人们心中的"娱乐鬼魂"献媚,而是应该以自己无可替代的宝贵本质,捍卫自己的尊严。读者当然在决定一部分作家,但真正的作家会创造出自己的读者。

我们所处的时代对于文学来说,也正如同狄更斯的描述:"这是最坏的时候,也是最好的时候。"只要我们吸取土行孙和安泰的教训,清醒地知道并牢记着自己的弱点,时刻不脱离大地,时刻不脱离人民大众的平凡生活,就有可能写出"深刻地揭示了人类共同的优点和弱点,深刻地展示了人类的优点所创造的辉煌和人类弱点所导致的悲剧,深刻展示人类灵魂的复杂性和善恶美丑之间的朦胧地带并在这朦胧地带投射进一线光明的作品"。这也是我对所谓伟大作品的定义。很可能我们穷其一生也写不出这样的作品,但具有这样的雄心,总比没有这样的雄心要好。

离散与文学
——在韩国全州亚非文学庆典上的演讲

时间：2007年11月9日

地点：韩国全州

各位朋友：

能参加这次亚非文学庆典，我感到十分荣幸！

我的学习英美文学的女儿告诉我，diaspora的本意是指离散在外的犹太人，后又泛指一个国家或民族散居在外的人。因此，仅仅用"离散"这个词，并不能完全代表diaspora的原意。diaspora的确是当今世界普遍存在的一个现象，研究这个现象与文学的关系，的确是一个很重要的课题。

为了准备这篇讲稿，我特意翻阅了《圣经》，从中读到了令我感动的诗句：

"我们坐在巴比伦河边，一想到锡安（Zion）就哭了！……身处外邦异国，我们怎能唱颂赞上帝的歌呢？耶路撒冷啊，要是我忘了你,愿我的右手枯萎,再也不能弹琴!要是不以耶路撒冷为我最大的喜乐,愿我的舌头僵硬,再也不能唱歌!"

这应该是最早的、最经典的离散文学,是用泪水浸泡着的诗行,是对母国的最深沉的思念。

今年的9月,我与访问中国的以色列作家阿摩司·奥兹(Amos Oz)进行过一次谈话,我们谈了阅读彼此作品的感受。他说他从我的作品里读到了中国乡村生活的画面,感受到了中国下层百姓的痛苦和欢乐。我说我从他的作品里读到了以色列这个国家在当今世界上的艰难处境和犹太民族多灾多难的历史,读到了像柳絮一样飞散在世界各地的犹太人的悲剧命运。当然我也读到了他在小说里表现出的那种理智和宽容。我觉得像阿摩司·奥兹这样的作家,就是几千年来始终处在离散中的犹太民族的文学代言人之一,而他的文学,就是典型的离散文学。

离散是一种千百年来就存在着的人类处境。这种处境可能是一个民族的处境,也可能是一个家庭、一个人的处境。造成这种处境的原因可能是战争、灾荒、瘟疫等不可抵抗的外力,也可能是一个家庭或者个人的主动选择。但不管是什么原因造成的离散,都是文学的一个永恒主题,一个培育文学感情的温床,一种观察世界的文学眼光。

在当今的世界文学版图上,有一批身处离散境遇的作家像灿烂的星斗在闪烁。如祖籍印度、现居英国的萨尔曼·拉什迪,祖籍特立尼达和多巴哥、现居英国的V.S.奈保尔,祖籍日本、现居英国的石黑一雄,原籍俄罗斯、现居法国的安德烈·马金尼(Andreï Makine),原籍尼日利亚、现居美国的奇诺瓦·阿切比(Chinua Achebe),原籍南非、现居澳大利亚的库切,原籍中国、现居美国的哈金,原籍阿富汗、现居美国的卡勒德·胡塞尼(Khaled Hosseini),等等。这些作家,都在世界文坛上获得了巨大的名声。他们都因为其离散的处境,而获得了澎湃的创作动力和丰富的创作资源,写出了名扬世界的文学作品。他们虽然人在异国他乡,描写的却都是他们母国的往事,利用的也大都是他们母国的历史和文化资源,因此他们的作品,就具有了与西方作家迥然不同的个性特征和民族特色,从而引起了读者的兴趣和批评界的关注。这样的作家和这样的创作,已经成为世界性的文学现象,值得我们认真思考和研究。

从人类的一般情感来讲,离散的处境最容易产生的情感就是思念。在世界文学的浩瀚海洋里,怀乡、思亲、伤别离的作品,占有相当大的比例。在无论是中国还是韩国的古典作品中,都洋溢着浓浓的乡愁。人们在离散的处境中,总是愿意把故乡理想化,总是会忘掉那些曾经存在过的甚至伤害过自己的丑陋,总是愿意用理想的花环,来装扮自己的乡思。

随着文学的发展和人类社会的变迁,人们,尤其是那些身处离散之境的作家们,已经不满足于用含着热泪的目光来审视自己的母国与家园,已经不满足于把对母国与家园的描述停留在肤浅的歌颂上。这些身处离散之境的作家,在两种文化的比较中,开阔了视野,拓展了精神的疆域。这些作家的父母之邦基本上都处在亚洲和非洲的不发达国家,有的甚至还处在愚昧落后的状态中。但他们都在西方发达国家接受了现代教育,都能熟练地使用西方语言讲话与写作,对西方社会有不亚于当地人,甚至比当地人还要深刻的了解。但他们的根不在这里,相对于西方人,他们永远是精神上的外来者。他们的血液里流动着的文化基因来自他们在亚洲或者非洲的母国,他们的深层心理结构和文化记忆来自他们的民族。这样的文化和心理矛盾,就促使他们时时刻刻进行着比较。在比较中他们发现了西方的文明和母国的落后,也发现了西方的虚伪与母国的淳朴。他们其实是永远地处在两种文化的挤压与冲突之中,由此他们获得了一种崭新的目光。这目光已经不是被单纯的乡愁浸润着的目光,而是一种冷静的、批判的目光。由此,他们的创作便呈现出崭新的气象。这样的文学已经不是简单地可以归属为东方或西方的文学;这是越界的文学,也是跨界的文学;这是边缘的文学,也是中心的文学;这是一种新形态的世界文学。在这样的文学中,对于母国或家园的描写,已经超越了歌颂与怀念的层面,而是一种在全球化的文化视野下的清醒审视。这里面尽管没有太多的对于西方社会的描述,但西方文化的影响却渗透在字里行间。这里的批判也不仅仅是针对着母国的,也是针对着西方的。其实,这些离散的作家,是站在一个相对中立的立场上,相对客观地描述着两种文化、两种价值体系的对抗和冲突,渗透和融合。因此,这样的文学就必然地具有了历史和政治的含义,就必然地反映了在全球化格局中,文化的殖民和反殖民的斗争状况。但这里似乎也没有明确的价值判断,这些作家完成的也仅仅是描述和展示,因为从文化的意义上,先进与落后并不总是泾渭分明的。

  正在世界文坛上大放异彩的离散文学中所表现的母国与家园,其实大多数都是作者对母国与家园的想象。有的是在童年记忆和长辈口头叙述基础上的想象。有的则是作者对自己的记忆的故意"歪曲",这样的故意"歪曲",难免招致民族主义者的批判,认为他们这样做是为了取悦西方;但我们更愿意把这种对母国和家园的"歪曲"看成是文学的需要,其阅读效果也应该是积极的、正面的。

  新的离散文学中的母国与家园,应该是作者的艺术创造,与作者真实的父母之邦有着巨大的差别。这是一次真正的超越,是一场文学的革命。通过这样的文学,离散作家们不仅仅向西方的读者,而是向全人类,奉献了一片片崭新的大陆。这些大陆在现实的地球上无处安置,只有在文学的世界里,方可存在。

在科技日益发达、全球化浪潮汹涌澎湃的今天,母国与家园的意义也在发生着深刻的变化。从某种意义上说,我们每个人都是离散之民,恒定不变的家园已经不存在了;所谓永恒的家园,只是一个幻影。回家,已经是我们无法实现的梦想。我们的家园在想象中,也在我们追寻的道路上。因此,我们都可以算作离散作家,我们所写的作品,都可以划到离散文学的大范畴里。我们都在用自己的想象和热情,在虚构着我们的家园;我们也都在借用着母国与家园的母题,来表达我们对人生和社会的看法。

我们亚洲和非洲的作家,生活在物质相对落后的国度,但我们同时也占有着独特而丰厚的文化资源。我们中国的前领袖毛泽东曾经把世界上的国家划分为"三个世界",但在文学的版图上,却只有一个世界。尽管我们不可能像那些生活在西方发达国家的离散作家那样"身在西方,心怀祖国",但信息化时代,已经可以使我们"身居祖国,心怀全球"。我们不仅可以从本国和本民族的生活中获取创作资源,我们也可以从世界文化中汲取营养,来丰富我们的头脑。作家是有国籍的,但文学是无国界的。我们可以从离散这一母题中,获得理解、尊重和宽容,创作出属于全人类的文学。

让我受益匪浅的韩国小说
——在首届"韩日中东亚文学论坛"上的演讲

时间:2008 年 10 月 11 日

1983 年 2 月,上海译文出版社出版了一部长达四十七万字的《南朝鲜小说集》,内收十六位作家的十七篇作品。这大概是中国对韩国文学的最早的集中介绍。从版权页知道,这本书印刷了三万九千册。这即便在当今,也是个了不起的数字。此书的版权页上还注有"内部发行"的字样。这说明,此书不能在新华书店里向社会大众发售,而是要通过所谓的"内部书店",发售给某些机关的图书馆和某一部分具有特殊身份的读者和相当级别的官员。这种现象在中国持续了许多年,即使"文革"期间,还是有一部分专职人员,将外国的引起反响的作品翻译成中文,用内部发行的形式供某些人"批判阅读"。但这种所谓的"批判阅读"就像那个时代被视为特权的"内部电影观赏"一样,究竟发挥了什么样的作用,就不得而知了。

与所有的"内部发行"图书一样,此书的后边,也附有一篇长长的"译后记"。这其实是译者遵从着官方的意志,对即便是那些享有特权的读者也不放心的引导性的导读,当然也包含着翻译和出版者自我保护的意思。那时候,中国还把韩国称为"南朝鲜"。这篇序言先是简略地介绍了朝鲜半岛的近代历史,描述了南朝鲜人民在美国和南朝鲜政府统治下的苦难生活,并且按照惯例地以"哪里有压迫哪里就有反抗"来寄希望于南朝鲜人民起来革命。接下来,译者才开始介绍南朝鲜的文学状况。尽管字里行间充满了那个时期中国流行的政治性的批判术语,但读者还是可以从中了解南朝鲜文学发展的大体轮廓。

我是1990年从一个旧书摊上买到了这本书。书的扉页上盖着某个机关图书馆的鲜红印章。购买此书并不是我对南朝鲜文学感兴趣,而是因为此书的封面设计很雅致而且价格很便宜。买回此书后,我便抱着随便翻翻的态度开始了阅读,但没想到一读便被吸引,不由得一鼓作气读完。这本书让我认识到,韩国文学非常丰富,老一代作家的作品生活气息浓郁,关注人生和现实,具有深刻的批判力量。比较年轻的韩国作家在六七十年代的创作,已经相当前卫和先锋,已经可以看出他们对西方文学的学习和借鉴。也就是说,中国作家在上世纪八十年代的努力,其实不过是在重复着韩国作家们已经走过的老路。

本书首篇《船歌》,作者金东仁,如果这位先生还健在,那他应该是一百零八岁高龄了。即便他已谢别人世,但如果他能知道,一个来自中国的作家正在讲述他的作品,他也应该感到欣慰吧。这大概也是作家这个行当可以自慰的理由,只要写得好,人死了,书还活着。也可以说,作家的生命,可以在书中得到延续。这是一部相当优美的小说,开篇便是大段的抒情与风景描写,然后由哀伤的歌声,引出忧愁的船夫,然后又由忧愁的船夫讲述他的悲惨故事。这是一个自己把自己的生活毁掉的人。他原本有一个美丽的妻子,家境富裕,夫妻恩爱。但因爱生妒,他竟然怀疑妻子和弟弟有染,于是便中邪般地猜忌,一次次地折磨、痛打妻子,然后又是后悔、忏悔,最后,他的妻子忍无可忍,跳海自杀了。这人从此便在痛苦和悔恨中,以酒浇愁,唱着船歌,四处流浪。这篇小说,具有朝鲜文学的古典美学风格,与文学经典《春香传》和"板索里"的演唱形式有着血缘关系,它让我联想到中国的好几个类似的民间故事。在这些故事中,美丽善良的女人,总是充当了嫉妒男人的牺牲品;而毁灭了女人的男人,也总是在悔恨中度过余生。这是每个民族都有的故事原型。这部发表于1920年的小说,至今还以它纯正高雅的古典之美,感动着我这样的读者。

《白痴阿达达》是收入本书的第二篇小说,作者桂镕默。这篇小说以充满同情的笔调,描写了一个妇女的悲惨遭遇。阿达达虽然是个哑女,但心地纯洁善良。她先是嫁给一个穷人,后来丈夫发财后又找了另外的女人,从此她便被丈夫与婆家人虐待、毒打,直至赶回娘家。回到娘家后,母亲也不断地辱骂、毒打她。后来,一个名叫水龙的老光棍收留了她。水龙积攒了一些钱,想置买几亩水田,与阿达达好好过日子。但阿达达想到,正是因为有了钱,她的丈夫才变坏了;于是她将水龙的钱扔进了大海。愤怒的水龙将阿达达踢进大海淹死了……这篇小说,也是一篇具有原型意义的小说,在世界各国的文学画廊中,都存在着类似阿达达这样的人物。

《没有碑铭的墓碑》是收入本集的第三篇小说,作者金利锡。本篇写一个名叫德求的黄包车夫,在马拉松比赛中获得了第三名,奖品是三块大布。没想到妻子死去,这布就成了妻子的裹尸布。妻子死后,德求与七岁的女儿桃花一起生活。每逢中秋,德求就带着女儿去给妻子上坟。他总是在妻子坟前把一瓶烧酒喝光。回来的时候,桃花总是一手拿着烧酒瓶,一手拖着酒醉的爸爸。父女俩相依为命,艰难度日。后来,德求用黄包车拉着女儿在雪地上奔跑,不幸发生车祸,德求死,桃花重伤。这又是一篇描写小人物悲惨生活的故事。但德求在困苦中,保持着内心的善良,高贵的品质犹如金子闪闪发光。小说中德求拉着女儿在冰雪中奔跑的场面和桃花在父亲墓前敲打松树的描写,不同凡响,具有震撼人心的力量。

《厢房里的客人和妈妈》与《真挚的爱情》都是朱耀燮先生的作品。朱先生早年毕业于上海沪江大学,又在北京的辅仁大学教书十余年,因此他的小说里有很多中国生活场景。《厢房里的客人和妈妈》用一个六岁女童的口吻写成。用女童的所见所闻所感,表现一个漂亮寡妇在封建闭塞的社会中,背负封建枷锁,在灵与肉的冲突中最终失败的故事。这样的故事比较老套,但写得很有生活气息。妈妈在月下弹琴的描写很有美感。《真挚的爱情》显然受了奥地利作家茨威格的名篇《一个陌生女人的来信》的影响,文章的结构,文中人物的身世以及命运结局,都与茨威格那篇很像。可见,模仿名篇,或者说是无意中受到名篇的影响,是文学交流中必然产生的现象。就我的阅读范围而言,模仿茨威格这篇小说的小说实在太多,中国有,外国也有。我自己的处女作《春夜雨霏霏》也受到了这篇小说的影响。为什么茨威格这篇小说有这么多模仿者?我想,一是这篇小说写得感人至深,二是这篇小说使用的是书信体。书信体可以直抒胸臆,书信体可以忽略结构,书信体可以自由发挥。不会写小说的人太多,但不会写信的人几乎没有。所以,我想,像写一封信一样写一篇小说,大概对初学者来讲是最容易找到感觉的事;因此,大家都来模仿茨威格就是必然的了。但朱先生这篇小说还是有它独特的价值。这篇小说来自韩国生活,讲述了地道的韩国故事,表达了在那些动荡不安的岁月里,一个沦落风尘的韩国女子的感情和命运是怎样与国家和民族的命运交织在一起的。

生于1897年的廉想涉先生,1963年即已谢世,但他的小说《双方的破产》却依然被人阅读。这篇小说描写一个开文具店的小业主,在高利贷者的逼迫下终于破产的故事。小说写得中规中矩,人情练达,小业主贞礼妈和高利贷者金玉仁的形象都刻画得栩栩如生,颇见功力。作者深谙世情,对拜金主义进行了批判,并着力渲染了贞礼妈虽然在经济上破产,但人格上获得胜利的光荣。用一种达观的态度来看待生活,在绝望中给出希望,这是真正的现实主义的风度。

接下来的一篇名叫《古壶》,作者朴荣濬,1911年生。据译者介绍,此篇是朴先生的短篇代表作。通过对高丽瓷器的赞美,哀叹社会对古代文化的漠视,同时批判揭露了新闻界的庸俗投机、弄虚作假。本篇所揭露的问题,不独在几十年前的韩国,在今日的中国也普遍存在,因之读起来颇多共鸣。

《第三种类型的人》作者安寿吉,他曾经留学日本,并长期在中国东北地区工作。本篇写于上世纪五十年代。小说描写了正直的知识分子的精神苦闷和无聊的生活。其中关于主人公醉酒后的描写颇为生动。此人起初醉后佯狂、大吹大擂,招致家人及邻居反感;后来改为醉后默默流泪,却赢得了普遍同情。这些描写,颇有讽刺意味。最后,在一个面临困境仍能保持人格尊严的女青年的榜样启示下,他终于觉悟,认识到即使身处乱世,只要不放弃追求真理,仍能成为一个很好的人,而不是一个无所事事的酒鬼。他又一次喝醉了,既没有高声叫嚷,也没有默默流泪,而是安安静静地钻到被窝里认真思考:有的人屈服于沉重的压力,抛弃了自己的使命,变成了及时行乐的人;有的人则敢于抗争,成为勇敢地适应时代要求的人。而我呢?——小说中主人公的思索和自我拷问颇有深意。

接下来的三篇,都是反映战争带给人的肉体和精神创伤的小说,都带着明显的反战倾向。金东里的《喜鹊叫》讲述一个名叫奉守的青年,参军上了战场,作战英勇而且从不受伤,但越是这样越是派他上战场。等他用自残的不光彩手段离开军队回到家乡后,发现恋人贞顺已与同村的青年相浩结婚。后来,奉守杀死了一直同情他的遭遇并且甘愿为他献身的相浩的妹妹英淑,自己也被判处死刑。

徐基源是韩国战后文学的代表作家之一,曾经做过空军大尉。选入本书的是他的短篇力作《深夜的拥抱》。此篇运用意识流手法,描绘了战争给一个普通士兵的心灵造成的巨大创伤。小说主人公是一个逃兵。他的逃跑原因,一是对战争的厌恶,二是对恋人的思念。在逃亡的过程中,他的精神始终处于恍惚的状态。过去与现实交织在一起,梦幻与回忆难以区分。许多杀戮场面的细节描写犹如电影中特写镜头一样令人恐惧难忘,许多看似昏妄的反思深刻有力:"在前线咱们朝鲜人是同族之间互相杀戮,而城市里又只剩下食欲、性欲和虚荣。"

《受难的两代》是河瑾灿的作品。小说描写了曾在上次战争中失去左臂的父亲去车站迎接从军医院归来的儿子的故事。父亲在战争中失去左臂,儿子在战争中失去了右腿。父子二人关于到底是失去一条腿好还是失去一条胳膊好的讨论令人鼻酸。独臂父亲背着独腿儿子过独木桥的描写感人至深又富有象征意味。此篇相对于前面两篇同类题材的小说,既不像第一篇那样狞厉,也不似第二篇那样阴郁。它是感伤的,但又是温馨的,悲观而不绝望;父子俩合起来就是一个完整的人的想法,昭示了韩国人民从战争废墟上挺立起来重建精神和物质的家园的勇气和力量。

战争小说是文学的一大品种,但歌颂战争的文学,永远都是文学中的次品;只有反映战争给人类造成的精神创伤的文学,只有反思战争和反对战争的文学,才可能成为文学的上品。这三篇韩国作家的战争文学曾给我这个当时还在军中服役的作家以深深的认同。

《汉城一九六四年冬》,作者金承钰,以短篇小说《生命演习》登上文坛。本篇描写了三个出身、经历、生活环境各不相同的人邂逅发生的故事。与前边介绍的小说相比,此篇具有鲜明的现代主义气息。小说的故事性减弱了,人物的性格模糊了,人物的行为理由不可思议了。但这样的小说,更能打动我这样的读者,大概也更加具有国际性的元素。这样的小说当然也有它的生活基础。这基础就是在产业化、现代化过程中,在一个物化的社会里,人类情感生活的冷漠和贫瘠。

《暴热》作者千胜世。此篇写一失业的男子,到海边渔村寻求安慰,在一家小酒馆里与一个戴墨镜的男人和一个戴帽子的男人偶然相遇、并桌喝酒的故事。小说写得玄机四伏,颇具戏剧性,可以看出作者的剧作家能力。小说具有锐利的现实批判性,通过主人公的遭际和戴墨镜人的遭际,揭示了社会的黑暗和不公;但警察最后放了那杀人犯一马,却又显示了正义和真情在人心中的地位。小说对环境的描写颇见功力,那寂寥的海滩、破败的渔村,仿佛就在眼前。

金廷汉的《人畜之间》描写的依然是他的"洛东江文学故事"。小说从一场罕见的大旱写起,描述了一个美丽、善良的少妇愤儿的悲惨遭遇。但小说中乡民对愤儿婆婆的谴责以及愤儿的屠头丈夫的觉醒,减轻了读者的痛苦。最后,兽医为愤儿成功地施行手术,既挽救了愤儿的生命,也让读者的心里得到了安慰。尽管有一个恶婆婆,但终究还是一篇温情脉脉的小说。

刘贤钟的《巨人》据说是一个真实的故事。这篇小说写了一个名叫西门石的火车司机的不幸遭遇和为了营救他人而壮烈牺牲的感人事迹。西门石刚直不阿,被诬陷解雇。他对火车司机这个工作非常热爱,被解雇后,还梦魂牵绕着火车,天天在车站周围转悠。终于,他得到了一个顶替别人开一天列车的机会。小说写他上了火车后,在驾驶室里那些行为和心理活动,非常准确,感人至深。最后,列车在一条漫长的隧道里发生故障,为了营救车上的数千名乘客,他不畏艰险,在每节车厢上跳跃着通知乘客往后撤退,以免被煤气熏死。然后他冲入驾驶室,解除了锅炉即将爆炸的隐患。最后,他跑出隧道,拦截迎面开来的快车,壮烈牺牲。小说写得回肠荡气,但结尾明显做作。这也说明了一个问题:生活中真实发生的事件,写到小说中,有时反而显得虚假。因此,应该给这种以真实事件和真实人物为素材的小说一个特别的名称——报告文学或纪实小说,从而消除那种因情节太过巧合而带来的虚假之感。

《亡命的沼泽》是李炳注的小说。此篇有后现代意味,充满自我嘲讽的笔调,滑稽而不油滑,忧伤而不乏幽默感。小说写一个因大公司倾轧而破产后杀妻丧子、自杀失败的小人物,寄在女人篱下吃软饭,深陷在罪疚痛苦的精神状态中,苦苦挣扎。他经常被老婆赶出家门,在电话亭里栖身过夜。即便是如此,他依然良心不泯,为曾经帮助过自己的人筹集款项。

收入本书的最后一篇是全光墉的长篇小说《裸身》。正像译者介绍的那样,作者善于用白描的手法写小市民的生活。他的作品中,没有奇迹,没有英雄,没有波澜曲折,一切都是生活的奴隶。《裸身》是作者上世纪六十年代的作品,描写了经济起飞的社会背景下,下层民众背负重担,历尽苦难,挣扎生活的情景。小说主人公是一个名叫吴恩爱的少女,父亲亡故,母亲重病,弟妹在校读书,她一人肩负起养家重担,辍学进饭馆当女招待。在纸醉金迷的环境里,她先是坚持,但最终还是难以抵抗,失身于一个名叫韩植的男子并怀了孕。小说就从吴恩爱拿着名片去找韩植开始。韩植是一个在前线做收购美军营区废品生意的投机商人。他虽然从事非法生意,寻花问柳,但良心未泯。见吴恩爱前来投奔,他收留了吴,并与之结婚。最后,韩植被捕入狱。吴恩爱为营救韩植,闯入美军营,被枪击中肩头,受伤流产。与她一同在这里谋生的旧日同事美淑因丈夫与她的女友私奔而服毒自杀。韩植出狱后,生活又一切从头开始……

这部长篇写得从容不迫,丰满翔实,许多细节,显然来自生活。这部作品与中国当下的"底层文学"颇多相似之处。

为写这篇文章,我重新通读了这部书,较之十几年前那次阅读,又增添了许多感受。

第一个感受是,真正的文学作品,是经得起时间考验的。

第二个感受是,真正的文学作品,是超越民族和国界的。

第三个感受是,韩国的文学是辉煌的。从1917年李光洙的长篇小说《无情》开始,九十多年来,韩国涌现出了无数作家和诗人,成就斐然。而韩国作家走过的道路,正是中国作家已经走过和正在走着的道路。

第四个感受是,韩国和中国、日本,在漫长的历史中,积累了许多共同的文化遗产,三国的文学作品,有着共同的人文和美学追求。越是往前追溯,这种共同的东西就越多。

第五个感受是,韩国作家们都喜欢在小说中写酒,这部小说集中,每一篇都有关于酒的描写,喝酒,醉酒,借酒浇愁,借酒言志,借酒来推动故事……韩国小说与酒,应该是一篇研究生论文的题目。

这部二十六年前出版的小说集,让我窥见了韩国文学一斑,但仅这一斑,也让我受益匪浅。但愿今后会有更多的韩国文学被译成中文,我也会积极地阅读。

读书就是读自己

——在"21 世纪年度最佳外国小说·微山湖奖"颁奖典礼上的演讲

时间：2009 年 12 月 17 日
地点：北京大学

在圣诞节即将来临之际，马丁·瓦尔泽先生来到了中国。他只要稍加化妆，就是一个圣诞老人。用瓦老的典型句式来说：想成为圣诞老人的人未必能成为圣诞老人，不想成为圣诞老人的人，却不由自主地成了圣诞老人。这个圣诞老人带给我们的礼物，是他的新著《恋爱中的男人》。将今年的外国文学奖授予这部小说，是我们回报给"圣诞老人"的礼物。

马丁·瓦尔泽先生是中国读者熟悉的德国当代作家，他的《迸涌的流泉》《惊马奔逃》《批评家之死》等小说，早就翻译成了中文，并在读者中产生了广泛的影响。在这个信息发达的时代，我们不仅了解瓦尔泽先生的文学成就，也了解他在德国文坛的崇高地位和他在德国社会生活中所发挥的巨大作用。马丁·瓦尔泽先生大概从未想到以非文学的方式来影响德国社会，但他的文学却影响了德国乃至更为广阔的人类生活。

正像马丁·瓦尔泽先生在刚才的演讲中说的那样："文学决定了我们对某个国家的最初印象。"中国读者对当代德国的最初印象,也是建立在我们阅读君特·格拉斯、马丁·瓦尔泽、伦茨、伯尔等当代德国作家作品的基础上的。尽管当今的电子信息可以更加直观准确地向我们呈现德国生活的方方面面,尽管我们看到的德国会与我们通过文学想象到的德国有所区别,但我们还是更愿意保留从文学中得到的印象。因为这样的印象是带有感情色彩的,是建立在情感共鸣的基础上的,是我们和作家的共同创造。

我在法兰克福书展上曾经说过:作家是有国籍的,但文学是没有国界的。文学脱离不了政治,但好的文学大于政治。马丁·瓦尔泽先生在刚才的演讲中也说:"小说的功能大于社会批判。小说中出现的不由自主的现实批判,往往会变成某种不同于社会批判的东西。"我想,最早引发作家的创作冲动的,往往不是社会生活中发生的事件,而是这些事件中的人、这些事件中的人的遭遇和表现、这些人在这些事件中的表现所具有的丰富含义和独特个性。就像我们阅读瓦老的《迸涌的流泉》,母亲加入纳粹党这个事件并不构成文学,但母亲用她独特的方式加入了纳粹党,和她在加入纳粹党这个事件中的表现,才是真正的文学。事件很快就会陈旧,但人物永远鲜活。

瓦老刚才说过:"写小说的人借助其笔下人物讲述自己的感受。他发表小说,是因为他想知道别人是否有同样的生活感受,想知道他是否孤单。读者读他的书的时候读的是读者自己的生活。"这些话看似平实,但却几乎透露了作家这个行当的全部秘密。一个作家在他的作品里,会写到形形色色的人物。这些人物的性格与作家的性格大相径庭,这些人物在小说事件中的感受,并不直接就是作家的感受,但作家具有把自己置身于虚构事件中充当一个虚构人物的能力。他凭借着强大的想象力、丰富的生活经验,凭借着对人性的深刻理解,获得了推己度人的能力,因此,福楼拜可以写出风骚少妇包法利夫人,托尔斯泰可以写出纯真少女娜塔莎。因此,不是歌德的瓦尔泽先生,可以把歌德写得栩栩如生。

《恋爱中的男人》是晚年的歌德,不是瓦尔泽先生,更不是莫言。但我在读这本书的时候,却不时地感同身受。尽管我没有取得歌德那样大的文学成就,尽管我没有歌德那样高贵的身份,尽管我没有歌德那样广博的知识,但这部小说中的歌德的许多心理和行为,却是我这个普通的中国作家可以理解并会心而笑的。歌德年轻的灵魂和日渐衰老的肉体之间的矛盾,以及由此引发的精神痛苦,正是我们目前承受着的。尽管我们没有像书中的歌德那样对着镜子观赏评判自己的肉体,但我们大概也都有过类似的滑稽行为。当然,这部著作给我们讲述的并不仅仅是一个黄昏恋的故事,而是在讲述人类的一种困境,以及在这种困境中的精神痛苦、挣扎、搏斗,然后升华。这是真正的人的文学,是能给读者带来深刻的精神启迪的文学。尽管我们不是歌德,但我们理解了歌德。我们从马丁·瓦尔泽的歌德身上看到了我们自己。尽管我们不可能借助一次荒唐的恋爱使自己成为伟大作家,但我们可以从这样的人物身上,看到人性的奥秘,看到人通过什么样的方式,可以把荒唐变为不朽。我们也可以通过阅读这样的作品,了解自我,理解他人。

近几年来,中国作家和外国作家的交流日渐增多。这种交流增进了了解和友谊。但我认为最好的交流是阅读彼此的著作。生活中的作家尽管不一定都是衣冠楚楚,但都要穿着衣服。但作品中的作家,会像《恋爱中的男人》中的歌德一样,赤裸裸一丝不挂。不要相信任何作家传记,更不要相信作家的自传。作家的所有的秘密,尤其是心灵的秘密,都在他的作品里。因此,我可以说:尽管我不能与瓦老直接交流,但我读过他的书,我感到我已经知道了他的一切。

最后,让我们祝贺马丁·瓦尔泽先生获得 2009 年度人民文学出版社的外国文学奖,让我们感谢不想成为圣诞老人却不由自主地成为圣诞老人的马丁·瓦尔泽先生给我们带来的吉祥和幸福!

影响的焦虑
——在中美文学论坛的演讲

时间：2008 年 10 月

关于全球经济一体化的说法，已经有十几年了，但在过去的日子里，这说法也仅仅是个说法而已，对老百姓，其实并无什么具体的影响，或者说，大家并未感受到什么影响。但现在不一样了。由美国次贷危机引发的金融风暴，已经席卷全球，自然也影响到中国的普通百姓。美国一感冒，全球打喷嚏。我们的股票被套牢，基金在缩水，即便存在银行里，也在日以继夜地贬值。达官贵人的日子不好过，老百姓的日子更不好过。在这样的暗淡岁月里，讨论文学，也许正是一个好时机，因为好的文学大多不是兴高采烈的产物；因为好的文学，大都是沮丧心情的产物。

前几年，知识分子们更为担忧的似乎是在全球经济一体化背景下的全球文化趋同化，这里边自然包括了全球文学的趋同化。2003年6月，我与王安忆在上海图书馆联合做过一次演讲，题目叫作"悲壮的抵抗"。抵抗什么呢？抵抗的就是全球经济一体化背景下的全球文化趋同化。我在那次演讲中举过一个例子,说全球大约有七千种语言,但正以每两个星期一种的速度消亡,而且消亡速度会随着科学的发展和交通的便捷而不断加快,用不了多少年,地球上大概就没有多少种语言了。从经济发展的角度看,这应该是件好事;但从文化和艺术的角度看,这是巨大的悲哀。如果我们的经济发展要以牺牲文化的多样性为代价,这样的经济繁荣,绝对不是人类的福音。而现在看来,这个"全球经济一体化",似乎也不是什么好事。但现实是铁打的,不是我们愿意不愿意的问题。在经济问题上,我们只能逆来顺受,但在文化和文学问题上,我们还可以表达一下个人的想法。

随着科学的日益进步和交通的日益快速便捷,过去要几个星期、几个月才能办到的事情,现在瞬间即可完成。几十年前,中国人去一次美国或者欧洲,还是一件隆重得似乎可以写进自传的大事,但现在已经成了寻常小事。这样的背景,为时尚的传播和流行提供了条件。二十年前有人曾经就服装流行做过研究,说如果巴黎街头流行红裙子,三个月后,东京街头就会流行红裙子,一年之后,上海街头也会流行红裙子,再过一年之后,青岛街头才会流行红裙子;等青岛街头流行开红裙子时,巴黎街头早就流行了蓝裙子之后又流行黑裙子了。但现在呢,巴黎街头昨天流行红裙子,今天在上海街头就可以看到红裙子了。甚至还会出现这样的现象:因为上海流行了红裙子,所以东京、巴黎的街头上也流行了红裙子。现在,许多城市的面貌越来越像,前几天我从德国到香港再到首尔,看到年轻人的服饰几乎一样,不但是服饰相似,似乎连他们脸上的表情也都是一样的。在这样的情况下,以依赖个性而存在的文学艺术,面临着巨大的挑战。因此我们要抵抗,但这抵抗是没有结果的,就像各国政府狗急跳墙般抛出的救市招数并不能遏制股市的下跌一样,文学家与艺术家的抵抗,也不能阻止越来越多的艺术克隆和近亲繁殖。我们看到,越来越多的中国电影和美国电影越来越像了,越来越多的美术和雕塑作品分不清国籍了,国际上流行的小说,也越来越像用统一配方调制出来的流行饮料了。

这其实不是一个新问题,也不是什么了不起的大问题。这其实是人类社会发展到一定阶段必然出现的问题。就像我们不能因为眼下的经济危机而重新闭关锁国一样,文学艺术的趋同化,也不应该成为中国的作家、艺术家拒绝与外国的同行们交流的理由,更不应该成为中国的作家、艺术家拒绝向外国的同行们学习的借口。我认为,越是在这种情况下,越是应该以更开放的心态、更积极的态度、更高的热情和更大胆的手段,去与外国的同行们交往,去向外国同行们学习和借鉴。但我们这个时期的学习和借鉴,与1980年代相比,应该有更高的水平,因为我们经过了二十多年的实践,已经取得了丰富的经验,当然也取得了丰硕的成绩。如果说八十年代我们跪在外国同行们面前仰视他们,那么,我们现在已经可以、也完全应该与他们坐在一起谈话,与他们站在一起交谈。当然有很多朋友对我们八十年代以来的文学作品评价很低,我个人不同意这种看法,但我尊重他们的看法。

有些对八十年代以来的文学评价很低的朋友们的一个重要理由就是,这个时期的文学,由于受到了西方文学的影响,而缺少原创性。我认为,文学是否有原创性,与作家是否受到西方文学影响并无直接关系。蒲松龄、曹雪芹大概是没有受到外国文学影响的,据目前的资料所示,这两个人似乎也不懂外语,曹雪芹肯定懂满语,但那时已经是满族人在做皇帝,满语能不能算外语还值得研究。但鲁迅他们这一代作家,大都是懂得外语且明显地受过外国作家影响的。鲁迅的早期小说,有几篇分明地可以看出他借鉴的外国小说,但我们似乎不能以此为理由来否定鲁迅小说的原创性,即便是有明显的借鉴痕迹的篇章,如《狂人日记》等,也不能说没有一点原创性吧。因此,我们不必那么惧怕外国文学的影响,也没有必要把受到了外国文学影响当成一件不光彩的事情。当然,认识到这一点,对我本人来说,也有一个过程;八十年代后期,我也是很忌讳别人说自己受到了外国作家影响的。我当时在《世界文学》上发表过一篇文章,提出要逃离马尔克斯和福克纳这两座灼热的高炉,我说他们是灼热的高炉,而我自己是冰块,靠得太近,自己就会被融化蒸发。近年来我的想法有了变化,我觉得没有必要这样焦虑,马尔克斯是人,福克纳也是人。马尔克斯和福克纳之所以成为名家,自然是因为他们写出了具有鲜明个性的、具有原创性的作品;但他们之所以能写出这样的作品,与他们广泛地、大胆地向同行学习、借鉴是分不开的。马尔克斯多次讲过卡夫卡和福克纳对他的影响,他奉福克纳为自己的导师,他在巴黎的阁楼上读到卡夫卡的《变形记》拍案叫绝的故事,早已被各国的作家们所熟知。可见,受不受外国作家影响,似乎不应该成为判定一个作家水平高低的标准;甚至可以说,在当今的情况下,如果要写出有个性、有原创性的作品,必须尽可能多地阅读外国作家的作品,必须尽可能详尽地掌握和了解世界文学的动态。当然,这也不是绝对的,我们也不排除出现一个新时代的蒲松龄的可能性。

高明的作家,是能够在外国文学里进出自如的。只有进去,才能够摈弃皮毛,得到精髓;只有跳出来,才能够发挥自己的特长,利用自己掌握的具有个性的创作素材,施展自己独特的才能,写出具有原创性的作品。沈从文自己好像没有说过受哪个外国作家影响的话,但他对于外国文学肯定是不陌生的。尽管他不懂外语,翻译作品肯定还是读了不少的,但他的小说和散文,无论从语言还是从素材,以及他在这些作品里表现出的他对于人生和社会的看法,都是具有个性和原创性的。他的学生汪曾祺先生八十年代初期的作品,呈现出十分鲜明的个人风格和中国特色,根本看不出外国文学的影响,但汪先生自己说:"我是从契诃夫、海明威、萨洛扬的语言中学到一些东西的。"受到影响而没在自己的作品里留下痕迹,这就是高手。而为什么有人受到影响留下了痕迹,而有人受到影响却没有留下痕迹呢?我想这就是摆在我们面前亟须解决的一个问题。

我认为,高明的作家之所以能受到外国文学或者本国同行的影响而不留痕迹,就在于他们有一个强大的"本我",并时刻注意用这个"本我"去覆盖学习的对象。这个"本我"除了作家的个性和禀赋之外,还包含着作家自己的人生体验和感悟,就在于他们是被别人的作品唤醒了自己的生活。这样,他们的创作灵感尽管是被同行的作品所启发,但这道灵光照亮了的是他自己的生活。这归根结底还是从生活出发的创作,是被生活感动了自己然后写出来的,而不是克隆别人的作品然后试图去感动别人。

另外,高明的作家,不会跪拜在外国同行的脚下,把他们作品中的一切都当成珍宝。真正的学习是批判地学习。无论多么伟大的作家,他的作品中也有不完美之处。八十年代时我们是从外国文学里寻找优点,现在,应该是从外国文学里寻找缺点。找到他们的缺点,就意味着我们的进步。八十年代中期时,我读到马尔克斯的《百年孤独》,只读了几页,便按捺不住写作的冲动。后来这本书被我经常拿来读,但一直没有读完。直到去年的六月,因为知道今年二月很可能要与他在一个会议上见面,所以我用两个星期的时间,把这部书从头至尾通读了一遍。读完全书,我感到一阵兴奋。因为,我看到了这部被奉为经典的作品里，也有非常低级的缺点。这本书有二十章，但写到十八章时，作家的底气已经衰竭，后边的两章，几乎可以说是敷衍成篇。我自然不是高明的作家，但我读出了马尔克斯的不足，意识到了自己的进步。

汪曾祺先生在一篇关于京剧的文章中写道："文学史上有一条规律，凡是一种文学形式衰退了的时候，挽救它的只有两种东西，一是民间的东西，一是外来的东西。"文学艺术的趋同化，也可以理解成为一种衰退，我们应对衰退的，也只能是这两件法宝。关于向外国文学学习，我已经大概地表述了自己的看法，那就是要更加自觉、更加大胆地"拿来"，但"拿来"之后，我们要认真地研究分析。我们要学习和借鉴的是属于艺术的共通性的东西，那就是盯着人写，贴着人写，深入到人心里去写；我们要赋予的，是属于艺术个性的东西，那就是我们自己的风格。什么是我们的风格？我想那就是由我们的民族习惯、民族心理、民族语言、民族历史、民族情感所构成的我们自己的丰富生活，以及用自己的独特感受表现和反映这生活的作品。

汪曾祺先生对"越是民族的，就越是世界的"这种说法提出了质疑。我想这话本身也没有错；但如果把这个口号引申到民族自大的意义上，把追求或者伪造奇风异俗、逐臭猎奇当成了民族化，那就确实错了。

总之，不大胆地向外国文学学习借鉴，不可能实现文学的多样化；不积极地向民间文化学习，不从广阔的民间生活中攫取创作资源，也不可能实现文学的多样化。

第二辑

写出触摸人类灵魂的作品

——在首届"大家·红河文学奖"授奖仪式上的感言

时间：1996年1月

地点：北京·人民大会堂

各位前辈，各位领导，各位朋友：

首届"大家·红河文学奖"授予我，是我的光荣。

在此，我要感谢云南人民出版社和《大家》杂志社，感谢各位评委，感谢出席今天这个仪式的前辈们、领导们和朋友们，感谢热心赞助文学事业的红河卷烟厂。

两年前，我参加了在北京举行的《大家》创刊首发式。当时，在所谓的"文学低潮"中，在大多数刊物因为经济危机而叫苦不迭时，一个边远省份竟然创办了这样一份豪华刊物，我悄悄地认为这是不合时宜的。我甚至对身边的朋友说："我估计这刊物办个三五期就该停刊了。"但两年过去了，《大家》不但没有停刊，而且保持了它的豪华形象。越来越多的作家被《大家》吸引，越来越多的读者被《大家》吸引。《大家》在中国期刊之林里已经占据了一席之地，

《大家》庄严的形象已经深入人心。《大家》是云南的光荣,也是中国文坛的光荣。

我学写小说至今已有十几年,对文学的追求和挚爱其实从没动摇过。尽管文坛时热时冷,尽管我也说过一些这样那样的贬低文学的话,但心里始终把能写一部好的小说视为人生的最高追求和最大愉快。我相信大多数作家朋友们也是这样想的,尽管大家为了这样那样的原因,干过这样那样的事情。

荣获"大家·红河文学奖"的《丰乳肥臀》是我从事创作以来所写的篇幅最长、耗力最大的一部长篇小说。严格地说这部小说的构思是从十年前我还在解放军艺术学院读书时就开始了的。尽管真正执笔写作的时间只有 83 天,但我的腹稿却打了整整十年。我狂妄地想在这部书里艺术地勾勒出我的故乡高密东北乡的百年历史;我真诚地想在这部书里歌颂母亲,歌颂人民,歌颂大地;我渴望着在这部书里与植物对话,与动物交谈;当然我也激烈地想在这部书里批判光荣的高密东北乡背后的落后与愚昧,但终因才力所限,我的艺术野心并没有完全实现。《丰乳肥臀》这个书名已经引起了一些批评,关于这个问题,我已在 11 月 22 日的《光明日报》上发表了一篇 5000 多字的文章进行解释。由于时间所限,我不能在此重复那篇文章中的观点,我只想简单地说:这个书名我的确是经过了慎重考虑的,我追求的是朴素,我想抓住的是事物的根本。

首届"大家·红河文学奖"的评委们给予了本书很高的评价,这让我感到汗颜,我愿把他们的表扬看作对我的鞭策。在今后的岁月里,我将继续努力,向生活学习,向人民学习,向同行们学习,力争能写出触摸人类灵魂的作品。

最后,我想谈谈这十万元奖金。这对于像我这样的中国作家来说,的确是一笔巨款。我将用这笔奖金,救助高密东北乡那两位父母双亡、不但面临失学而且衣食也发生了困难的女孩杨静静和杨婷婷;我将用这笔奖金,帮助几位高密东北乡的负债累累、家无存粮的老人;我将用这笔奖金,孝敬我的辛勤劳动了一生的老父亲。我将用这笔奖金,改善我个人的生活和创作条件;我还将用这笔奖金,热情地款待今天在座的和不在座的文学朋友们,我已经为你们定好了朴素而简单的食谱:炸酱面或者烤地瓜。

  谢谢大家!

高贵而孤独的灵魂

——在第二届冯牧文学奖颁奖大会上的演讲

时间：2001年2月
地点：北京

在我转业离开部队三年半之后，竟然获得了冯牧文学奖的军旅文学奖项，这让我感到几分惊喜，但更多的是惭愧。我知道有许多军队作家在军旅文学创作中取得了远远大于我的成就，但各位评委还是把这个奖项给了我，我想这很可能是为了照顾军民关系，当然也包含着对我的期望。我在军队时写的大多是非军旅题材的小说，也许，在我成了老百姓之后，反而会写很多军旅题材小说。

就像我们在雨中行走时会自然地想到雨伞一样，在今天这个场合，我们自然地也就想到了冯牧先生。尽管我多次从别人口里听说过冯牧先生对我的赞扬和批评，但我只见过他三次面。一次是他到解放军艺术学院文学系给我们讲课。那次他毫不客气地批评了许多被我认为很好的作品，并且根本不顾及时间，他讲了个痛快，但却耽误了我们吃饭，这让我们很不高兴。

第二次是在华侨大厦,他主持我的中篇小说《透明的红萝卜》的研讨会。这次会上,由于我们几个同学的年轻气盛、口出狂言,惹得他很不高兴。

第三次是他去世前一年,我跟随着由他担任团长的作家代表团去广东东莞参观访问,这时,他已经由一个威严的作协领导人变成一个慈祥的老人了。我买了两个芒果,送给他一个。他嗅着那个芒果,脸上显出温暖的笑容。他说:"这里的芒果,不如云南的好。"

后来在地铁车厢里,我遇到了雷达先生。他告诉我:冯牧老人走了。我想起了冯牧先生给东莞的雀巢咖啡厂的题词:有口皆碑。我还想到,冯牧先生高贵而孤独的灵魂,一定在那个高入云端、接近于无限透明的地方获得了安宁。

我与新历史主义文学思潮
——在台北图书馆的演讲

时间：1998年10月18日
地点：中国台北

大多数所谓的文学思潮，与用自己的作品代表着这思潮的作家没有什么关系。小说是作家创作的，思潮是批评家发明的。批评家发明思潮的过程就是编织袋子的过程。他们手里提着贴有各种标签的思潮袋子，把符合自己需要的作家或是作品装进去，根本不征求作家的意见，这叫作"装你没商量"。我经常给装进不同评论家的贴着不同标签的袋子里。有现实主义的袋子，有浪漫主义的袋子，有新感觉主义的袋子，有魔幻现实主义的袋子。有的袋子里气味美好，待在里边感到很舒服；有的袋子里气味龌龊，待在里边很不舒服。

有一个名叫张清华的人写了一篇长达两万言的文章，题目叫作《十年新历史主义文学思潮回顾》，发表在大陆著名的文学刊物《钟山》1998年第4期上。这是一个巨大的袋子。在这个袋子里装着张炜、苏童、贾平凹、叶兆言、格非、陈忠实等一大群人，当然我也在其中。他几乎将目前大陆比较活跃的作家一袋打尽了。在这条袋子里,作家们像麻雀一样冲撞不止,尤其是那些比较年轻的麻雀是决不甘心让人装进这样一条袋子的。但在坚韧的袋子面前,不甘心也没办法。

我对批评家非常尊重,尊重批评家是因为我没有理论素养。尤其是让我写理论文章的时候,我对批评家更是尊重。这次两岸作家会议分配给我的题目是《九十年代文学思潮》,从接到题目那天起我就开始发愁。正当我一筹莫展,甚至想到北大中文系雇一个文学研究生做枪手时,突然发现了张清华这篇文章。看完了这篇文章我感到高兴极了,困扰了我数月的问题终于可以解决了。张清华的文章简直就是为我写的,既然有这样现成的文章,我何必去自讨苦吃? 于是我就把他的文章选了一些我喜欢的片段抄来了。我想这也算不了什么。他往袋子里装我没商量,我抄他也没商量。当然也不能完全照抄,在抄的过程中我多少也加了点私货。

张文认为,在八十年代中后期到九十年代中后期,大概十年的时间里,当代中国文学在诗歌和小说领域,尤其是在小说领域,出现了一股强大而持久的带有"新历史主义"观点和倾向的文学思潮,现代主义的史学观念,存在主义与结构主义、文化人类学等新的史学哲学方法是其产生的基础。从发展的阶段来看,它主要经历了三个时期:寻根、启蒙历史主义是其前奏;新历史主义或审美历史主义是其核心阶段;游戏历史主义是其余波和尾声。

启蒙历史主义阶段大致是指 1986 年之前,其最早的源头甚至可以追溯到八十年代初与七十年代末,它的背景来源于七八十年代之交人们对当代社会现实的深思与批判,而深入历史,则是这一当代目的的借助形式和自然延伸。因此,对历史的探寻和思考的实际目的并非是审美的需要,而是一种自觉的文化理性。就这一观念的表现形式——"寻根文学"来看,其核心的两个方面——文化认知和文化批判——与鲁迅等前辈作家的努力是相似的。寻根文学创作表现了改良文化和变革现实的强烈功利目的,他们试图通过对历史文化的重新梳理与构建,重振民族精神和性格。这一点,从韩少功、李杭育、阿城等人的宣言和论述中可以看出。但是,这个诱人的乌托邦并没有随着他们的创作实践得到兑现。他们自己也发现,表现和赞美种种文化遗存中的原始、落后、愚昧,同改造民族文化、重铸民族精神是格格不入,甚至是背道而驰的。在这样一种自我的悖论中,一批继起的作家便不得不放弃了不堪重负的启蒙任务以及个人历史的种种价值判断和理性意识,将这场运动带入了第二个阶段:"审美历史主义"或"新历史主义"时期。这也是先锋小说应运而生的契机。

张说,完成这一过渡的作家应以莫言为代表。1986年莫言的《红高粱家族》系列小说的问世,淡化和消解了寻根小说文化分析和判别的主题中心,进一步使历史成为审美对象和超验想象领域,在观照历史的时候更倾向于边缘的"家族史"和民间的所谓"稗官野史"。民间化,在这里具有决定性的意义。莫言的小说不仅从故事的历史内容上民间化了,而且叙述的风格也民间化了。这与此前许多寻根作家的那种精英知识分子式的严肃叙事形成了区别,这就为"新历史主义"小说在嗣后的崛起做好了逻辑铺垫和创作准备。从这个意义上说,莫言的《红高粱家族》既是"新历史主义"小说滥觞的直接引发点,又是"新历史主义"小说的一部分。

上边的话都是评论家说的,并不是我厚颜无耻地吹捧自己。其实,在写作《红高粱家族》时,我一天到晚都处在迷迷糊糊的状态,写完了连能不能发表自己都拿不准,做梦也没想到这样一部小说竟然成了"新历史主义"文学思潮的滥觞。如果早知道这篇小说在日后能弄出这样大的动静,怎么着也应该把它弄得更漂亮一点。当然,如果我存心把它弄漂亮,也许就没人理它了。我想,小说家就是一些这样那样的母鸡,小说就是这些母鸡下出来的蛋。母鸡在下蛋时并不知道自己将要下个什么样子的蛋,等到蛋下出来时,它才会看到自己下了个软皮蛋或是双黄蛋,甚至下了个有着北斗七星图案的天文蛋。鸡蛋评论家们对这些鸡蛋进行这样那样的分析研究,甚至进一步地研究下蛋的母鸡,研究母鸡的饮食构成,研究鸡舍的光线、温度,然后很可能总结出一个双黄蛋思潮或是软皮蛋运动,但这一切与母鸡没有什么关系。如果硬要母鸡说出为什么下了个双黄蛋或是下了个天文蛋的原因,母鸡只能瞪着眼发呆了。当然不排除个别有理论素养的母鸡能够滔滔不绝地讲一通孕育和生产双黄蛋的感受,但我奉劝大家对母鸡的下蛋理论不能完全相信。现在有很多母鸡把下蛋的过程弄得相当神秘,其目的是为了提高鸡蛋的价格。但买鸡蛋的老太太不会去关心下蛋过程,她只关心鸡蛋的质量。最近我们老家那里有一只后现代的母鸡为了反抗人类吃它的蛋,下出来的直接就是小鸡,这就像后现代的小说家写出来的直接就是文学思潮一样。总而言之,对待无论多么严肃、多么高尚、多么庄严、多么美好的事物,都不必完全相信。写进了历史教科书的历史,多半是谎话连篇,即便有那么点事件的影子,也被夸张、美化得不成模样。不相信写在书里的历史,宁肯去读野史,宁可去听民间口碑流传的东西。这一点,鲁迅先生在六十多年前就已经写得很清楚了,他说:"野史和杂说自然也免不了有讹传,挟恩怨,但看往事可以比较分明,因为它究竟不像正史那样装腔作势。"不相信正史,不相信御用文人的话,宁肯相信野史,宁肯相信伟人的仆人的话,这是"新历史主义文学思潮"的一个重要特征。对此我不能否认它的正确性,但如果说在创作之初就非常明确地认识到这个问题,那也是自己拔高自己。在仆人的眼里没有伟人,在作家眼里没有了不起的作家。苏联的高尔基说作家是人类灵魂的工程师,这句话把中国的几代作家弄得找不到北,后来出了个杀佛灭祖的王朔,才把这些人类灵魂工程师的假面具撕开。

接下来张说,"新历史主义小说"的全盛期大约在1987—1992年间。张认为,所谓的"先锋小说",从其核心与整体上,也可以视为一个新历史主义运动,因为其中最典范的一大批作家,他们的代表作品在很大程度上都是一批"新历史主义小说"。他们放弃了寻根作家和八十年代初启蒙思想家的文化理想和社会责任,使历史转化为古老的人性悲歌和永恒的生存寓言,成为与当代人不断交流与对话的鲜活影像,成为当代人"心中的历史"。张在他的文章中列举叶兆言的《状元境》《追月楼》、苏童的《1934年的逃亡》《妻妾成群》《红粉》、格非的《青黄》《风琴》等一大批作品来为他的论点作证。

张说,大概从1992年后,新历史主义小说思潮进入了它的末期,即"游戏历史主义时期"。主要表现是,离历史客体越来越远,文化意蕴的设置越来越薄,娱乐与游戏的倾向越来越重,超验虚构的意味越来越浓。张说,"游戏历史主义"不但是历史主义的终极,而且是它的坟墓,虽是悲剧,但也符合事物发展的规律。

张说,但是,在长篇小说领域,新历史主义思潮的影响并没有消失,而且还显示出强劲的生命力。新历史主义思潮在近年的长篇写作中的代表作有莫言的《丰乳肥臀》、陈忠实的《白鹿原》、张炜的《家族》、叶兆言的《花影》《1937年的爱情》等。

张说,在上述作品中,或许以莫言的《丰乳肥臀》最为典型地体现了新历史主义的小说观念。这部问世之初就以其"艳名"惊世骇俗的巨制同他的"红高粱"系列一样,是以历史和人类学的复调展开叙述的。但与以往不同的是,有关性、潜意识情结、生殖繁衍、种族性质等等人类学内容在这部小说中只是感性的表层部分,而莫言所要探究的和回答的却是"历史上到底发生了什么"这样一个问题。他将一部近现代史还原或缩微到一个家庭诸成员的经历或命运之中,把历史还原民间,以纯粹民间的观点写民间的人生,写他们在近世诸多重大历史事件中的命运。莫言所自称的"献给母亲和大地",正是这一观念的模糊表述。从叙事结构和风格上看,它也典范地体现了西方新历史主义理论家们所总结和推广的某些方法。如朱迪丝、劳德、牛顿所描述的那种"交叉文化蒙太奇"式的方法,即把不同意义的文化符码故意并置和拼贴在一起,以利于隐喻历史的本然状态和丰富复杂的情境。他们将"广告、性手册、大众文化、日记、政治宣言、文学、政治运动"等等文化符码或文本并置在一起,构成了一幅"交叉文化蒙太奇的蓝图"。《丰乳肥臀》在展开关于历史的叙事时,正是采用了这种拼贴法、并置法。他不无"暴力"倾向地将二十世纪中国所发生的所有重大历史事件,从 1900 年德国侵占胶东、日寇侵华、国共战争、建国后的历次政治斗争,一直到改革开放、市场经济的当代生活,都通过母亲上官鲁氏及其后代所组成的家庭命运的描写而汇聚在一起。这种通过家族和个人辐射历史的方法不仅是感性和鲜活的,而且以极大的气魄和包容性恢复了历史的整一性。同时,在叙述的过程中,作家将民间的和官方的、东方的与西方的、古老的与现代的种种不同的文化情境与符码有意拼接在一起,打破了单线条的历时性叙述本身的局限,而产生出极为丰富的历史意蕴与鲜活生动的感性情景,从而生动地实现了中国近现代历史烟云动荡、沧桑变迁和五光十色的斑斓景象的隐喻性叙述。这种表面看来有点荒诞和戏剧化的叙事,同以往线性的主流历史叙事以及近年来具有过重的"寓言"化倾向的虚拟和个人体验化的历史叙事相比,不但更为新鲜逼真,而且更加大气磅礴、富有表现力。从一定意义上来说,《丰乳肥臀》是一个具有总括和典范意义的新历史主义小说文本。

按照张的说法,我用《红高粱家族》引发了新历史主义小说创作,又用《丰乳肥臀》给这个小说运动做了一个辉煌的总结。这真让我感到惶惶不安起来,其实事情真的没有那么复杂和深刻。我想起了一个诗人的话:蚕吐丝时没想到会吐出一条丝绸之路。

用耳朵阅读

——在悉尼大学的演讲

时间:2001年5月17日晚

几年前,在台北的一次会议上,我与几位作家就"童年阅读经验"这样一个题目进行了座谈。参加座谈的作家,除了我之外都是早慧的天才,他们有的五岁时就看了《三国演义》《西游记》,有的六岁就开始阅读《红楼梦》,这让我既感到吃惊又感到惭愧,与他们相比,我实在是个没有文化的人。轮到我发言时,我说:当你们饱览群书时,我也在阅读;但你们阅读是用眼睛,我用的是耳朵。

当然,我也必须承认,在我的童年时期,我也是用眼睛读过几本书的。但那时我所在的农村,能找到的书很少,我用出卖劳动力的方式,把那几本书换到手读完之后,就错误地认为,我已经把世界上的书全部读完了。后来,我有机会进了一个图书馆,才知道自己当年是多么样的可笑。

我十岁的时候,就辍学回家当了农民,当时我最关心的是我放牧的那几头牛羊的饥饱,以及我偷偷地饲养着的几只小鸟会不会被蚂蚁吃掉。当时我做梦也没有想到几十年后，我竟然成了一个以写小说为职业的人。这样的人在我的童年印象中，是像神灵一样崇高伟大的。当然，在我成了作家之后，我知道了作家既不崇高也不伟大，有时候甚至比一般人还要卑鄙和渺小。

我在农村度过了漫长的青少年时期。如前所述，在这期间，我把周围几个村子里那几本书读完之后，就与书本脱离了关系。我的知识基本上是用耳朵听来的。就像诸多作家都有一个会讲故事的老祖母一样，就像诸多作家都从老祖母讲述的故事里汲取了最初的文学灵感一样，我也有一个很会讲故事的祖母，我也从我的祖母的故事里汲取了文学的营养。但我更可以骄傲的是，我除了有一个会讲故事的老祖母之外，还有一个会讲故事的爷爷，还有一个比我的爷爷更会讲故事的大爷爷——我爷爷的哥哥。除了我的爷爷奶奶大爷爷之外，村子里凡是上了点岁数的人，都是满肚子的故事。我在与他们相处的几十年里，从他们嘴里听说过的故事实在是难以计数。

他们讲述的故事神秘恐怖，但十分迷人。在他们的故事里，死人与活人之间没有明确的界限，动物、植物之间也没有明确的界限，甚至许多物品，譬如一把扫地的笤帚、一根头发、一颗脱落的牙齿，都可以借助某种机会成为精灵。在他们的故事里，死去的人其实并没有远去，而是和我们生活在一起，他们一直在暗中注视着我们、保佑着我们，当然也监督着我们。这使我少年时期少干了许多坏事，因为我怕受到暗中监督着我的死去的祖先的惩罚。当然使我多干了很多好事，因为我相信我干过的好事迟早会受到奖赏。在他们的故事里，大部分动物都能够变化成人形，与人交往，甚至恋爱、结婚、生子。譬如我的祖母就讲述过一个公鸡与人恋爱的故事。她说一户人家有一个待字闺中的美丽姑娘，许多人来给这个姑娘说媒，但她死活也不嫁，并说自己已经有了如意的郎君。姑娘的母亲就留心观察，果然发现，每当夜深人静的时候，就听到从女儿的房间里传出一个男子的声音。这个声音十分的迷人。母亲白天就盘问女儿，那个男子是谁，是从哪里进去的。女儿就说这个青年男子每天夜里都会出现在她的身边，天亮之前就悄悄地消失。女儿还说，这个男子每次来时，都穿着一件非常华丽的衣服。母亲就告诉女儿，让她下次把那男子的衣服藏起来。等到夜里，那个男子又来了。女儿就把他的衣服藏到柜子里。天亮前，那个男子又要走，但衣服找不到了。男子苦苦哀求姑娘将衣服还她，但姑娘不还。等到村子里的鸡开始啼鸣时，那男子只好赤裸裸地走了。天明之后，母亲打开鸡窝，发现从鸡窝里钻出了一只浑身赤裸的大公鸡。让女儿打开柜子一看，哪里有什么衣服？柜子里全是鸡毛。这是我少年时代听过的印象最深的故事之一。后来，每当我看到羽毛华丽的公鸡和英俊的青年，心中就产生异样的感觉，我感到他们之间有一种神秘的联系，不是公鸡变成了青年，就是青年变成了公鸡。

离我的家乡三百里路，就是中国最会写鬼故事的作家蒲松龄的故乡。当我成了作家之后，我开始读他的书，我发现书上的许多故事我小时候都听说过。我不知道是蒲松龄听了我的祖先们讲述的故事写成了他的书，还是我的祖先们看了他的书后才开始讲故事。现在我当然明白了他的书与我听说过的故事之间的关系。

爷爷奶奶一辈的老人讲述的故事基本上是鬼怪和妖精。父亲一辈的人讲述的故事大部分是历史，当然他们讲述的历史是传奇化了的历史，与教科书上的历史大相径庭。在民间口述的历史中，没有阶级观念，也没有阶级斗争，但充满了英雄崇拜和命运感，只有那些有非凡意志和非凡体力的人才能进入民间口述历史并被不断地传诵，而且在流传的过程中被不断地加工提高。在他们的历史传奇故事里，甚至没有明确的是非观念。一个人，哪怕是技艺高超的盗贼、胆大包天的土匪、容貌绝伦的娼妓，都可以进入他们的故事，而讲述者在讲述这些坏人的故事时，总是使用着赞赏的语气，脸上总是洋溢着心驰神往的表情。

十几年前，我在写作《红高粱》时已经认识到：官方编写的历史教科书固然不可信，民间口口相传的历史同样不可信。官方歪曲历史是政治的需要，民间把历史传奇化、神秘化是心灵的需要。对于一个作家来说，我当然更愿意向民间的历史传奇靠拢并从那里汲取营养。因为一部文学作品要想激动人心，必须讲述出惊心动魄的故事，必须在讲述这惊心动魄的故事的过程中塑造出性格鲜明、非同一般的人物，而这样的人物，在现实生活中是几乎不存在的，但在我父亲他们讲述的故事里比比皆是。譬如我父亲就讲过，我家的一个远房亲戚，一次吃了半头牛、五十张大饼。当然，他的能吃与他的力大无穷紧密相连。父亲说这个人能把一辆马车连同拉车的马扛起来走十里路。我知道我家根本就没有这样一个远房亲戚，我父亲这样说，是为了增强故事的可信性，这其实是一种讲故事的技巧。后来创作小说《红高粱》时我借用了这种技巧。《红高粱》开篇我就说："我父亲这个土匪种，跟随着我爷爷余占鳌的队伍去伏击日本人的汽车队……"其实我爷爷是个手艺高超的木匠，我父亲是个老实得连鸡都不敢杀害的农民。当我的小说发表之后，我父亲很不高兴，说我诬蔑他。我就说，写小说其实就是讲故事，你不是说咱家那个远房亲戚一次能吃半头牛吗？我父亲听了我的解释后，明白了，并且一言就点破了小说的奥秘：原来写小说就是胡编乱造啊！

其实也不仅仅是上了岁数的人才开始讲故事，有时候年轻人甚至小孩子也讲故事。我十几岁时听邻居家一个五岁的小男孩讲过的一个故事至今难忘,他对我说,马戏团的狗熊对马戏团的猴子说:我要逃跑了。猴子问:这里很好,你为什么要逃跑?狗熊说:你当然好,主人喜欢你,每天喂给你吃苹果、香蕉,而我每天吃糠咽菜,脖子上还拴着铁链子,主人动不动就用皮鞭子打我。这样的日子我实在是过够了,所以我要逃跑了。我当时问他:狗熊跑了没有?他说:没有。我问他:为什么?他说:猴子去跟主人说了。

在我用耳朵阅读的漫长生涯中,民间戏曲,尤其是我的故乡那个名叫"茂腔"的小剧种给了我深刻的影响。"茂腔"唱腔委婉凄切,表演独特,简直就是高密东北乡人民苦难生活的写照。"茂腔"的旋律伴随着我度过了青少年时期。在农闲的季节里,村子里搭班子唱戏时,我也曾经登台演出;当然,我扮演的都是那些插科打诨的丑角,连化装都不用。"茂腔"是高密东北乡人民的开放的学校,是民间的狂欢节,也是感情宣泄的渠道。民间戏曲通俗晓畅、充满了浓郁生活气息的戏文,有可能使已经贵族化的小说语言获得一种新质。我新近完成的长篇小说《檀香刑》就是借助于"茂腔"的戏文对小说语言的一次变革尝试。

当然,除了聆听从人的嘴巴里发出的声音,我还聆听了大自然的声音,譬如洪水泛滥的声音、植物生长的声音、动物鸣叫的声音……在动物鸣叫的声音里,最让我难忘的是成千上万只青蛙聚集在一起鸣叫的声音。那是真正的大合唱,声音洪亮,震耳欲聋,青蛙绿色的脊背和腮边时收时缩的气囊,把水面都遮没了。那情景让人不寒而栗、浮想联翩。

我虽然没有文化,但通过聆听——这种用耳朵的阅读,为日后的写作做好了准备。我想,我在用耳朵阅读的二十多年里,培养起了我与大自然的亲密联系,培养起了我的历史观念、道德观念,更重要的是培养起了我的想象力和保持不懈的童心。我相信,想象力是贫困生活和闭塞环境的产物。在北京和上海这样的大城市里,人们可以获得知识,但很难获得想象力,尤其是难以获得与文学、艺术相关的想象力。我之所以能成为一个这样的作家,用这样的方式进行写作,写出这样的作品,是与我的二十年用耳朵的阅读密切相关的;我之所以能持续不断地写作,并且始终充满着不知道天高地厚的自信,也是依赖着用耳朵阅读得来的丰富资源。

关于用鼻子写作,其实应该是另外一次演讲的题目,今天只能简单地说说。所谓用鼻子写作,并不是说我要在鼻子里插上两支鹅毛笔,而是说我在写作时,刚开始时是无意地、后来是有意识地调动起了自己对于气味的回忆和想象,从而使我在写作时如同身临其境,从而使读者在阅读我的小说时也身临其境。其实,在写作的过程中,作家所调动的不仅仅是对于气味的回忆和想象,而且还应该调动起自己的视觉、听觉、味觉、触觉等等全部的感受,以及与此相关的全部想象力。要让自己的作品充满色彩和画面、声音与旋律、苦辣与酸甜、软硬与凉热等等丰富的可感受的描写,当然这一切都是借助于准确而优美的语言来实现的。好的小说,能让读者在阅读时产生仿佛进入了一个村庄、一个集市、一个非常具体的家庭的感受,好的小说能使痴心的读者把自己混同于其中的人物,为之爱,为之恨,为之生,为之死。

这样的小说要写出来很不容易,我正在不懈地努力。

小 说 的 气 味

——在巴黎法国国家图书馆的演讲

时间：2001年12月14日下午

  拿破仑曾经说过，哪怕蒙上他的眼睛，凭借着嗅觉，他也可以回到他的故乡科西嘉岛。因为科西嘉岛上有一种植物，风里有这种植物的独特的气味。

  苏联作家肖洛霍夫在他的小说《静静的顿河》里，也向我们展示了他的特别发达的嗅觉。他描写了顿河河水的气味；他描写了草原的青草味、干草味、腐草味，还有马匹身上的汗味，当然还有哥萨克男人和女人们身上的气味。他在他的小说的卷首语里说：哎呀，静静的顿河，我们的父亲！顿河的气味，哥萨克草原的气味，其实就是他的故乡的气味。

  出生在中俄界河乌苏里江里的大马哈鱼，在大海深处长成大鱼，在它们进入产卵期时，能够迴游万里，冲破重重险阻，回到它们的出生地繁殖后代。对鱼类这种不可思议的能力，我们不得其解。近年来，鱼类学家找到了问题的答案：鱼类尽管没有我们这样的突出的鼻子,但有十分发达的嗅觉和对于气味的记忆能力。就是凭借着这种能力,凭借着对它们出生的母河的气味的记忆,它们才能战胜大海的惊涛骇浪,逆流而上,不怕牺牲,沿途减员,剩下的带着满身的伤痕,回到了它们的故乡,并在完成了繁殖后代的任务后,无忧无怨地死去。母河的气味,不但为它们指引了方向,也是它们战胜苦难的力量。

从某种意义上说,大马哈鱼的一生,与作家的一生很是相似。作家的创作,其实也是一个凭借着对故乡气味的回忆,寻找故乡的过程。

在有了录音机、录像机、互联网的今天,小说的状物写景、描图画色的功能,已经受到了严峻的挑战。你的文笔无论如何优美准确,也写不过摄像机的镜头了。但唯有气味,摄像机还没法子表现出来。这是我们这些当代小说家最后的领地,但我估计好景不长,因为用不了多久,那些可怕的科学家就会把录味机发明出来。能够散发出气味的电影和电视也用不了多久就会问世。趁着这些机器还没有发明出来之前,我们应该赶快地写出洋溢着丰富气味的小说。

我喜欢阅读那些有气味的小说。我认为,有气味的小说是好的小说,有自己独特气味的小说是最好的小说。能让自己的书充满气味的作家是好的作家,能让自己的书充满独特气味的作家是最好的作家。

一个作家也许需要一个灵敏的鼻子,但仅有灵敏的鼻子的人不一定是作家。猎狗的鼻子是最灵敏的,但猎狗不是作家。许多好作家其实患有严重的鼻炎,但这并不妨碍他们写出有独特气味的小说。我的意思是,一个作家应该有关于气味的丰富的想象力。一个具有创造力的好作家,在写作时,应该让自己笔下的人物和景物,放出自

己的气味。即便是没有气味的物体,也要用想象力给它们制造出气味。这样的例子很多:

德国作家聚斯金德在他的小说《香水》中,写了一个具有超凡的嗅觉的怪人,他是搜寻气味、制造香水的邪恶的天才,这样的天才只能诞生在巴黎。这个残酷的天才脑袋里储存了世界上几乎所有物体的气味。他反复比较了这些气味后,认为世界上最美好的气味是青春少女的气味,于是他依靠着他的超人的嗅觉,杀死了二十四个美丽的少女,把她们身上的气味萃取出来,然后制造出了一种香水。当他把这种神奇的香水洒到自己身上时,人们都忘记了他的丑陋,都对他产生了深深的爱意。尽管有确凿的证据,但人们都不愿意相信他就是凶残的杀手。连被害少女的父亲,也对他产生了爱意,爱他甚至胜过了自己的女儿。这个超常的怪人坚定不移地认为,谁控制了人类的嗅觉,谁就占有了世界。

马尔克斯小说《百年孤独》中的人物,放出的臭屁能把花朵熏得枯萎,能够在黑暗的夜晚,凭借着嗅觉,拐弯抹角地找到自己喜欢的女人。

福克纳的小说《喧哗与骚动》里的一个人物,能嗅到寒冷的气味。其实寒冷是没有气味的,但是福克纳这样写了,我们也并不感到他写得过分,反而感到印象深刻,十分逼真。因为这个能嗅到寒冷的气味的人物是一个白痴。

通过上述的例子和简单的分析,我们可以发现,小说中实际上存在着两种气味,或者说小说中的气味实际上有两种写法。一种是用写实的笔法,根据作家的生活经验,尤其是故乡的经验,赋予他描写的物体以气味,或者说是用气味来表现他要描写的物体。另一种写法就是借助于作家的想象力,给没有气味的物体以气味,给有气味的物体以别的气味。寒冷是没有气味的,因为寒冷根本就不是物体,但福克纳大胆地给了寒冷气味。死亡也不是物体,死亡也没有气味,但马尔克斯让他的人物能够嗅到死亡的气味。

当然,仅仅有气味还构不成一部小说。作家在写小说时应该调动起自己的全部感觉器官,你的味觉、你的视觉、你的听觉、你的触觉,或者是超出了上述感觉之外的其他神奇感觉。这样,你的小说也许就会具有生命的气息。它不再是一堆没有生命力的文字,而是一个有气味、有声音、有温度、有形状、有感情的生命活体。我们在初学写作时常常陷入这样的困境,即许多在生活中真实发生的故事,本身已经十分曲折、感人,但当我们如实地把它们写成小说后,读起来却感到十分虚假,丝毫没有打动人心的力量。而许多优秀的小说,我们明明知道是作家的虚构,但却能使我们深深地受到感动。为什么会出现这样的现象呢?我认为问题的关键就在于,我们在记述生活中的真实故事时,忘记了我们是创造者,没有把我们的嗅觉、视觉、听觉等全部的感觉调动起来。而那些伟大作家的虚构作品,之所以让我们感到真实,就在于他们写作时调动了自己的全部的感觉,并且发挥了自己的想象力,创造出了许多奇异的感觉。这就是我们明明知道人不可能变成甲虫,但我们却被卡夫卡的《变形记》中人变成了甲虫的故事打动的根本原因。

自从电影问世之后,人们就对小说的前途满怀着忧虑。五十年前,中国就有了小说即将灭亡的预言。但小说至今还活着。电视机走进千家万户后,小说的命运似乎更不美妙,尽管小说的读者的确被电视机拉走了许多,但是依然有很多人在读小说,小说的死期短时间也不会来临。互联网的开通似乎更使小说受到了挑战,但我认为互联网仅仅是提供了一种另类的写作方式,和区别于传统图书的传播方式而已。

　　作为一个除了写小说别无他能的人,即便我已经看到了小说的绝境,我也不愿意承认,何况我认为,小说其实是任何别的艺术或是技术形式无法取代的。即便是发明了录味机也无法代替。因为录味机只能录下世界上存在的气味,而不能录出世界上不存在的气味。就像录像机只能录下现实中存在的物体,不可能录出不存在的物体。但作家的想象力却可以在某种意义上无中生有。作家借助于想象力,可以创作出不存在的气味,可以创造出不存在的事物。这是我们这个职业永垂不朽的根据。

　　当年,德国作家托马斯·曼曾经把一本卡夫卡的小说送给爱因斯坦,但是爱因斯坦第二天就把小说还给了托马斯·曼。他说:人脑没有这样复杂。我们的卡夫卡战胜了世界上最伟大的科学家,这是我们这个行当的骄傲。

　　那就让我们胆大包天地把我们的感觉调动起来,来制造一篇篇有呼吸、有气味、有温度、有声音,当然也有神奇的思想的小说吧。

　　当然,作家必须用语言来写作自己的作品,气味、色彩、温度、形状,都要用语言营造或者说是以语言为载体。没有语言,一切都不存在。文学作品之所以可以被翻译,就因为语言承载着具体的内容。所以从方便翻译的角度来说,小说家也要努力地写出感觉,营造出有生命感觉的世界。有了感觉才可能有感情。没有生命感觉的小说,不可能打动人心。

　　让我们像乌苏里江里的大马哈鱼那样,追寻着母河的气味,英勇无畏地前进吧。

　　让我们想象远古时期地球上的气味吧,那时候地球上生活着无数巨大的恐龙,臭气熏天。有人说,恐龙是被自己的屁臭死的。

我将斗胆向我国负责奥运会开幕式的领导人建议,在 2008 年奥运会开幕式上,在火炬点燃的那一刹那,应该让一百种鲜花、一百种树木、一百种美酒合成的气味猛烈地散发出来,使这届奥运会香气扑鼻。

让我们把记忆中的所有的气味调动起来,然后循着气味去寻找我们过去的生活,去找我们的爱情、我们的痛苦、我们的欢乐、我们的寂寞、我们的少年、我们的母亲……我们的一切,就像普鲁斯特借助了一块玛德莱娜小甜饼回到了过去。

我国的伟大作家蒲松龄在他的不朽著作《聊斋志异》中写过一个神奇的盲和尚,这个和尚能够用鼻子判断文章的好坏。许多参加科举考试的人,把自己的文章拿来让和尚嗅。和尚嗅到坏文章时就要大声地呕吐,他说坏文章散发着一股臭气。但是后来,那些惹得他呕吐的文章,却都中了榜,而那些被他认为是香气扑鼻的好文章,却全部落榜。

台湾的布农族流传着一个故事,说在一个村庄的地下,居住着一个嗅觉特别发达的部落。这个部落的人善于烹调,能够制作出气味芬芳的食物。但他们不吃,他们做好了食物之后就摆放在一个平台上,然后,全部落的人就围着食物,不断地抽动鼻子。他们靠气味就可以维持生命。地上的人们,经常潜入地下,把嗅味部落的人嗅过的食物偷走。我已经把这个故事写成了一部短篇小说。在这篇小说中,我是一个经常下到地下去偷食物的小孩子。小说发表之后,我感到很后悔,我想我应该站在嗅味部落的立场上来写作,而不是站在常人的立场上来写作。如果我把自己想象成一个嗅味部落的孩子,那这篇小说,必然会十分神奇。

作为老百姓的写作

——在苏州大学"小说家讲坛"的演讲

时间：2001年10月24日下午

能来环境如此优美、历史如此悠久的苏州大学演讲，我感到非常荣幸，但同时也感到这是一场冒险。因为作家大都是不善言谈的，我又是作家中最不会讲话的一个。当年我给自己起了一个笔名叫莫言，就是告诫自己不要说话或尽量地不说话，但结果还是要不断地说话。这是我的矛盾。譬如来苏州大学玩耍是我愿意的，但来苏州大学讲话是我不愿意的。来苏州大学不讲话，王尧先生就不会给我报销机票；所以，我既想来苏州，又不想自己买机票，所以就只好坐在这里讲话。这是一个无奈的、妥协的时代，任何人都要无奈地做出妥协。

前几天，我和阿来、余华在清华大学与格非的学生们座谈了一天，上午一场下午一场，晚上还有一场。我们讲得很少，大部分时间是学生提问，我们答问。我们感到这样很好，不像摆开一个讲课的架势那样一本正经，又很有针对性、很随便、很亲切，完全是赤诚相见，彼此都有收获。我希望今天我们也能采取这种方式。在我讲的过程中,你们可以随时打断我的话,随时递条子,或者站起来提问。总之我们合伙把这台戏唱下来,让王尧愉快地给我报销机票。

今天这个演讲的题目,直到昨天我还没有想好。我不知道应该说些什么。但昨天王尧给我电话,说必须有一个题目,否则不好出海报。我说那就叫作"试论文学创作的民间资源"吧。

"民间"是一个巨大的话题,也是当下的一个热门话题。好像最早是上海的陈思和先生提出,然后各路英雄群起响应。你说你的,他说他的,各有各的理解,因此也就各有了各的民间。我作为一个写小说的,当然也有我对民间的理解。我的理解肯定没有理论家们那样系统、那样头头是道,但都是根据我的文学经验和创作体会得来的,也许会对大家有所启发。我还要坦白地说,今天这个演讲的题目,不是我的发明,而是上个星期在清华时,听阿来说他最近给《视界》写了一篇文章,题目叫作《小说创作的民间资源》,我仓促之间把它改头换面拿来搪塞王尧,阿来将来要跟我理论,同学们可以作证就说我已经公开地坦白了。

关于沸沸扬扬的民间问题的讨论,同学们都是学文学的,肯定都知道很多。在此我就没有必要一一介绍——其实我也介绍不了。我认为所谓的民间写作,最终还是一个作家的创作心态问题。这个问题的一个方面是为什么写作。过去提过为革命写作、为工农兵写作,后来又发展成为人民写作。为人民的写作也就是为老百姓的写作。这就引出了问题的另外一个方面。那就是,你是"为老百姓写作",还是"作为老百姓的写作"。

"为老百姓写作"听起来是一个很谦虚很卑微的口号,听起来有为人民做马牛的意思,但深究起来,这其实还是一种居高临下的态度。其骨子里的东西,还是作家是"人类灵魂工程师""人民代言人""时代良心"这种狂妄自大的、自以为是的玩意儿在作怪。这就像说我们的官员是人民的勤务员一样,听起来很谦卑、很奴仆,但现实生活中的官员,根本就不是那样一回事。如果当了官真的就成了勤务员、就成了公仆,那谁还去当官呢？还跑官要官干什么？

因此我认为,所谓的"为老百姓的写作"其实不能算作"民间写作",还是一种准庙堂的写作。当作家站起来要用自己的作品为老百姓说话时,其实已经把自己放在了比老百姓高明的位置上。我认为真正的民间写作就是"作为老百姓的写作"。

当然,任何作品走向读者之后,不管是"作为老百姓的写作"还是"为老百姓的写作",客观上都会产生一些这样那样的作用,都会或微或著地影响到读者的情感。但"作为老百姓的写作者",在写作的时候,不会也不必去考虑这些问题。他在写作的时候,没有想到要用小说来揭露什么、来鞭挞什么、来提倡什么、来教化什么,因此他在写作的时候,就可以用一种平等的心态来对待小说中的人物。他不但不认为自己比读者高明,他也不认为自己比自己作品中的人物高明。

"作为老百姓的写作者",无论他是小说家、诗人还是剧作家,他的工作,与社会上的民间工匠没有本质的区别。一个编织筐篮的高手,一个手段高明的泥瓦匠,一个技艺精湛的雕花木匠,他们的职业一点也不比作家们的工作低贱。"作为老百姓的写作者"会同意这种看法,但"为老百姓的写作者"肯定不会同意这样的看法。民间工匠之间也有继承、借鉴、发展,也有这样那样的流派,还有一些神秘色彩的家传,他们也有互不服气,也有同行相轻；但他们永远不会忘记自己是个普通的老百姓,他们永远不会把自己和老百姓区别开来,去狂妄地充当"人民的艺术家"。我们可以举一个例子,在离你们苏州不远的地方,曾经有一个瞎子阿炳。我们现在给他的名誉很高,是伟大的民族音乐家,是伟大的二胡演奏家。但当年的阿炳,当他手持着竹竿、身穿着破衣烂衫,在无锡的街头上流浪卖艺的时候,他大概不会想到自己是一个伟大的人物,更不会想到他编的二胡演奏曲子在几十年后,会成为中国民间音乐的经典。他绝对不会认为自己比一般的老百姓高贵,他大概在想:我阿炳是一个卑贱的人,一个沿街乞讨者,一个靠卖艺糊口的贱民;我的曲子拉得动听、感人,人家就可能施舍给我两个铜板,如果我的曲子拉得不好听,人家就不会理睬我。如果我在马路上拉二胡,妨碍了交通,巡警很可能给我一脚(现在的艺术家、演员违章之后,就会亮出名片:我是谁谁谁)。总之,他阿炳心态卑下,没有把自己当成贵人,甚至不敢把自己当成一个好的老百姓,这才是真正的老百姓的心态。这样的心态下的创作,才有可能出现伟大的作品。因为那种悲凉是发自灵魂深处的,是触及了他心中最疼痛的地方的。请想想《二泉映月》的旋律吧,那是非沉浸到了苦难深渊的人写不出来的。所以,真正伟大的作品必定是"作为老百姓的写作",是可遇不可求的,是凤凰羽毛麒麟角。

但这种"作为老百姓的写作"真要实行起来,其实是很难的。作家毕竟也是人,现实生活中的名利和鲜花不可能不对他产生吸引。因为在现实生活中,"为老百姓的写作"赢得鲜花和掌声的机会比"作为老百姓的写作"赢得鲜花和掌声的机会多得多。在当今之世,我们也没有必要要求别人这样那样,只是作为一种自我提醒,不要忘记了最重要的东西,而去追逐不太重要的东西。也就是说,你要明白你通过写作到底要得到什么,然后来决定你的创作的态度。

像蒲松龄写作的时代、曹雪芹写作的时代,没有出版社、没有稿费和版税,更没有这样那样的奖项,写作的确是一件寂寞的、甚至是被人耻笑的事情。那时候的写作者的写作动机比较单纯,第一是他的心中积累了太多的东西,需要一个渠道宣泄出来。像蒲松龄,一辈子醉心科举,虽然知道科举制度的一切黑暗内幕,但内心深处还是向往这个东西。到了后来,他绝了科举的念头,怀大才而不遇,于是借小说表现自己的才华,借小说排遣内心的积怨。曹雪芹身世更加传奇,由一个真正的贵族子弟,败落成破落户飘零子弟,那种人情冷暖、世态炎凉的体验是何等的深刻。他们都是有大技巧要炫耀、有大痛苦要宣泄,在社会的下层,作为一个老百姓,进行了他们的毫无功利的创作,因此才成就了《聊斋志异》《红楼梦》这样的伟大经典。当然,他们也有自己的圈子,书出来后,也能赢得圈子里的赞赏,可以借此满足一下虚荣心;但这样的荣誉太民间了,甚至不能算作名利了。在科举制度下,小说是真正的野狐禅,登不上大雅之堂的,当时的"正经人"大概很少写小说的。诗歌也是一样,诗歌的真正欣赏者应该是青楼女子。但只有在这种状态下,才能出现好东西。如果诗歌代替八股文成为科举的内容,那诗歌就彻底地完蛋了;如果小说成为科举的内容,小说也早就完了蛋。所以如果奔着这个奖那个奖写作,即便如愿以偿得了奖,这个作家也就完了蛋。没想到得奖却得了奖是另外一回事。我想这就是民间写作和非民间写作的区别。非民间的写作,总是带着浓重的功利色彩;民间的写作,总是比较少有功利色彩。当然,这样的淡薄功利,有时候并不是写作者的自觉,而是命运的使然。也就是说,蒲松龄直到晚年也还是在梦里想中状元的,但醒来后才知道这是不可能的了。曹雪芹永远怀念着他的轰轰烈烈的繁华岁月,但他知道这也是无可挽回的了。所以,那悲凉就是挡不住的了,而那对过往繁华的留恋也是掩饰不住的。无意中得来的总是好东西,把赞歌唱成了挽歌,把仇恨写成了恋爱,就差不多是杰作了。

我还想特别地强调一下,作家千万不要把自己抬举到一个不合适的位置上;尤其是在写作中,你最好不要担当道德的评判者,你不要以为自己比人物更高明,你应该跟着你的人物的脚步走。郑板桥说人生难得糊涂,我看作家在写作时,有时候真的要装装糊涂。也就是说,你要清醒地意识到,你认为对的,并不一定就是对的,反之,你认为错误的,也不一定就是错误的。对与错,是时间的也是历史的观念决定的。"为了老百姓的写作"要做出评判,"作为老百姓的写作"就不一定做出评判。

前不久有一家关于环保的报纸让我给他们写文章谈谈我对沙尘暴等自然生态恶化问题的看法,我马上就想到了北方草原的沙化和草原载畜量的关系。载畜量过多,草原得不到休养生息,就要沙化。十几年前我到中俄边境,看到对面的草原草有半人高,真是鲜花烂漫,风吹草低,只有很少的几群羊在挑挑拣拣地吃草。而我们这边的草原,草只有一虎口高,颜色枯黄,好似癞痢头一样。饥饿的羊群像鬼子扫荡一样来回乱窜。同样的自然条件,差别如此之大,完全是人为的。问题在于,我们这边能不能少养几群羊?牧民们的回答是:我们也不愿意看到草原变成这个样子,但不养羊我们吃什么?我们不养羊你们北京人怎么吃上涮羊肉呢?我们也知道黑山羊对草原和山林的破坏十分厉害,但你们需要羊绒围巾、羊绒大衣啊。这就涉及一个十分棘手的问题:一方面要保护环境,另一方面那里的老百姓要活命、要繁衍。除非政府能拿钱把他们养起来。政府没有那么多钱,那他们就要杀树、放牧。你要让我活下去。你们可以呼吁保护珍稀动物、保护大熊猫、保护东北虎,但事实上在偏远地区有很多老百姓的日子比这些珍稀动物还要危机。许多得了重病的人躺在家里等死,谁去管他们?但假如有一头大熊猫得了急病,马上就会有最好的大夫为它医治,治好了还要登报纸上电视。一个作家写关于环保的文章,看起来是很正义很有良知的,但事实上你所代表的也只能是一部分人的利益。所以我觉得,作家要学会反向思维,不要站在自以为是的立场上,也就是说,你不要以为你是作家就比老百姓高明。"为老百姓的写作",因为作家自身的局限,很可能变成为官员、为权贵的写作。而"作为老百姓的写作",也许就可以避免这种偏颇,因为你就是一个老百姓。

从某种意义上说,"为老百姓的写作"也就是知识分子的写作。这是有漫长的传统的。从鲁迅他们开始,虽然写的也是乡土,但使用的是知识分子的视角。鲁迅是启蒙者,之后扮演启蒙者的人越来越多。大家都在争先恐后地谴责落后,揭示国民性中的病态,这是一种典型的居高临下。其实,那些启蒙者身上的黑暗面,一点也不比别人少。所谓的民间写作,就要求你丢掉你的知识分子立场,你要用老百姓的思维来思维。否则,你写出来的民间就是粉刷过的民间,就是伪民间。

我想可以大胆地说,真正的民间写作,"作为老百姓的写作",也就是写自我的自我写作。一个作家是否能坚持民间写作,有时候也不是他自己能够决定的。一般情况下,刚开始的写作都是比较民间的,但是成名之后,就很难再保持民间的特质。刚开始的写作,如果要被人注意,大概都要有些出奇之处,要让人感到新意,无论是他讲述的故事还是他使用的语言,都应该与流行的东西有明显的区别。也就是说,"文学的突破总是在边缘地带突破"。但一旦突破之后,边缘就会变为中心,支流就会变为主流,庙外的野鬼就会变为庙里的正神。尽管这似乎是一个难以逃避的过程,但有警惕比没有警惕好,有警惕就有可能较长时间地保持你的个性、保持你的民间心态、保持你的老百姓的立场和方法。

我们可以想想沈从文的创作，在他的早期作品中，保持着真正的民间的立场和视角。他写那些江边吊脚楼里的妓女，如果是知识分子立场，那就会丑化得厉害。但沈从文却把她们写得有很多的可爱之处。因为他对这些妓女的看法与那些船上的水手对她们的看法是一样的。他也没有把她们写成节妇烈女，但还是写出了她们在职业范围内的真情："牛保，我等你三个月，你再不来，我就接待别的客人。"他写那个戴水獭皮帽子的朋友，如果是用知识分子的立场，那这个家伙就是个十恶不赦的大流氓，但他在沈从文的笔下是那样爽朗、粗野和有趣。但后来沈从文成了名作家，他的民间立场就很难坚守了。他要对他笔下的人物进行评判了，他已经不知不觉地处在居高临下的位置上了。

说起来容易做起来难，但还是要努力地做。"知识越多越反动"，从文学的角度上来看，是有几分道理的。

我就讲到这里，下边请大家提问，直接站起来说或是递条子，都可以。

现场互动：

问：您刚才说到，边缘化的写作出名后很快就成为主旋律，那么，您怎样保持自己的边缘性呢？

答：这个问题，我已经反复地强调过，那就是要时刻记住我就是一个老百姓，尽管我的工作与泥瓦匠有所区别，但在本质上是一样的。我想必须保持清醒的头脑，不要自己抬举自己，要知道你是谁。在具体的创作过程中，要力避用熟练的方法写作，这跟打球不一样。

打球嘛,如果对方吃你的下旋球,那就乘胜追击,写小说恰好相反。我想每一个清醒的作家,都会有自己的追求。这种追求对我来说,就是希望能够不断地自我超越。

问:请谈谈你的新作《檀香刑》与《红高粱》之间的内在联系。

答:这两部小说都是历史题材,《红高粱》的背景是抗日,《檀香刑》的背景是抗德,故事发生的地点都是高密东北乡,这是类似的地方。从这个意义上说,《檀香刑》是《红高粱》的姊妹篇。《红高粱》我最得意的是"发明"了"我爷爷""我奶奶"这个独特的视角,打通了历史与现代之间的障碍;也可以说是开启了一扇通往过去的方便之门。因为方便,也就特别容易被模仿。后来"我爷爷""我奶奶""我姑姑""我姐姐"的小说就很多了。《红高粱》歌颂了一种个性张扬的精神,也为战争小说提供了另类的写法。但《红高粱》作为一部长篇,最大的遗憾是没有结构,因为写的时候就是当中篇来写的;写了五个中篇,然后组合起来。《檀香刑》在结构上下了很大的功夫,在语言方面也做了一些努力;具体地说就是借助了我故乡那种"茂腔"的小戏,试图锻炼出一种比较民间、比较陌生的语言。

问:通过你的谈话,看出你十分重视作家的创作心态,那么请问我如何保持宝贵的民间心态和民间立场呢?

答:我刚才已经反复地谈过这个问题,那就是要时刻保持警惕。当然,我也并不认为作家必须跟苦难和贫困联系在一起。我们也没有必要故意地去体验艰难。因为有意识的体验和命运的安排不是一码事。我觉得最重要的还是你要时刻记住自己是一个老百姓,作家就是一个职业,而且这个职业既不神秘,也不高贵。

问：请谈谈你在《檀香刑》里为什么要描写那么多酷刑？

答：酷刑的设立，是统治阶级为了震慑老百姓，但事实上，老百姓却把这当成了自己的狂欢节。酷刑实际上成了老百姓的隆重戏剧。执刑者和受刑者都是这个独特舞台上的演员。因为《檀香刑》的写作受到了家乡戏剧的影响，小说的主人公又是一个戏班的班主，所以我在写的时候，感觉到自己是在写戏，甚至是在看戏。戏里的酷刑，只是一种虚拟。因此我也就没有因为这样的描写而感到恐惧。另外我在《檀香刑》中有大量的第一人称的独白，那么我写到刽子手赵甲的独白的时候，我就必须是赵甲，我就必须跟随着赵甲的思维走笔。赵甲是大清朝的第一把刽子手，在他们这个行当里是大师级的人物，他是一个真正的杀人如麻的人。当我试图描写他的内心世界时，我就感到，杀人，在他看来，实际上是一次炫耀技巧的机会，是一次演出。因此，我之所以能够如此精细地描写酷刑，其原因就是我把这个当成了戏来写。

作家与他的创造

——在山东大学文学院的演讲

时间:2002年9月

主持人称我"莫言教授",我感到惶恐。因为在我心中教授的地位至高无上,在我们村有人说谁家有个教授,就跟说谁家有个省委书记差不多。北京的朋友们叫我"老莫",你们都叫我莫言就行了。因为,说实话,作为一个小说家,用笔在纸上滔滔不绝地写还行,偶尔登台演讲一次两次,谈谈创作经历也还可以。要带研究生、设帐授徒,必须拿出一套系统的理论,这对我来说是非常困难的。这也是我一开始犹豫再三,不敢答应山大聘任的原因。我的老家是山东,这里又有我的许多朋友,他们邀请,我女儿也在这儿"抵押"着(女儿是山东大学英语系本科生),先答应了吧,也可以借这个机会经常来看看孩子。今年招到了王美春和赵学美这两个研究生,都是我的老乡,潍坊人。她们两个跟着我注定学不到多少东西。实在不行,我就经常来请她们吃火锅吧,她们精神上得不到滋养就用食物来滋补,比较实惠!要不我就每年给她们每人发1000元的助学金,否则我教授不敢当。幸好有贺立华教授托底,我解答不了的问题,可以找他。

今天讲课我想还是一种漫谈式的。上半年,我确实想坐下来准备讲稿,但发现各种各样的内容太多了,要把自己的创作思想完全爬梳出来很困难。我觉得对作家,尤其是小说家,理论知识太多,就会对他的创作产生反面影响,因为他知道的太多了,理念的东西太多了,就会扼杀或影响了小说创作。而一个作家靠原生性的、本质的、自发性的东西来创作,可能会使小说更加多义。如果他的理论太成熟了,头脑太清晰了,他的小说反倒容易单向了。

第一个问题,先讲一下作家的创作态度。

当代作家刚开始创作时,创作心态都是差不多的,无非是想成名、成家或者说要表现自己,满足自己对文学的爱好、追求。就我个人来讲,开始时连这些想法也没有,无非是想挣点儿稿费,买块手表什么的。一旦成名后,作家的创作态度便有了区别。在当前的形势下,作家的创作态度我想大概可以分为两类:

一是"为老百姓写作"。有些作家,站在很高的角度上,打着"为老百姓服务"的旗帜,充当"老百姓的代言人",想成为社会或时代的"记录员",创作的社会意识非常强。这一类作家的创作态度可以称为"为老百姓写作"。去年在苏州大学时,我对这种创作态度有所贬低,认为他们在潜意识里把自己当作高于老百姓的人,往往以"精神领袖"自居,采取居高临下的态度。现在应该修正这种观点。这种态度还是需要的,因为社会中确实存在着许多黑暗面,很多老百姓有冤无处诉,这种文学客观上可以对社会产生影响,起到改良社会的作用。而且文学繁荣的标志是文学作品多样化,这样才能适应不同层次读者的需要。"为老百姓写作"的小说一般来说批判性较强,易于类型化,所以较难写出精品,但有它存在的价值。

二是"作为老百姓写作"。有些作家的创作态度是作为老百姓写作,基本上是从个人出发的,站在个人的角度上写自我,这是一种个性化写作。我自己更喜欢这种写作,这种写作才能写出个性化的、原创性的作品。我认为小说写原生性的或本质的、自发性的东西,会更加有多义性,思想内涵会更丰富。因为有深刻体验和切肤之痛,发自深心而被触动了灵魂,它肯定是从作者自我生发的。当个人的精神痛苦与时代的精神痛苦一致时,就会产生同时具有社会和时代意义的真正伟大的作品。这种写作的负面是作家易于顾影自怜、无病呻吟。但真正流传下来的作品肯定是作为老百姓的写作,写的是自己切肤之痛的生活,是发自内心的,曾经触动过他的灵魂的大悲大爱。所以个性化写作不会完全站在客观立场上。假如从自我写作的作家,个人痛苦恰与广大社会的痛苦一致,作品就具有了时代意义甚至社会批判意义。这样的作家是幸运的。如托尔斯泰、陀思妥耶夫斯基、卡夫卡等人,他们的作品是从自己的精神世界出发,但也同时反映了广阔的社会。

写作只能是作家内心深处的要求,不能像安排任务一样,那样写不出作家灵魂深处最痛苦的东西。如果一个作家写出了自己灵魂最深处的痛苦,并且他的痛苦跟大多数人的痛苦一致,他的作品极可能成为伟大作品。如前几年兴起的打工妹和打工仔文学,比较好的是打工妹或打工仔自己写的。但如果为了写作而去体验,得到的仅仅是一种技术上的东西,不等同于真实的感受。如果为了写乞丐生活,自己沿街乞讨,可以体验到表层的东西,但深层的东西,乞丐内心深处、灵魂深处的东西不容易体验到。真正有天才的、想象力丰富的作家,即便不去体验照样可以写得很深刻。这样一种把别人的痛苦当作自己痛苦的能力是考验或衡量一个作家能否持续写作的标志。

从上个世纪八十年代到现在,堪称经典、伟大的作品几乎没有,这主要是社会原因造成的。西方作家是业余的,中国大多是职业化的作家,一般具有很高的行政级别,物质上养尊处优,几十年不写作,照样可以周游列国,分房子、加工资等都不会落下。这样的结果使中国作家大部分成为精神贵族,不太可能写出超越出自己成名作(未成为精神贵族之前的作品)的作品。

还有一个问题就是作家的自大狂心态。尽管没有大作家,但是中国狂妄的作家实在太多了,自认为是托尔斯泰、巴尔扎克。作家自我标榜,不能写出好作品,甚至连做人都不行。这种人注定是虚伪的、无耻的、令人讨厌的家伙。中国作家的官僚化职业化、自大狂妄心态和强烈的功利心,导致了当下大手笔作品的缺失。

我觉得写作应该是寂寞的。作家就是一种职业,不管老百姓怎么看你,自己千万不要自认为是高人一等的精神贵族。王朔作品中对作家的调侃,是对中国作家自大狂的讽刺。成名作家要保持平常心很困难。随着社会地位的提高、物质条件的改善,作家会在不知不觉中改变。成名后,名誉、地位、金钱都有了,会对灵魂产生很强烈的腐蚀。如果作家有强烈的自我警惕的意识,他还可能保持作为一个老百姓的心态。作家一旦成为精神贵族,自认为是巴尔扎克、托尔斯泰,将小说、诗歌等神圣化,这将是荒诞的。文学就是一种艺术形式,本质是一种游戏的东西。当然这种游戏中有庄严有神圣,也有痛苦和欢乐,但它毕竟就是一种艺术形式,绝对没有神圣到不可侵犯的程度。作家更是凡人,而且作家的人品与文品没有完全直接的关系,一些道德败坏的小人写出的作品说不准是精品,而一些道德完善的君子写出的作品却会很烂。

今年春天，我接待来访的大江健三郎先生，他质朴得像个农民，见到我的父亲，他非常恭敬，我为母亲上坟时，他也跟着下跪；生活中不提任何要求，标准很低，随遇而安。这些质朴的东西值得中国作家学习。

另外一个妨碍中国出大作家的原因在于功利心太强。有正常的功利心是应该的，但把自己的写作完全锁定在功利上，很难写出好的作品。因为创作时头脑中杂念太多，创作的过程中肯定会有世俗的、商业化的、媒体的等很复杂的因素掺杂进去。我觉得写小说的最应该保持一种平常的老百姓心态，就是为了写小说而写小说，至于写出来以后是否畅销，是否受到影视导演青睐、被改编为影视剧，完全是以后的事。你写出来的文章被改编嘛，当然也不是件坏事，但是写之前绝对不能有这种先入为主的功利心。蒲松龄写《聊斋志异》，曹雪芹写《红楼梦》，开始都没有什么其他的想法。

第二个问题，讲一下小说的独创性。

每年各种刊物上小说都发表得很多，但是真正具有独创性的并不多。模式化问题严重。我心中的好小说是语言、题材和思想都具独创性的小说。创新就像一条狗，咬得作家拼命跑！无论有多大缺点，有原创性的小说就是值得看的小说。当下的中国小说基本上可以分为几大类：

一、反腐败小说。是当前的主旋律的小说，也是最易受到表彰的小说。这类小说最易与影视相连。

二、官场小说。主人公多为处长、科长、乡镇党委书记，良心未泯，但是却随波逐流，一边行贿受贿，一边又为老百姓办事。读完这种小说，给人的感觉就是腐败在中国是合理的，对腐败是一种理解和同情,也算是分享艰难的小说。

三、新都市言情小说。主人公大多为白领丽人,多具有小资情调,有别墅,出入高级娱乐场所,多有婚外恋情,也是电视热门题材。

四、都市颓废小说。多是年轻作者写的,主人公是幽魂一样的男女,泡酒吧、食摇头丸;这也不是他们的独创,是从加缪等人那里学来的,是一群多余的人。

五、历史小说。这种小说几百年前就有,现在的更多了主观臆断和戏说的成分,也易为影视所青睐。

六、农村题材小说。与前几类有所交叉,比如官场小说中也有写农村的,但与八十年代的这种小说不一样,因为主人公有变化,由上个世纪八十年代的下层农民到现在的乡村干部,真正写农民生活的不多了。

七、校园小说。多为大学生写大学生活,中学生写中学生活,把校园当作一个小社会。过去认为校园是神圣不可侵犯的,这种小说暴露了校园中的钩心斗角、争名夺利、知识分子的龌龊行径和心态。

第三个问题,讲一下我心目中的好小说。

《聊斋志异》。首先,语言具有独创性。当时官方推崇的文章应该是八股文,它的这种文言文肯定是一种另类;而且在它之前,《西游记》这种白话文已经出现了,它在小说中用典雅、优美的文言,是非常独特的。其次,故事具有独创性,写鬼写狐。再次,思想具有独创性,故事中的鬼、狐比人可爱。

蒲松龄之所以写出这种小说,关键在于科场的失意,怀才不遇,对科场的迷恋在小说中能体现出来,有人做了善事,他的儿孙就会中举等。正是因为对科场的迷恋而又失败,造成了他的作品的多义性、复杂性。蒲松龄晚年凄凉的心境产生了凄美的文字,他写作时完全从自我出发,发泄自己未能发科的个人愤怒和痛苦,但是这种痛苦与未被录取的广大秀才的痛苦一致,自己落魄的情形与广大老百姓一致。于是从自我出发,个人痛苦与时代痛苦合拍了。

《红楼梦》是曹雪芹家境败落后写出的,经过繁华生活后才写出的。把它定位为对封建制度的批判是种误读,作者通过小说怀念以前的富贵,是留恋心境的体现,是为封建大家庭唱挽歌。在描写贵族家境的过程中自然写出的腐败,并非故意写的。

多义性、无意性是伟大作品的标志之一。《战争与和平》也是好小说,是真正的历史小说,真正的战争小说,真正地展示了历史画面的好小说。从人出发的小说,才能真实地反映历史;完全写实的东西反而不能真正再现历史。

《罪与罚》这篇小说个性太鲜明了,完全与陀思妥耶夫斯基的病态的人格、半神经病的精神状态紧密相连。就像鲁迅所说他:他既是伟大的审判者,又是伟大的犯人。如果作家没有这种特异性,绝对不可能写出《罪与罚》来。作家很可能具有强迫症,所以虽然很危险,可能成为尼采,但却是人类灵魂复杂性的表现。这种小说探讨了人类灵魂的秘密。

我自己一贯眼高手低。我觉得现在的小说中,好小说没有,但是坏小说也不多,作品大多类型化,没有原创性、独创性,读完后让人拍案叫绝的作品不多。现在的小说作者出手很高,语言很优美、流畅。现在找不到有明显的优点或缺点的小说。原因不完全是作家的,经过历代累积,小说花样太多了,现在若无天才,搞不出新花样来。上个世纪八十年代,作家成名容易;那时的作品从技术、思想性上比不上现在小说,是从"文革"废墟上重建起来的,作家突破禁区,如爱情主题、公安层面的阴暗面就可成名。八十年代中国作家疯狂阅读外国文学,产生震动并进行简单模仿。假如一个作家懂外语,事先阅读了作品,模仿后更容易成名。

现在的作家成名靠很多非文学的因素,如包装自己、伪造家史(宣称自己是大人物的私生子等)等。作品中暴露灵魂深处的东西不多,现在要找写作匠容易,但是找真正的文学大师不容易。有一些作家以一种非文学的手段获得一种同样非文学的名声。

卡夫卡的小说。卡夫卡是一个做梦的作家,他的小说就是仿梦小说,描写梦境,具有不确定性、非逻辑性;通过荒诞、悖论写出人世的许多悖论的现象。这与他个人的精神状态、成长环境也是密切相关的。从卡夫卡写给父亲的一封信,可以说明他为什么能写出这样的小说。

《百年孤独》为中国作家提供了一种在小说不景气的时候挽救小说的方法。马尔克斯毫无疑问受到了福克纳的影响,把欧美的现代派小说与拉丁美洲这种神奇传说结合起来,产生了魔幻现实主义。任何一门艺术当它濒临危机的时候,拯救这门艺术的只有两个方法:一是对本民族文化中未被挖掘部分的挖掘,从另外角度对已有文化的利用;二是从外国借鉴人家的东西,通过外边东西的刺激,然后对本民族文化积淀挖掘,然后结合起来,再加上作家独特的想象力,才有可能产生新的作品。

现在要写出一部完全新的作品,没有一点前人的痕迹是不可能的,文学的突破也只能从边缘上去突破。

福克纳、鲁迅、沈从文、张爱玲的小说也是好小说。

我觉得作家与文学家是两个概念。文学家首先应该为本民族语言的发展做出贡献,如鲁迅,他的杂文、短篇小说,用现代人的眼光看，为近现代中国的汉语做出了重大贡献；沈从文也是文学家，因为他独创了一种文体，使用他独特的语言讲述他独特的故事。张爱玲使用一种别人没用过的语言写别人没写过的故事。有了个性化的语言，反映了别人没有反映过的生活，具备了这两点才是好小说。而如果一个作家是一个伟大的思想家的话，不一定写出伟大的作品，鲁迅不适合写长篇小说，就是因为他太有思想了，思维太清楚了。长篇小说需要一种模糊的东西，应该有些松散的东西，应该有些可供别人指责的地方，里面肯定有些败笔，有些章节可以跳过去。总之，好的作品应该具备以下几个要素：语言的开创性与独特性；故事的独创性与多义性；思想的不确定性。

个性化的写作和作品的个性化
——在第二届华语文学传媒大奖颁奖仪式上的发言

时间：2004 年 4 月 18 日
地点：北京

我荣幸地获得了第二届"华语文学传媒大奖·年度杰出成就奖"。与首届获此奖项的史铁生先生相比，我感到十分惭愧。与诸多同行相比，我也深感惭愧。尽管我表达了这么多的惭愧，尽管我知道伴随着这个荣誉而来的会有冷嘲和热讽，但这毕竟是一件光荣的事情，因此我要感谢把我推举到领奖台上的初选评委和终审评委，并感谢设立了这个奖项的媒体和设立这个奖项的决策人。我还要特别地感谢为我颁奖的史铁生先生，在新时期文学的道路上，他留下的痕迹，比我们所有人的足迹都要深刻。

据说这个奖有一点"终身成就奖"的意思，一个作家一辈子只能得一次，这就使我不由自主地回顾了一下自己二十余年的写作历程。上个世纪八十年代初，新时期文学勃发之时，我是凭借着一股"初生牛犊不怕虎"的勇气，凭借着一股急于发出不与他人雷同的声音的热望,几乎是在懵懂无知的状态下,冲上了文坛,并浪得了虚名。这个过程中,当然离不开师长们的教诲、栽培和同行们的帮助与激励。现在,这头当初就很不可爱的牛犊,即将成为一头令人厌烦的老牛,却突然被"华语文学传媒大奖"的光芒照耀了一下,这可以看作是对我多年耕耘的奖赏,也可以看作是对我的鞭策。

　　二十多年来,尽管我的文学观念发生了很多变化,但有一点始终是我坚持的,那就是个性化的写作和作品的个性化。我认为一个写作者,必须坚持人格的独立性,与潮流和风尚保持足够的距离;一个写作者应该关注的并且将其作为写作素材的,应该是那种与众不同的、表现出丰富的个性特征的生活;一个写作者所使用的语言,应该是属于他自己的、能够使他和别人区别开来的语言;一个写作者观察事物的视角,应该是不同于他人的独特视角,从某种意义上来说,牛的视角,也许比人的视角更加逼近文学。我不认为一个写作者可以随便对作品中描写的人和事做出评判,但假如要评判,那也应该使用一种不同流俗的评判标准。这样强调写作的个性化,似乎失之偏颇。但没有偏颇就没有文学。中庸和公允,不是我心目中的好的写作者所应该保持的写作姿态。即便在社会生活中,中庸和公允,多数情况下也是骗人的招牌。趋同和从众,是人类的弱点;尤其是我们这些经过强制性集体训练的写作者,即便是念念不忘个性,但巨大的惯性还是会把我们推到集体洪流的边缘,使我们变成大合唱中的一个无足轻重的声音。合唱虽然是社会生活中最主要的形式,但一个具有独特价值的歌唱者,总是希望自己的声音不被众声淹没。一个有野心的写作者,也总是希望自己的作品,能跟他人的作品区别开来。我知道有些批评家已经对这种强调个性的写作提出了批评,但他们这种批评,其实也正是一种试图发出别样声音的努力。时至今日,我认为已经不存在那种会被万众一词交相称颂的文学作品,我也不认为会存在一个能够满足各个阶层需要的作家。任何一个写作者的努力,都是"嘤其鸣兮,求其友声"。从这个意义上说,写作的个性化,恰是通向某种程度的普遍性的桥梁。

尽管这个奖有那么点"终身成就奖"的意味,但我当然不愿意让这次得奖成为创作的终结。对一头耕耘多年、尚有劳动能力的准老牛来说,已经没有必要再来讲述耕耘的重要意义;默默地埋头拉犁,比什么都重要。"老牛已知光阴迫,不需扬鞭自奋蹄。"何况这"华语文学传媒大奖"的鞭子还高高地悬在头上呢?当然,这样的比喻马上会让人联想到站在后边扶犁扬鞭的农夫,而谁又是这个农夫?由此可见,没有个性的比喻也总是蹩脚的。

谢谢各位,并向即将获得第三届"华语文学传媒大奖·年度杰出成就奖"的那位同行表示祝贺。

中国小说传统：从我的三部长篇小说谈起
——在鲁迅博物馆的演讲

时间：2006年5月14日
地点：北京

我们老家，把那些不知天高地厚的行为叫作：鲁班门前抡大斧，关公马前耍大刀，孔夫子门前念《三字经》。现在还应该加上一条，那就是：鲁迅博物馆里谈小说。来这里谈小说，基本上等于自取其辱。但友情难却，冒死吃河豚，斗胆谈小说。

其实，自从有了鲁迅先生的《中国小说史略》，再谈古典小说，基本上等于狗尾续貂。对我这样的没有文化、没有训练的乡土作家来说，连"续貂"也不可能。中国小说，源远流长，博大精深，从唐传奇到宋元话本，从三言二拍到官场现形，什么讲史、说部、神魔、世情、武侠、公案，已经是形形色色，令人眼花缭乱，何况中国还矗立着《三国演义》《水浒传》《西游记》《儒林外史》《聊斋志异》《红楼梦》等经典。这其中的任何一部，都可以使一个人穷毕生之精力而难以研究透彻。当然，如果一部小说能被人研究得像盲肠炎一样清清楚楚，那这部小说也就不是小说，或者不是一部伟大的小说了。君不见，一部《红楼梦》，研究了几百年，不是越研究越明白，而是越研究越糊涂了。《红楼梦》一百万字，研究《红楼梦》的文章累加起来，只怕有几亿字了吧。也就是说，即使是要把那些文学史上有名的、被列入名册的经典通读一遍，都要付出极大的精力，要想从中有所发现，并总结出一点规律性的东西，那是何等的艰难。但鲁迅先生似乎很轻松地做到了，他是天才，跟我们没有可比性。

那么，像我这样一个读书不多且不求甚解的人，竟然侈谈继承和发扬中国古典小说的伟大传统，是不是有点像痴人说梦呢？是，但又不完全是。为什么如此说呢？请听我慢慢道来。

我觉得，一个小说家的学习，可以大致分成两个方面。一个是在成为小说家之前，那种不自觉的、没有功利目的的学习。譬如我在少年时期，去集市上，从成年人的腿缝里钻进场子，听那些说书艺人说书。譬如我小时候，费尽心思，把我们高密东北乡十几个村庄里的那几部古典小说，搜集来看，因为借期有限，逼得我不得不一目十行。有时候宁愿被家长惩罚，钻到草垛里也要把书读完。这样的学习和阅读，完全是一种对故事的入迷，跟一个饥饿的孩子对食物的渴望同样性质，根本想不到这是对民间文学和古典文学的学习，是为将来的创作生涯做准备，所以得到的感觉是纯粹的。后来，当我成了职业小说家之后，我的父母曾对我说，如果知道你会成为一个写书的，当年就不该逼着你放牛放羊，就应该给你时间让你读书，就应该给你一点钱，让你每个集日去集上听书。我说，如果是那样，逼着我读书听书，也许我就要偷着去放牛放羊了。

还有一种学习，是当你明确了要学习写小说，然后把阅读和听书当成了为写作做准备。这样的学习，目的明确，从技术上讲当然有用,但那种原初的、朴素的、一个纯粹读者和听众的感受则多半要丧失殆尽。

这两个方面的学习,我个人觉得,前者远比后者重要。这也是我反复说过的:一个小说家的风格,他写什么、他怎样写、他用什么样的语言写、他用什么样的态度写,基本上是由他开始写作之前的生活决定的。他开始写作之后,尤其是他成名成家之后的努力,只能对他的创作产生浅表性的影响,不太可能产生深层的影响。

当年,作为一个纯粹的少年听众,一个听书入迷者,在集市上听书时,我是心无旁骛的,我的情感是全面投入的。我一方面被说书人眉飞色舞、手舞足蹈的表演姿态所吸引,一方面被故事中人物的命运所吸引,后者则更为重要。那时候,我们家乡的集市上,有两个比较著名的说书人。一个名叫"大破锣",他嗓音嘶哑,跛一足,渺一目,有两只小蒲扇般的招风耳朵。此人记忆力好,有随机发挥的天才,善用比喻,经常含沙射影地对周围村子里的与他不睦者进行攻击。他善于表演,动作夸张,由于能够临场发挥,多能吸引听众,并能引发一阵阵的爆笑。另一个说书人,名叫王登科,是个教过私塾的老头子,他的说书,基本上是照本宣科,语调少变化,身上没动作,与听众没交流。他的说书,更像是自娱自乐。起初,我是喜欢"大破锣"的。大多数人也喜欢"大破锣"。"大破锣"的场子总是被围得密不透风;而王登科的场子,只有稀不愣冬的十几个人,大多是固定的听众。但后来,我厌倦了"大破锣",因为他的讲述旁生枝丫太多,热闹是热闹,但正书则推进太慢,他的那些调侃、插科打诨重复率太高,使我感到了不满足。而王登科这边,尽管他是照本宣科,但他依据的话本,都是经过文人加工整理过的,其中包含了无数代说书人的智慧,已经有了很高的艺术性。所以,听王登科念书,我可以闭着眼,静静地听,全部的身心是跟着故事走,跟着人物的命运走。这样的听书,已经近于阅读,是一种用耳朵的阅读。当然,这样的书,是在说书人口头讲述的基础上加工整理的,起初也是为说书人准备的,因此留有说话的痕迹,起承转合,得胜头回,先声夺人,花开两朵,先正一枝,欲知结局如何,且听下回分解,等等。我曾经多次把在集市上听到的书,转述给我的母亲和姐姐听。我发现,当我试图转述"大破锣"的讲述时,困难重重,因为他的那些随机发挥的话,如果不身临其场,是没有意思的。譬如他看到一个听书许久的人,在即将卖关子收钱前悄悄溜走时,他会抛下正书,发声高喊:哎,那个戴毡帽的慢点溜,当心撞到大白鹅的梆子上——大白鹅是我们高密东北乡有名的浪荡女人,梆子是女性生殖器的隐语。这句话极具侮辱性,当那人知羞止步时,他又会随机应变地说:撞到一块白菜帮子上——全场大笑。这样的情景,如果没有现场,靠口头转述,产生不了什么幽默感。但王登科的就不一样了。转述王登科,其实就是背书。王登科照本宣科,我把他讲述的背下来。这时,我扮演的也是一个说书人的角色,尽管我没有表演,但话本本身的精彩,已经使我的母亲和姐姐入迷,她们经常忘记了手里的针线活儿。尽管我母亲最后总要教训我一句:行了!睡吧!靠耍贫嘴是挣不出饭来吃的。但下一个集市晚上,她又要我把白天听到的,转述给她听。

后来,我看过一些话本小说,或者是带有话本小说痕迹的小说,渐渐地感觉到不满足。与《红楼梦》《儒林外史》这些经典相比,话本小说追求的是故事性和戏剧性,不注意塑造人物,只追求情节的曲折,不注重细节真实,人物性格平面化,缺少内心矛盾和冲突,文学价值不高,不值得仿效。

到了上世纪八十年代,我考入解放军艺术学院文学系,读小说写小说成了我的正业。这期间,大量的西方现代派小说被翻译成中文,法国的新小说、拉美的魔幻现实主义小说、日本的新感觉派小说,还有卡夫卡的、乔伊斯的、福克纳的、海明威的。这么多的作品,这么多的流派,使我眼界大开,生出相见恨晚之慨,生出"早知可以如此写,我已早成大作家"之感。于是就扔下书本,狂热写作。许多批评家认为我受了拉美爆炸文学的影响,尤其是受了马尔克斯那本《百年孤独》的影响,对此我一直供认不讳。我确实受了他的影响,但那本《百年孤独》我至今还没看完。想当年,我看了这本书的十八页,就按捺不住创作的激情冲动,扔下书本,拿起笔来写作。

我觉得——好像也有许多作家评论家说过——一个作家对另一个作家的影响,是一个作家作品里的某种独特气质对另一个作家内心深处某种潜在气质的激活,或者说是唤醒。这就像毛主席的《矛盾论》里论述过的,温度可以使鸡蛋变成小鸡,但温度不可能使石头变成小鸡。我之所以读了十几页《百年孤独》就按捺不住地内心激动、拍案而起,就因为他小说里所表现的东西与他的表现方法跟我内心里积累日久的东西太相似了。他的作品里那种东西,犹如一束强烈的光线,把我内心深处那片朦胧地带照亮了。当然也可以说,他的小说精神,彻底地摧毁了我旧有的小说观念,仿佛使一艘一直在狭窄的山溪里划行的小船,进入了浩浩荡荡的江河。

我匆匆拿起笔来,过去总是为找不到可写的东西而发愁,现在是要写的东西纷至沓来。我曾经写文章描绘过那时的创作心态。我说每当我写一篇小说时,许多要写的小说就像狗一样在我身后狂叫,先写我吧,先写我吧,那些小说说。

这一时期,我在学校,白天上课,晚上跑到教室里去写,早晨还要一大早起来参加学校的早操。军艺是军队院校,军事化管理。就是在这样的环境里，两年的时间内，我写出了《透明的红萝卜》《爆炸》《球状闪电》《金发婴儿》《筑路》《红高粱家族》等八十多万字的小说。

也就是在这时候，我意识到一个严重问题，就是必须从马尔克斯、福克纳这些西方作家的阴影里挣脱出来，不能满足于对他们的模仿。即使我这些作品里真正能看出西方作家影响的只是其中一小部分，大部分还是被评论家和读者认为是地道的中国小说，但我自己知道，这种影响是多么巨大和可怕。马尔克斯唤醒的是我心中固有的那部分与他的气质相合的东西，但一个作家的影响犹如一种渗透力极强的颜料，会把我内心里那些原本与他不同质的东西，也染上他的颜色。所以，我在1987年一期《世界文学》上发表了一篇文章，题目大概是叫作《两座灼人的高炉》。我的意思是说，马尔克斯和福克纳是两座灼热的高炉，而我是冰块，如果离他们太近，就会被融化、被蒸发。

但我的这次逃离并不彻底，仿佛热恋过的情人，即便分手了，也总是情牵意挂、藕断丝连。因为他那套技巧使用起来太方便了，而我的头脑里积累起来的与他的故事相类似的故事实在太多了。惯性巨大，即便是叛变，也需要一个过程。

在接下来的十几年里，我一直怀着叛逆之心写作。这期间写了诸如《天堂蒜薹之歌》《十三步》《酒国》《丰乳肥臀》等长篇和《怀抱鲜花的女人》《父亲在民兵连里》等几十个中短篇。这些小说进行了大量的技巧试验，也努力做着个性化的、不落他人窠臼的努力，但总是留有西方文学影响的蛛丝马迹。

一直到了2000年写作《檀香刑》时，才感觉到具备了一些与西方文学分庭抗礼的能力。这也是我今天所要讲的主要内容：我在最近这三部长篇小说《檀香刑》《四十一炮》《生死疲劳》的创作过程中，大踏步撤退，向民间文学学习，向中国传统小说学习。

汪曾祺老先生在一篇谈京剧改革的文章里曾经写道："文学史上有一条规律，凡是一种文学形式衰退了的时候，挽救它的只有两种东西，一是民间的东西，二是外来的东西。"

汪先生谈到的外来的东西，既包括外国的戏剧，也包括京剧之外的其他艺术形式，譬如小说、诗歌、美术等。他谈到的民间的东西，既包括民间戏曲、民歌、小调、鼓书等粗陋的艺术形式，也包括了民间的生活、民生的疾苦。他谈的是京剧，但完全适用于小说。小说原本是民间的俗物，但现在已经进入庙堂，成为高雅艺术，与老百姓日益远离。这种远离，不仅是指小说远离了读者，也指的是小说的内容脱离了生动活泼、有血有肉的民间生活；也指的是小说的语言，脱离了民间生命力蓬勃旺盛的语言宝库，变成了从文本到文本不断复制的华丽而苍白的塑料花朵一样的语言。

我写《檀香刑》，提出向民间回归，从所谓的先锋位置上大踏步后退，最直接的原因就是我对那种洋溢着翻译腔调的时髦文体的反感。我觉得这不仅仅是一个小说语言文体的问题，而是关系到小说的灵魂。一个使用这种语言写作的人，绝对不会了解民间，而一个不了解民间的作者，绝不可能写出反映民生的小说，只能算作一部用汉语写成的小说。当然，所谓"民间"，并不仅仅是指穷乡僻壤、荒山野岭，并不仅仅是指乡村，它应该包含了社会底层生活的全部内容；上海的里弄，北京的胡同、酒吧间，都是"民间"的构成部分。

《檀香刑》看起来是一部历史题材的小说，主人公是晚清的最后一个刽子手，因为执刑有功，被慈禧太后赏给七品顶戴和皇上坐的龙椅告老还乡。他的儿女亲家孙丙，原是"猫腔"戏班班主，后解散戏班娶妻生子开茶馆谋生。因家庭突遭变故，他成为抗德领袖，从义和团处学来法术，召集民众和旧日班底，与修建胶济铁路的德军对抗，兵败被捕。为杀一儆百，德军首领与山东巡抚袁世凯让县令钱丁搬请老刽子手赵甲出山，设计一种能使人受刑但数日不死的刑罚，惩处孙丙，借以警示民众。赵甲设计了"檀香刑"。孙丙本来有逃跑的机会，但他没有逃跑。他是唱戏出身，已经形成了戏剧化的思维习惯……

鲁迅先生在他的作品里，批评了那些冷漠无情的看客，侧面也表现了受刑人的表演心理。我是在他的这个主题上的进一步延伸和拓展。我认为，刽子手、死刑犯和看客是三位一体的关系。在这场轰轰烈烈的大戏中，刽子手与死刑犯是同台演出，要求心领神会、配合默契。刽子手技艺不精，看客不满意；受刑人没有种，看客也不满意。所以这是一场丧失了是非观念的杀人大秀。只要被杀者表现得有种，能面不改色、视死如归，最好能一边受刑一边唱戏，哪怕这个人杀人如麻、血债累累，看客们也会发自内心地对他表示钦佩，并毫不吝啬地把喝彩献给他。

我在这本小说里，重点挖掘的是赵甲这个刽子手的奇特心理，当然也是变态心理。他不奇特不变态就活不下去……

这部小说的内容，除了孙文抗德这个真实的故事内核之外，其余的全是虚构。这样的刑罚，这样的刽子手，从来没有出现过。我一直悄悄地认为，这其实是一部现代小说，看上去写的是长袍马褂、辫子小脚，实际上写的是现代心态。八十年代初期，当张志新事迹披露后，我受到了极大的震撼。我当时就在想：那个在执刑前奉命切断了张志新喉咙的人，那些以革命的名义、以人民的名义对张志新施以酷刑的人，他们当时怎么想？当他们看到了张志新彻底平反，并被追认为革命烈士时又会怎么想？他们想忏悔吗？如果他们想忏悔，我们的社会允许他们忏悔吗？——后来，到了九十年代，我又知道了北大才女林昭的故事，知道了林昭故事中那个惊心动魄的五分钱子弹费的细节。我又在想同样的问题：那些当年残酷折磨林昭的人，那个发明了那种塞进林昭嘴里、随着她的喊叫会不断膨胀的橡皮球的人，到底是怎么想的？而更进一步，我又想：如果当时我就是看守林昭或者张志新的狱卒，上级下令让我给他们施刑，我是执行命令呢还是反抗命令？更进一步想的结果使我大吃一惊。我觉得，从某种意义上，或在某些特殊情况下，我们大多数人，都会做刽子手，也都会成为麻木的看客；几乎每个人的灵魂深处，都藏着一个刽子手赵甲。

这样一部小说，决定了它的民族性和民间性。有许多评价家说我没有思想，我也经常承认自己是没有思想的，但其实我还是有思想的，尽管这思想有时候过于偏激，有时候流于肤浅，但偏激的思想、肤浅的思想也是思想啊。

接下来我考虑的问题，就是用什么样的结构来写这部小说，用什么样的语言来写这部小说。

在结构问题上，我想起了当年听北大叶朗教授讲《中国小说美学》时提到过的凤头——猪肚——豹尾的小说结构模式。这种模式，为我的叙述，带来了极大的便利，我认为也便利了读者的阅读。

语言问题，我想到民间戏曲，想到了我们高密特有的濒临灭绝的剧种"茂腔"——在小说里我把它改成"猫腔"——同时我也想到了我少年时在集市上听书的那些难忘的场景。

一想到戏曲，想到把小说和"茂腔"嫁接，便感到茅塞顿开。这不仅仅是个语言问题，同时也解决了小说内在的戏剧性结构和强烈的戏剧化情节设置和矛盾冲突。一切都是夸张的，一切都推到了极致，大奸大恶，大忠大孝，人物都是脸谱化了的。譬如孙丙、譬如钱丁、譬如孙眉娘,但唯有赵甲这个刽子手,是独特的"这一个",是《檀香刑》中唯一一个可以立得住、可以称得上是典型的人物。当然,这有点王婆卖瓜。

《檀香刑》一书,争议很大。说好者认为是杰作,是伟大之作;说坏者贬为垃圾。其中的几段残酷描写,更是饱受诟病,客气的说法,是说我对残酷事物有一种病态的迷恋;不客气的说法,那我就是一个刽子手啦。这些批评尽管我有所保留,但它们都成立,都可以存在。

《檀香刑》之后,我写了反映九十年代乡村生活的长篇小说《四十一炮》,小说写了一个酷爱吃肉的"炮"孩子,在一座五通神庙里,对着一个大和尚,讲述自己的少年生活。这是语言的洪流,也可以说是浊流。这个"炮"孩子其实就是个说书人。这也是我对当年那些在集市上说书的人的一次遥远的致敬。

这部小说的内容,是底层的生活,但我使用了象征的手法。关于象征,似乎是西方的,但其实,这正是我们中国小说的宝贵传统。想想我们的《西游记》《红楼梦》,包括《金瓶梅》,无不充满了象征。

今年初,我出版了长篇小说《生死疲劳》。其思想资源是佛教的六道轮回。这也是我与拉美魔幻现实主义小说的正面交锋。动用的是中国小说技巧,使用的是中国思想资源。至于这部小说的章回体,这是一个雕虫小技,不值得特别注意。《生死疲劳》中所涉及的"土地改革"过左政策问题,与"章回体"一样,不是这部小说中值得太过注意的细部;我真正要写的还是蓝脸、洪泰岳这样的人。我着力想写的,还是像蓝脸和洪泰岳这样一些有个性的人;我所重点思考的问题是:农民与土地的关系。这部书是一首赞歌,也是一首挽歌。写完了《生死疲劳》,我才可以斗胆说:"我写出了一部比较纯粹的中国小说。"

关于小说的写作
——在上海大学的演讲

时间：2006年6月26日下午

主持人：今天来的本科生研究生较多，我想前面请作家做演讲，后面我们会留比较充分的时间让大家来提问，请他即兴回答。莫言老师是有点像佛爷，是不是就请他佛爷开尊口。

真正的佛是不说话的，谁看见过佛说话？只有人才说话，喋喋不休地说。来上海做演讲，我是心有余悸。像我这种没什么学识的人，这种野路子，其实不应该在上海这样一个有文化的地方信口开河。来这里讲课，不知道要招多少人骂。但王鸿生老师是我多年的朋友，他这么热情让我来，我非常为难。一方面因为肚里货不多，怕挨骂，不敢讲；另一方面又友情难却，所以就矛矛盾盾地坐在这里，处境颇为狼狈。指望我讲出什么真知灼见来是不可能的，如果想从我的讲话当中挑出漏洞和互相矛盾的地方是完全可能的。所以请大家竖起耳朵，一发现矛盾的地方，就请打断，把我轰下去，我也就借机逃脱了。

所谓的文学问题，说复杂也确实是够复杂，千言万语也说不清楚一个问题；说简单也可以什么话也不要说。尤其是对一个作家来讲，说任何话都是多余的，说得天花乱坠，文章写得拖泥带水，依然不是一个好作家；一句话说不完整，能写出《红楼梦》来，依然是一个伟大作家。

文学问题，昨天吃饭的时候我发表了一个反动观点，就是"一个中心两个基本点"。"一个中心"就是为什么写作，这也是讨论了许多年，始终也没有说清楚的问题。

每个人在写作的最初，都有一个主观的目的：就是为什么要写作。当然有些人一开始的目的就很高尚，他要为工农兵写作、为人民而写作、为实现共产主义而写作，有些人为爱情而写作、为金钱而写作。每个人在写作开始，确实是有各种各样的关于写作的最原始的动力。对于我来说，我当年开始写作的时候，这个动力并不高尚。我那时在一个部队里面，前途无望，生活无聊，无聊但是有闲，于是在这么一种状态下，开始写小说。写作的目的，一方面是想赚点稿费，买块手表；另一方面，是为了满足名利心，万一小说发表了，能够借此改变自己的境遇。当时这个想法确实很世故，我相信有很多人的想法跟我一样，当然也有很多人的想法跟我不一样。这世界多种多样，人也各不相同，很难用一己的感受来代表大家。但是在我写作了二十多年之后，再反问我为什么写作，这个答案确实发生了变化。第一个就是我不会再为买一块手表而写作，现在只有没文化的人才戴手表，真正有文化的人都不戴手表了。第二个是不会再为成名成家而写作；现在无论是臭名还是香名，毕竟我现在也有点名了。那么既不为金钱而写作,也不为名利而写作,那么是为了什么而写作呢？为了人类的完美而写作？为了社会进步而写作？当然,这也确实是我想要做的,也在写作时作为一个目的来考虑,一直在为这个目的而努力。但是现在我写作的重要的动力是我确实感到有许多话想说,因为我们生活在一个具体的世界当中,生活在当前一个喧嚣的、复杂的、让人摸不着本质的、无所适从的、千姿百态的生活当中,每个人的感受都非常复杂。我呢,也同样复杂。面对光怪陆离的、形形色色的现象,每个人都有自己的判断,每个人都有自己的道德和价值标准,有自己面对社会现实的心态。我作为一个写小说的人,当然也有自己的喜好和憎恶,面对是非时有我的判断和标准,有自己的面对各种现象时的心态。于是我想用小说这种方式,把自己对生活、对当前社会各种现象的复杂感受表达出来。另一方面,就是对小说艺术的喜爱和痴迷。小说,说简单嘛,当年也就是引浆卖车者之流,说书人在酒楼茶馆里、集市上,给人们讲故事,听众多是下层百姓。说简单也是很简单,就是一个人在讲故事；但是如果说复杂嘛,你说小说经过千百年来的演变,经过作家们一代又一代的探索,小说的形式、小说的内涵确实变成一个博大无边的学问,我想就是一百个博士也不能穷尽对小说的全部认识。

对小说的形式,当然有多种说法。有人认为,小说的形式已经到了黔驴技穷的地步,用莎士比亚的一句话就是,所有的故事都已经给人讲过了,所有的形式都已经被人探索实验过了,写小说的人无非是在重复别人做的事,在炒剩饭。我觉得这种说法有些过于武断。我认为小说无论是在形式上还是在内容上,都是无穷无尽的,是一个可以不断拓展开阔的领域；说小说已经穷尽了,还不如说我们的才力已尽。我认为小说还有许多可以探索的可以发掘的领地,还有巨大的创新空间,还有许多广阔的可供探索的空间。对于一个从事近三十年小说创作的小说匠来讲,我确实对小说的无穷无尽的变数充满着迷恋;每当我在一篇新的小说里面,在小说所表现的思想、意象中,哪怕发现自己有一点点的创新,就会感到非常兴奋。所以说,对于小说艺术本身的爱好和迷恋成为我写作小说的动力。当然我也可附加一些别的高尚一点的说法,不过这样说就显得不太真实。我现在写小说,主要也就以上两点。当然也有人问我,名和利难道对你就没有一点诱惑吗?你现在写作就没有一点名利的想法吗?你在写作时就一点也不考虑名和利的问题吗?这当然也不是绝对的排除,确实也在考虑。当一部小说写出来,我也希望有很好的发行量、有很高的版税、读者会喜欢、有很多评论家表扬……这些想法、愿望都是人之常情,我也不能免除。但这些确实不是我现在写作的主要动力,单靠名利已不能成为刺激我写作的主要动力和主要目的,我写作的主要目的,还是前面说的两点:一是有话要说,二是对小说艺术本身的爱好和对小说创新的迷恋。

我想这是人们进行写作的一个基本问题。对于一个写作者来说,不管你考虑不考虑,这个问题实际上都存在。而且对于一个初写作的人来说它也存在,你可以去考虑它,也可以不去考虑。你可以忽略掉,实际上它还是在发挥作用。不过我认为一个作家能不能写出好的作品来,能不能写出伟大的作品、有思想的作品,与他的创作目的有一定的关系,但未必就是由它起决定性的作用;有的时候也会因为一个很低级的目的而写出一部很高尚的作品,也有的作家抱着很高尚的目的,写出的却是下等的很恶劣的作品。你能说"文革"期间我们那些作家的写作目的不高尚吗?在文学创作中这样的例子比比皆是。

第二个问题我想谈一下写什么的问题,这实际上也是一个老生常谈的问题。

几十年来,我们的有关部门、评论家、作家一直在探讨该写什么不该写什么的问题。现在已是二十一世纪的第六年了,对于不该写什么的问题,我觉得已经不成立了。就是说这个世界上发生的各种现象,我们社会上各种的人和事,都应该是可以写的,不应该说哪种人不能写、哪种丑恶现象不能写,人为地设置一些不可写的禁区,这是不合理的。没有不可写的东西,但是怎么样把它写得好、怎么样把它写得符合文学的审美的要求,这就要看一个作家处理素材的能力。当然有人要说,鲁迅先生不是说过,毛毛虫、鼻涕、大便不能写入小说吗?这我觉得也未必,毛毛虫一转身,不就变成了美丽的蝴蝶吗?我们在写蝴蝶之前,写两笔毛毛虫也不是不可以。写鼻涕嘛,在我的《透明的红萝卜》里,写一小男孩,用深秋的枫叶给他弟弟擦鼻涕,这好像也没有什么特别让人生理上反感的地方。这就是说,鼻涕也是可以写的。当然大便这种东西,要看怎么说了。按照我们习惯的审美,好像确实是不能写、不好写,但有时候看一个现代艺术展览,就发现也有人把大便作成一个现代行为艺术作品,在一些很堂皇的场所里公开地展示。我在我的小说《红蝗》里也写过大便,而且,在拉伯雷的作品里面和韩国诗人金芝河的作品里面,都有大谈大便的地方。用巴赫金的怪诞现实主义理论理解,描写人的肉体,描写物质性的肉体,尤其是描写人的下部,看起来是很丑陋的,但实际上却包含了一种巨大的魅力。看起来丑陋下流的东西其实有着众多的含义,像卑贱和高贵的混合、死亡与诞生的混合,它是一种生命力、是一种母性的力量。当然鲁迅先生的话是正确,但并不是圣旨。只要生活中发生的事情,都可以用于写作,但是我们怎么样来处理它,怎么样来建构它，确实与作家的个人趣味和能力相关。

另外一个，关于写作的题材，有时候我也觉得似乎是不由自主的。我在写作之初，也确实感到巨大的困惑，许多生活不能变成小说，当时认为很多东西不能写，只能写一些光明的、向上的、能有助于改革的小说。这样就把自己的写作限定在一个非常狭隘的范围内，结果越写感觉离生活越远，写出来的东西也没有说服力。后来慢慢地开始向自己的童年、少年以及自己过去的生活中去寻找素材。于是就发现，一个人在刚开始写作的时候，确实是需要从写自己熟悉的东西开始。这样写出来才能如鱼得水，才有一种说服的力量。当然，这样写个人的经验很快就会变得贫乏，因为一个人的经验毕竟是有限的，他不可能源源不断地写作下去。那么当个人的人生的经验用尽的时候，要怎么样去找到继续写作的资源呢？这里要求一个作家有不断拓展获取素材范围的能力。他要睁开眼睛，发动全部的神经，对外界的各种信息进行积极的捕捉，然后把它同化成与自己生命体验有关的素材，把别人的生活变成自己的生活，把别人的经验变成自己的经验。这样，自己创作的素材就会源源不断，从而把自己训练成一个职业作家。当然，这些素材可能不如自己在成为一个作家之前所体验的那么生动和准确，但是作为一个职业的小说家，要不断写的话，利用这种二手得来的资料，也是一种必要的方法。

所以，写什么题材对于一个作家也非常重要。我们现在看市面上的小说，也是千姿百态，有写城市题材的，有写农村题材的，有写工业题材的，有写战争题材的；并且同一个题材里面又包含许多的内容：写城市生活里，有写白领的、有写下岗工人的、有写贪官污吏的、有写酒吧间的、有写大商场的；每一个生活的侧面、每一个生活的空间、每个不同的群体，几乎都被各种各样的作家写尽了。也就是说，若我们把所有的作品组合起来,基本上就能还原成一个千姿百态的光怪陆离的现实生活和一个完整的世界。也就是说,大家都在根据自己的生活积累、根据自己的生活范围,来选择自己写作的素材,这样写出来的作品,才是生动准确的。因此说作家在写什么的时候,他不应该接受别人的提示,只应该以他自己的感受为主。就题材来说,我们不能看到什么样的题材热门了,就跟着一窝蜂都去写;不能看到什么样的故事招人喜欢,不管自己有没有生活、有没有感受,就也跟着全部写这样的故事。写什么,是要根据自己的内心指引和指示来定;你感到对什么事情感触最深,什么事情你最想说,你就写。并且,我认为,题材没有过时不过时,没有新和旧的说法,故事毕竟是一种承载人物的容器;所有的小说题材并不特别重要,重要的是我们通过小说表现人的情感、人的性格、人的命运,我们通过小说来塑造个性化的、让人过目不忘的、典型的人物形象。我认为这才是小说的最根本任务。至于写农村,还是写当代生活,或是写历史生活,这并不重要。好的作品,比如说它确实是塑造了像贾宝玉、像林黛玉、阿Q、安娜·卡列尼娜这样让人难忘的人物。这样的小说,不管它是写什么题材,我们都说它是成功的。相反,就算是写了个最时髦、最热门的题材,比如说前几年最热门的问题,教师待遇低,就写一篇教师到街上去卖水饺的小说,这样的小说如果写得不成功、不准确,人物没有个性、没有塑造出教师的典型心理的话,它实际上跟报告文学、跟新闻没有区别。即便是你写一个虚构的远古时期的人,如果你把他写得非常有个性,让人过目难忘,让现代人也可以感受到这个人的个性和力量,那么这个人依然有巨大的现代性。另外我觉得,对于小说来讲,当代、历史等这些概念是非常模糊的,尤其在选材上是很模糊的。

最后一个我想讲一下关于怎么写的问题。

当然我知道,由于小说题材决定了它的一些外在面貌,选材不一样,小说也就千姿百态。但是小说到了现在,经过千百年来的发展,一般的读者不再满足于通过你用小说来告诉他一个催人泪下的故事、一个拍案惊奇的故事、一个瞠目结舌的故事。我觉得这并不是小说的长项,或者说小说在表现故事这方面的能力是非常有限的,尤其是有了电影、电视、网络等这些声光画电的媒体之后,小说作为一种讲述故事的工具已经变得相当的落伍、相当的不时髦。比如电影电视,它们提供的声音画面,可以提供如临现场一般的感受,这些,小说是弱项。如果认清了当前艺术的多样化及这种社会生活现实,大家也许会同意我的判断。在今天,写小说,写什么变得不是很重要,怎么写反而变得特别重要。这实际上也是一个老话题,自从上个世纪八十年代,我们中国进入改革开放之后,文学实际也面临了一次转向,这时候很多作家提出了怎么写的问题。过去我们一直在过分片面地强调写什么的问题,怎么写被放在了一个非常次要的被忽略的地位;在八十年代,像马原、史铁生这些作家,率先在怎样写小说方面做出了探索、做出了努力,取得很大成就,使我们的小说形态、我们的小说技术有了长足的进步。到八十年代之后,随着当年这些被冠以先锋作家的一批人的创作转型,及先锋创作的渐渐不景气,关于小说的技巧又渐渐地被忽视掉了。尤其是到了九十年代,随着长篇小说成为创作的热点以后,用小说来讲故事,似乎又成为一个小说的最重要的功能,而对怎么样写小说,怎么样来讲究小说的语言以及结构,怎么样来用一些变形的、夸张的、非照相式的手法来处理生活的这样一些技巧,都给人忽略、给人避置了。到了二十一世纪又过了六年以后,当大家都一窝蜂地关注一些热门题材的时候,我们关注一下小说的技巧问题,还是非常重要的。另外关于小说的内容和形式,你说它们是相互矛盾的两个方面也可以,你把它们看成相互对立统一的一个整体也是成立的。因为没有完全独立于内容之外的形式,也没有完全不受形式干扰的内容,有些好的小说,它是内容和形式的完美统一。所以,在今天,对于我们搞小说创作的人来说,确实需要花大力气来关注小说技巧方面的东西。谈到小说的技巧,这个问题也是非常复杂,而且是仁者见仁,智者见智。而凡是在先锋道路上走得远的作家,往往也是读者面狭窄的。也就是说,一个人在小说形式的探索上走得越远,他的读者群体就会越小,而如果一个人故事讲得比较精彩,他的读者面往往也越大。尽管注重技巧的小说它的受众面较小,但是我认为它代表了严肃小说的一个重要的品格。所谓严肃文学,并不仅仅是表现了社会重大的事件,不仅仅是表现了人类忧患的、博爱的精神和怜悯意识。

我觉得一个作家,在小说技巧上他应当最先关注小说的语言问题。他应当千方百计地锤炼语言,努力地使自己的语言有个性,应当努力地使自己的语言对我们本民族的语言发展有所贡献。如果一个作家不但写出了有思想性的小说,而且他的小说语言对我们的汉语有所发展的话,那他就是一个伟大的文学家。我想在近代历史上,能够担当这一伟大名称的作家,也不会超过十个人吧。当然也有人会有不同的看法。在昨天座谈的时候上,我也简要地提到了这个问题,张炜老师认为,语言只是一个小个性,不是一个大个性,他认为大个性,是要有博大的胸怀,是要能把握时代的脉搏,具有时代感。当然,他说的是从另外一个角度上看个性问题。我认为,讲究语言的技巧,实际上是小说重要的一个度,怎么样使我们的语言区别于前人的语言、区别于同时代作家的语言,确实是非常重要。现在让我们讲一个新的故事,写一篇新的小说,也许难度并不太大,但你要是让我写一篇一千字的、在语言上有突破的小说,可能要尽毕生之精力。也就是说,一个人的语言,它并不是完全由后天努力所决定的,语言能力实际上跟一个人的出身、生活环境、受教育的程度密切相关。当年我的一个老师就曾非常大胆地说过一句话,他说:某种意义上说,语言是一个作家的内分泌。当然这句话听起来好像不太好听。实际上他是说,语言看起来好像是表面的东西,实则是与作家个人的禀赋和他后天的学习有关。也就是说,一方面,我们要认命,我只能写这样的语言;但是另一方面,我不认命,我要力所能及使自己的语言有所改变。在语言方面,给我们做出杰出榜样的当代作家,像汪曾祺啊、林斤澜啊,这些老先生虽然他们在作品上没有长篇著作,可是他们在语言上做出了刻苦的长期的、甚至是一生的努力。尽管他们的语言,有人不喜欢,认为是雕虫小技,但是我认为汪曾祺的语言,明显地可以看出他的师从,也可以看出他的发展;如果从文体价值来考量,他的价值,会比我们这些写了许多书的作家要强。

另外就是关于小说的结构,尤其是关于长篇小说的结构,我觉得也是八十年代备受重视、九十年代又被渐渐忽略的重要的小说技巧问题。在八十年代我们接受西方文学影响熏陶的时候,秘鲁作家巴尔加斯·略萨,号称结构现实主义,他的长篇小说,让我们第一次认识到小说的结构的问题,像《世界末日之战》《绿房子》等这些小说,它们都有一个不一样的结构。也就是说,他是在这方面花了大力气的,在这方面费尽了心思,殚精竭虑地在小说结构上做出努力。当然有些小说结构看起来很简单,比如说《胡莉娅姨妈和作家》,单章讲一个故事,双章讲另一个故事,这些结构技巧学起来容易,有些人会认为是雕虫小技。但他有些小说的结构已经完全与内容水乳交融,完美地结合在一起,没有这样的结构,就没有这部小说;反过来呢,没有小说故事,也就不会产生这样奇妙的艺术上的佳构。巴尔加斯·略萨让我们注意到了小说结构上的问题。我这二十年来,也一直在长篇的结构问题上进行探索,有些是成功的,我自己感觉是成功的;当然有些也是不成功的。有的时候,当处理一个非常困难的写作素材的时候,用某种奇妙的结构就可以使得对素材的处理变比较容易,或者说它可以使一个不可能放生的素材得到一种生存的权利。从某种意义上说,小说的结构,也是一种政治。小说的形式探索,有时候纯粹是一种小说艺术的问题,有时候也是跟社会的政治结构、意识形态紧密相关的一个重要问题。我想作为一个作家,不管他是重视还是不重视,他在写作时,所面临的两大问题,就是写什么和怎么写。我个人认为,在当前,写什么的问题,固然重要,但更重要的是在怎么写上。如果在座的同学当中,有正在创作的同学,在选定一个素材以后,我希望你们不要满足于按部就班地、平平板板地讲述一个故事,而要在讲述故事的时候优先考虑到语言问题、结构问题。

现场互动:

问:我是路过这里才知道这里有你们的讲座,然后走进来听你们的这个讲座。我想问的是,今天顶尖的作家怎么守护社会上这么多人的灵魂?怎么揭示它的规律?

答:有各种各样的灵魂,美好的灵魂,丑恶的灵魂,也有很多麻木的灵魂。这几十年来文学的进步就在于我们在塑造人物的时候已经克服了那种简单化、模式化。我们往往会发现一些好的东西的阴暗面,我们也会在一些坏的人身上发现一些人性的闪光。总之,我们就是要把恶魔上升到人的高度,把神下降到人的高度;我们是用人的观念来对待小说的人物。至于怎么样拯救灵魂,我觉得是一个比较抽象的问题。现在谁也不知道该怎么样拯救痛苦的灵魂,也不知道怎么挽救一个堕落的灵魂。小说家面对复杂的社会问题确实是束手无策、无能为力。当然也有人认为:小说家应该为社会问题提出解决的方案,一个作家能够给困惑中的人指明前进的方向,一部好的小说能够给人光明向上的力量,能够引导人走向健康和完美的境界。我想这是一种作家,而且是一种非常好的作家。但是我们要看到小说的复杂性、多样性,要看到作家的多样性。我们也必须承认还存在一种不能为复杂的社会问题提供答案的作家,我们还应该看到还存在着仅仅暴露了、揭露了社会黑暗的一些作品。我们也必须承认有些作品并不能让人走向光明,有的作品可能看了会让人觉得悲观。《红楼梦》会让人看了乐观吗?会鼓励人们健康愉快地活着吗?死的死,疯的疯,最后出家当和尚,落一片白茫茫大地真干净。这种悲观的小说可能就对读者提出了更高的要求,就要求这些更高明的读者在对这些小说批评时,自己寻找到一条通向光明的道路。所以我想我是比较低能的作家,确实不能提供解决社会问题的答案,也不能给这些痛苦的灵魂所需要的东西。

主持人:这儿已经有了一批条子了,我是过滤器,给它们分了分类。这张条子上只写了六个大字"文学家的责任",然后是一个大大的问号。还有一个条子呢,说:小说的目的是什么?说自己想说的?还加上反映社会、启迪灵魂?是否包含消遣性?例如对鸳鸯蝴蝶派怎么评判?还有一个问题,可能是从我的一个用语里边引申出来的,说:中国文学的中坚力量十年前是你们,现在还是你们,十年后可能还是你们,这是不是说明中国当代文学缺乏新生力量？你们如何看待八〇后的青年作家？请先回答这两个问题。

答：我觉得中国文学的中坚力量十年前不是我们,应该是另外一批作家,像张贤亮、王蒙、张洁。我们当时和现在的八〇后差不多,也是有很多的离经叛道的想法、不守规矩的写法,也是用蔑视权威的说法引起了中坚力量的不快。现在的中坚力量我觉得也未必是我们,因为我觉得这可能是一种不太正确的判断。我觉得我们每个人都是在孤军奋战。每个人都在写自己的一点点东西。至于说我们是中坚力量,我个人从来没这么认为。另外我觉得中国作家协会也不会承认我这样的作家是中坚力量。再过十年我们也肯定不是中坚力量。

前几天我接受了一个采访,他问我对八〇后的作家怎么看？我说,这个问题我起码回答了一百遍了。第一,我对八〇后的作家充满敬意,当然也敬而远之。男人中最讨厌的就是十四五岁的男孩和我们这些五十多岁的半老头。十四五岁的男孩老是想装大,老是想往大人圈子里混,所以讨人嫌。五十多岁的男人老是认识不到自己老,老是往年轻人圈子里混,招人嫌；要是向年轻女性圈子里混就不仅仅是讨人嫌的问题了,人家会说这个老东西老有少心、活该死。所以别说八〇后了,六〇后我都躲得远远的。十年后肯定是八〇后的天下。我觉得每一个时代有每一个时代的作家,每一个时代有每一个时代的读者,最重要的是每个时代有每个时代的生活。现在能够激起我们兴奋的素材已经发生了很大的差异。也就是说我们现在诉诸笔端的还是六十年代、七十年代、八十年代的记忆。现在年轻的作家诉诸笔端的很可能是当下的生活。所以我想素材方面我们有很大的差异。另外就是审美的趣味是不同的。八十年代后的作家的想象力跟我们的想象方式不同,想象材料也不同。我们的想象力都是比较具体的,一般就是山川啊、河流啊、玉米啊、高粱啊、牛羊啊,这种具体的事物、动物、植物。而年轻人的想象力都是建立在动画、漫画之上的。他们的想象是别人的想象的产物延伸的想象,我们是一种物质基础的想象。所以年轻人的作品和我们的作品有截然不同的面貌。但是现在年轻的读者他们更喜欢读他们同代作家的作品,写的都是他们熟悉的生活,所以对我们这些作家的作品是真正的敬而远之了。所以,谁还说十年之后我们还是中坚力量,真是没良心了啊。

关于文学家的责任这个问题也是经常提到的问题。作家"铁肩担道义,妙手著文章"。作家要有一种担当,要有一种社会责任感,应该对社会负责,对人民负责。这些说法我觉得都没有错。但是我们作家到底要负责到什么程度?所以,我说应该有各种各样的作家。有一种金刚怒目式的,他面对社会上的丑恶现象拔笔而起。也有一种作家斗争性稍微弱一点,休闲性稍微强一点,他写一些休闲性的散文,或者他可以用一种比较婉约的方式对社会上的一些丑恶现象做批评。像鲁迅这样的作家就是把社会的丑陋撕开了给人看,而沈从文则是在社会的伤疤上用彩色的笔抚摸和掩盖。但是经过了历史的淘洗,我们承认鲁迅也好,沈从文也好,都是了不起的伟大的作家。我想对作家应该宽容点对待,不要指望每一个作家都像代言人、斗士一样。我没有这种勇气,也没有这种经历。而且,根据历史的经验,有很多叛徒,就是革命之初最慷慨激昂的人。

关于小说的目的,刚才也提到了。小说的目的相当复杂,也相当单纯。说启迪灵魂,是一个小说家最应该具备的品质。作家起码要表达自己的声音,说自己的话,不是别人的传声筒,不是政治的传声筒。说自己心里想说的一些话,我想即便是讲了不正确的话,也比一个人讲别人的话有价值。要发出不同的声音。所以我想最基本的要求就是说自己想说的话，就像巴金老先生说的大家都很熟悉的那句——要讲真话。反映社会问题，我觉得每个作家都反映了社会的一个侧面，只是用不同方式来反映。我想我们现在已经不可能产生像巴尔扎克那样的作家，能够反映社会的方方面面。当今社会比巴尔扎克的时代要复杂得多，因此那种全景式的、全方位的、百科全书式反映社会的作家不可能再产生了。如果一部小说不能给人产生阅读的审美愉悦，小说是没有什么价值的。小说在面对电视、电影这样形形色色的挑战的时候，它还能够有它独特的魅力，这就是文字阅读带给我们的愉悦。如果我们的小说没有了这种愉悦，我想小说的生命真的是要终结了。我一直认为看小说是我们看影像不能够替代的。也就是说有很多作品它为什么可以反复阅读？譬如鲁迅的小说、沈从文的小说、张爱玲的小说，虽然那些个故事我们非常熟悉，但是我们重读中依然会得到一种愉悦。这种愉悦已经不是故事带给我们的了，是鲁迅的语言、沈从文的语言、张爱玲的语言带给我们的。前面在讲一个作家应该怎么写时，也提到作家应该在语言上有追求。我想小说是一门语言的艺术，语言的好坏甚至可以成为评价一个作家好坏的重要标准。

　　文学的消遣性当然是非常重要的。鸳鸯蝴蝶派作为一种小说样式在当时肯定有它的价值。从本质上来讲，我觉得张爱玲的小说跟鸳鸯蝴蝶派没有什么太大区别，她写的时候正是抗日战争的时候，国家都要沦亡了。张爱玲躲在上海写那样的小说，姑嫂之间、母女之间的钩心斗角，她的意义又比鸳鸯蝴蝶派高到哪里去呢？但是后来甚至有人把她放到和鲁迅、沈从文相当的位置上，这就说明小说的消遣性、艺术性还是超越了小说的政治性。我在八十年代的时候看了一些鸳鸯蝴蝶派的小说,他们玩弄的一些技巧也使我们对小说的技巧有一些认识。

主持人：有一部分条子都提到一个问题,这些人说,在他们的经验中,他们感到写作是一件痛苦的事情、很麻烦的事情,那么他们就是想知道你们在写作中到底感到了什么样的快乐?你们真的幸福吗?

答：快乐和痛苦其实是很难界定的。痛快,痛并快乐着,用白岩松的话说。痛苦与快乐,写作过程中经常出现。我比较幸福的时候是在构思小说的时候,因为这时候你不需要去操作,这个时候你可以天马行空地自由地去想象,想到哪是哪。突然你构思的一个情节或者细节或者某一个人物的一句话会让你感到非常兴奋,就像一束强光照亮前方。而且在构思过程中,你发现小说人物的行为或者一句话包含着耐人寻味的意思,作为一个作家你又无法像哲学家一样用很深刻的话来概括,但是你知道这个形象会让人产生非常丰富的联想,或者说这个情节可能产生各种各样的阐释,这时候你会感到非常幸福。当进入写作过程中就变得非常具体,你面对诸多线索要往下写。这个时候是和痛苦交织在一起的。当写作难以向前推进的时候,这时候会怀疑自己是不是已经丧失了才华。甚至怀疑自己走上作家这条道路是不是一个错误。但是后来当你咬牙切齿过了这个难关、进入柳暗花明境界的时候,这个时候你又感到一种狂喜。而且这时候会有一点自大随即而来,我真有才华。就是说,写作就是在这样的过程中,时而自信,时而失落,这种心情随着创作不断推进。假如说一部长篇进入创作的三分之二之后,即将结尾的时候,我觉得是比较幸福的一个阶段。因为这时候小说里面人物的性格和命运基本上已成定局,下面的故事情节基本上不会再有太大的改变了,剩下的就是一种相对简单的书写。这时候就有一种顺水行舟的快感,感觉到不费太大的力气。但是写完之后你又会感到长松一口气,这时候你又会感到一种失落。这就是写作过程的感受。好像这个过程很难划分很清晰的界限。

主持人:下面有两张条子要请教莫言老师。一张条子是说您的《红高粱》系列张扬了一种原始的民间生命力量,请问民间文化对您的创作有什么影响?还有一个问题是说在您的作品中读到一些乡土情结,这种乡土情结是否也是您对现实世界的一种回避?您认为您现在还能表现当代农村的真实生活吗?

答:民间文学和民间文化资源是任何一个作家都不能回避的。首先我想要对民间这个概念进行一种界定。我们现在提到民间往往都会提到穷乡僻壤、荒村野岭、闭塞落后的地方,认为这才是民间,才是故乡。我想不应该这么狭隘。每个人都有自己的故乡,因此,每个人也都有自己的民间。我写高密东北乡,那是属于我的民间。王安忆写她的上海、写她的里弄啊,那是她的民间。我想民间应该是宽泛的。至于在写作中调动民间的资源,表现民间的生命力,这个我觉得有时候不是我自己选择的。我在八十年代中期写作《红高粱》这个系列的时候并没有任何的准备,也没有听说过什么民间的概念。至于像巴赫金的狂欢理论啊、像尼采的酒神精神啊,都是小说出来之后,批评家写了批评文章,我阅读了批评家的批评文章,我才了解到这些,我才发现我的小说正好符合了西方那些理论,然后他们拿出来做文章。对所有的作家,他一旦进入了自觉的写作过程,他就会不可避免地调动起他的民间生活积累。所谓民间生活积累自然地就包含了民间的文化。民间生活其实是包罗万象的，不仅包含了民间的物质生活，也包含了民间的精神生活；不仅包含了民间的物质生产，也包含了民间的文化生产，包括民间文化中的神话传说、农民对色彩的感受、农作物的种植以及我们房屋的建筑样式。我们在写作的时候这些东西无法回避，因为我们描写的人是生活在具体的环境和时代中的。写作中这种场景是必然带出来的。所以，我觉得我写民间、我在小说中调动了民间，是一种下意识的、也是一种必然的反应。它对我的影响是巨大的，我就是在这个环境中长大的，我接受的最有力量的就是这些东西。我在短短的小学五年里面接受的教育无非就是"一群大雁往南飞"，无非就是"小猫钓鱼""小马过河"，或者是乌鸦和狐狸的故事。这些东西是五年的小学教育留给我的印象，当然还有一加一等于二这样简单的数学运算。真正影响我的还是前面我列举的民间的生产过程那些东西。所以你要写作的话，要进入一种得心应手的地步，这种东西你无法逃脱。

当然我也知道有一些批评家说我的民间是"伪民间"，理由是我长期生活在城市，已经不了解真正的民间了。我想，批评我的作品是"伪民间"，那批评家心中必有一个真民间参照比较，才好得出结论。作家长期生活在城市，写出了"伪民间"，那么，长期生活在城市的批评家，又是如何了解到了"真民间"的呢？

对于我写乡土是否表现了我对现实世界的回避，这个问题和前面的问题是一样的。我在写作的时候，对乡土的感受和民间的感受是一致的，也是一种不自觉的。我写不了别的，我只能写这个。在八十年代我进入北京的时候，我坐公共汽车都胆战心惊的，我骑自行车本来在乡下能带着很重的粮食奔驰如飞，但是在北京我一个人骑还摇摇晃晃，完全不适应。所以，我写作的时候，当然还要写我熟悉的生活。在创作的时候,这个乡土情结也不是说有意识的对城市的回避,它是无法选择的。至于怎么样走出农村,发现农村的诗意,也就是说农村生活本身它是具有诗意的,我的小说里才可能有诗意。如果那种苦难中没有诗意,那么我写的诗意就是虚假的诗意。这也涉及我们对苦难的理解。我们现在读到一些写"文革"的作品,往往都是凄凄惨惨戚戚。但是要让我讲心里话,"文革"对我这样一个乡村孩子来讲它真是一个盛大的节日,完全是狂欢式的感受。那个时候,当然对走资派来讲是他的苦难;他本来是县委书记,一下子就变成了牛鬼蛇神,任何一个小孩都可以按着他的脖子对他进行批斗。这实际上是把神降为人,把人升为神。对我们这种小孩来讲,就感觉到像节日一样;那么多人集中到一块,把过去神圣得不得了的人头上戴上高帽子、脖子上挂上破鞋子,赶着他来回走。有时候也把他动物化,给他安上一条狐狸尾巴,有时候给戴上一个假面具,在集市上走来走去。而且有些走资派配合得很好的,他很识时务的,不会和红卫兵作对。当我们批判他们的时候,他们会把无数的罪名加到自己头上,他会说我是顽固不化的彻头彻尾的十恶不赦的千刀万剐的走资派,把所有的罪名都加到自己头上。红卫兵就说,好,认识深刻。所以农村的苦难,从不同角度来看得出的结论是不一样的。像有些作家也在集中营里发现了快乐。那我们在农村的这种艰苦的物质条件下,在"文化大革命"动荡不安的社会背景下,作为一个儿童可以发现快乐。而且农民这个整体虽然有很多苦难,但是他们依然有很多解脱自己苦难的或者说缓冲苦难的方式。这就是农民的幽默,或者说民间的诙谐文化。我觉得民间的诙谐文化是民间文化重要的构成部分。我们一定很了解民间文化对现实主义创作产生的巨大的作用。我的小说里面在写农村时候会产生一些诗意,是因为农村生活本身就具备这个东西,这不是我的发明。

至于我现在还能不能表现当代的农村生活,我觉得现在确实有一定的难度。因为不管怎么说我已经不可能再像一个农民一样来真正体会农村生活的苦难和欢乐,即便我的家人还有很多在农村生活,即便我每年都要回去生活一段时间,但是我已经无法再有一些感同身受的感觉。像上个星期我回去参加收麦,这时收麦和我们当年大不一样了。我们当时收麦的时候,我觉得是最残酷的劳动之一。为了抢农时,有时候一场暴雨、一场冰雹,一年的收成就没了。所以有时候凌晨三点起床,晚上太阳落山才回来,吃饭都在地里吃。如果说谁在割麦的时候还失眠,简直是荒诞。晚上吃饭,筷子掉到地上就睡着了,早上起来用棍子才能打起来。哪有失眠这回事?但是现在完全不一样了,全都是机械化,直接就把麦子弄到家了。农民的劳动、农民的生活,一切都发生了巨大的变化,而且现在最重要的是农民的价值观念和思想观念都发生了变化。我原来体会到的是一种公有制之下自给自足的原始的粗放的生产,而现在是一种纳入了商品化的生产,农民已经不再是一个自给自足的生产者,而是一个商品生产者。而且面临土地的匮乏,大量劳动力进入城市,这一批农民工身份认同很尴尬。到底是农村人还是城里人?所以,这批年轻农民的心理感受我可以大概地猜测到,但是没有真切的感受,因为我毕竟不是他们。我想要让我写当下的农村生活,必须要有一段非常认真的体会过程。

主持人:我们换一个轻松点的话题。因为在座的是年轻人多,参加这种讲座的时候免不了就要谈谈什么是爱情;很大又很具体的一个题目。莫言老师好像在公开场合还没有谈过这样的问题,能否满足一下我们的愿望?

答：我真的不知道,因为这个问题太复杂。涉及爱这样一种普遍的感情,它很难像数学一样准确地归纳出一句话,因为每个人感受的都不一样。我觉得它实际上应该有两个方面的意义。大的方面我们可以在中央文件中看到,"五讲四美三热爱",热爱祖国,热爱人民,热爱母亲,热爱孩子,这是广义的。狭义的就是男女之间的感情,我想大家想听的可能就是后者,谁想听我讲"五讲四美"啊。男女之爱确实比较复杂,而且每个人感受的都不一样。我想,用科学的方法来分析,肯定是建立在一种生理的基础之上的,建立在一种同性相斥、异性相吸的基础之上的。按照作家阿城的分析,爱情完全是一种化学的反应。人类的大脑里面有一个部位产生一种化学物质,好像尼古丁一样的物质,当这种物质分泌多的时候这种感觉就强烈。按照科学家的分析,最强烈的感情最多保持一年零一个月的时间,过了这段时间这种物质不分泌了,那么爱情也就慢慢消失了。但是我想很多人不会同意阿城这种说法,尤其是写小说的人更不会同意这种说法。当爱情可以用科学的方法来分析,而且可以用化学的方式来量化的时候,它的魅力就不存在了。我想小说家还是希望爱情是一个没有谜底的千古之谜,每人都能感受得到,但是都说不清的。我想,在座的同学里有不少爱情专家,让我一个五十多岁的老家伙来给你们讲爱情问题,是故意要给我难堪呢。

主持人：最后一组条子表达了一个共同的意思,是说人有非常孤独的时候,有需要枕边书的时候,还有的想进行写作,希望给他们推荐一些作品。你喜欢什么样的作家?喜欢什么样的作品?等于是请你开个书单吧。

答：枕边书，是看了想睡觉的书呢，还是看了不想睡觉的书呢？搞不清楚。想用来催眠的，最好读那种政治读物；想看了以后兴奋的书或者睡着以后浮想联翩的，不妨读读像《聊斋志异》这样的书。这种小说我经常在枕边读的，做的梦非常富有传奇色彩和文学色彩。至于想写作，前不久深圳的一个老师编了一套书叫《青春好读书》，他精选了一些名家的片段和短篇，分很多类型。这套书我觉得我非常喜欢。我觉得对我这种文化水平不高又比较懒惰的人，大量地阅读古今中外的名著难度比较大；看这套书起码对古今中外的文学的名著和作家可以从整体上了解，会对我们有所帮助的。当然立志要成为一个伟大的作家，还是要尽量扩大你的阅读面。在座的多是学中文的大学生，你们读的书实际上要比我多多了。我读书从来不求甚解的，而且读书从来不认真，都是书读到一半就放下了，然后就开始写。我想对一个作家来讲也未必就要把一些书从头读到尾，有时候读一些片段一些章节就差不多了，因为故事基本上都是编出来的。我确实不赞成开书单啊，因为开错了是要负责任的。

检察题材电视剧创作刍议

——在检察题材电视剧讨论会上的发言

时间：2002 年 2 月
地点：北京

八十年代初期，中国的第一部电视连续剧《敌营十八年》在荧屏上播出时，人们没有想到，这种新奇的艺术样式，很快就取代了小说和诗歌，吸引了众多的眼睛。在短短的二十年内，电视剧成为最大众化的、最为流行的文化产品，消磨了老百姓的大部分空余时间，也成为老百姓日常生活中重要的话题。

毫无疑问，电视剧是快餐文化，与众多的艺术形式相比，是缺乏思想深度和艺术高度的；但它的巨大的影响力和宣传效应，却是其他的艺术形式所无法企及的。时至今日，电视剧的制作已经成为社会性的事业，有纯粹商业目的的运作，有商业与宣传兼顾的制作，也有纯粹为了宣传的制作。在电视对人们的影响日益扩大、电视剧作为一种最便捷欣赏的艺术形式填补了人们的业余生活的今天，任何一个部门负责宣传的领导，都不能不对反映本行当事迹的电视剧创作给予足够的重视。

近年来,法制题材的电视剧继港台言情剧和历史题材的电视剧流行之后,逐渐地成为热门题材,许多作品,达到了较高的艺术水平,得到了广大观众的喜爱。这些从不同的角度反映公检法战线上激烈、复杂的斗争的电视剧,向广大观众展示了充满牺牲精神和惊险色彩的生活,塑造了许多给人留下深刻印象的人物形象,使人民群众对战斗在公检法战线上的英雄们的生活有了更多的了解,同时也起到了积极的普法作用。但放眼荧屏,真正优秀的法制题材电视剧却比较少见,充斥屏幕的多是一些情节虚假、思想肤浅的平庸之作;即便那些相对优秀的剧目,也因为创作者生活积累的浅薄和制作者的急功近利而留下了诸多的遗憾。

尽管检察题材的电视剧起步较晚,但也出现了诸如《反腐风云》《警世调查》等一批比较优秀的剧目,在观众中产生了一定的影响。不过相对于公安题材、法院题材,检察题材的电视剧还没有出现能够在电视台黄金时段播出、反响强烈的大戏。这样的局面,与我们检察战线在公检法系统中的独特而重要的位置,显然是不相称的,这也是我们检察战线上的文艺工作者的失职。为了让人民群众深入地了解检察战线的工作、为了向人民群众宣传检察战线的英模,为了能尽快地出现反映检察战线生活的重头大戏,我想就检察题材的电视剧创作中存在的问题以及解决的办法,进行一些粗浅的探讨,既就教于领导,也是对自己今后创作的鞭策。

深入生活,克服虚假

我在与检察战线的老同志座谈时,曾经听他们说过这样的趣事:

八十年代初期,曾经有女病人把我们检察院误认为医院,进门后就问妇科检查在哪里。这听起来荒诞的笑话,却也在某种程度上反映了老百姓对检察工作的陌生。即便到了今天,老百姓对检察院的了解也大多停留在"检察院是抓贪官的"这样的层面上,而对于检察院所承担的重要工作缺乏了解,对于检察系统在整个国家的法制建设和法律执行过程中所处的重要地位和所发挥的重大作用更是知之甚少。这样的状况也说明了我们需要以检察题材的优秀电视剧对老百姓进行潜移默化的影响,使人民群众对检察系统有一个基本的了解,从而使我们的检察工作具备广泛的群众基础。

作为个别的老百姓,对检察工作即便一无所知,也无碍大局。但如果从事检察题材电视剧创作的人员,也对检察工作不了解或者不甚了解,那势必产生十分恶劣的后果。

电视剧主创人员不懂法律程序、不懂检察业务,在创作过程中,势必陷入胡编乱造的泥潭。这样制作出来的作品,势必让内行耻笑,也势必会误导观众。在我们的荧屏上,几乎每部法制题材的电视剧,都或多或少地存在着法律常识方面的错误,诸如"大法官不懂法"这样的例子可以说是比比皆是。

电视剧主创人员不懂检察业务、不懂法律程序所导致的常识性错误,对一部分面向同样不懂检察业务、不懂法律程序的普通观众来说,并不是最致命的问题。因为老百姓看电视剧时,关注的并不是法律本身,老百姓关注的是人物和人物的命运。如果我们的主创人员对检察官根本不了解,即便他成为了一个法律专家,也不能保证他写出一部感人的电视剧。因此,所谓的深入生活也就有了更深层次的意义。

浅层次的深入生活,只需要创作者用很短的时间,到一个检察院去参观一遍,听各部门的领导介绍一下情况,看一些材料,就基本上可以解决问题;即便出了一些技术错误,也可以在剧本和电视剧审查过程中得到纠正。但要塑造出活生生的、个性鲜明的、具有典型意义的检察官形象,创作者非要真正地深入到检察院的日常生活中去不可。甚至不仅仅是检察院的生活,还应该将体验延伸到检察官的家庭和个人生活当中去。

突出行业特点,展示个性风采

检察题材的电视剧应该属于行业剧的范畴,因此,展示检察战线的工作特点,展示检察官的职业特点和由这些职业特点所影响的人物风度,就是检察题材电视剧必须具备并且要努力实现的追求。

检察题材与公安、法院题材有相似,甚至是交叉之处,在某些电视剧中,公检法三家往往同时出现,但作为检察题材的电视剧,自然应该以检察院的业务和检察官的生活为主。

枪击、车战、擒拿、格斗等激烈对抗的场面在检察题材的电视剧里当然可以出现,但不应该成为重点。我们的重点应该放在文戏上,应该展示我们的检察官与罪犯的智慧的和人格的较量,并通过展示这种较量,表现出检察官高尚的人格、广博的知识和迷人的风采。

不久前我们在重庆召开的反贪题材创作座谈会上与重庆一分院的綦江塌桥案和张君案的两位主诉检察官有过接触,听他们介绍了他们起诉这两个案子的情况,与会者都被这两位检察官的人格力量所打动。检察官在办理这两个案件的过程中,表现了令人钦佩的高超素质。他们与犯罪嫌疑人之间的对谈的精彩程度,远远超出了我们的想象力。把他们的对话原封不动地搬进电视剧,就是精彩的台词。

因此,我觉得,要想创造出检察题材的电视剧精品,创作者必须下去,从丰富多彩的检察生活中汲取营养。在检察战线上日以继夜地勤奋工作着的检察官们,是创作者最好的老师;一个个曲折、复杂、匪夷所思的案件,是闭门造车者挖空心思也想象不出来的素材。

贴着人物写,跟着生活走

多年前,老作家沈从文在西南联大教授写作课时,曾经对他的学生说:创作如果有什么诀窍的话,那就是贴着人物写。沈先生讲的是小说做法,但对于电视剧剧本的创作者,乃至电视剧的导演和演员,这句话同样有用。那就是,导演要贴着人物拍,演员要贴着人物演。

法制题材的电视剧之所以少有精品,关键的问题就在于创作者的目光往往被案件本身所吸引,他们用大量的笔墨和镜头表现的是犯罪过程和破案的过程,而忽视了电视剧乃至一切文学作品最根本的任务:塑造人物。当然,紧张惊险的情节和激烈的对抗动作,是法制题材电视剧吸引观众的重要原因,如果没有这些因素,所谓法制题材,也就跟一般的社会生活题材没有什么区别。我的意思是,法制题材电视剧中的紧张、惊险、曲折、复杂,不应该是目的,而仅仅是手段。最终的目的还是要塑造出个性鲜明的"这一个"。就像人们一提到工人阶级马上就会联想到王进喜,一提到县委书记马上就会想到焦裕禄,一提到和平时期的解放军战士马上就会想到雷锋一样。检察题材电视剧的最重要的任务,我想就是应该塑造出一个检察官的形象,让人们一提到检察官,马上就能联想到这个人物。

这样的人物首先是一个有血有肉的人,而不应该是一个不食人间烟火的神。这样的人物身上集中地体现了检察官的高尚人格和优良素质,但是又具有他的鲜明的个性。他是检察官的代表,但他只是他自己。这样的人物绝不是十全十美的偶像,而是一个有个性甚至有缺点的具体的人。他在生活中绝不是无往而不胜,他甚至屡遭挫折,但他总是能够战胜困难,或者是即便失败了也保持着失败者的潇洒风度。他的思想并不是永远高尚,他与我们一样,有时也会产生卑下的感情,但他总是能够在大是大非的问题上保持着他的高尚。这样的人物出来了,一部电视剧也就站住了。而要写出这样的人物,除了要求创作者本身有对人生和社会的深刻体验外,还要求创作者深入到检察官的生活中去。要想贴着人物写,首先要和人物贴在一起生活。贴着生活是贴着写的基础。

贴着人物写,并不仅仅是指剧中的主要人物、正面人物,反面人物、次要人物也要贴着写。我们必须避免将反面人物脸谱化的倾向,要把犯罪嫌疑人当人写,写他们的情感世界,写他们作为一个人的正常的感情,写导致他们走向犯罪道路的社会原因,甚至要写出他们思想深处的未泯的良知和他们身上的可爱之处。这样,才能使人物真实可信,才能使观众从这些人物身上,得到更为深刻的启示。

直面人生,正视现实

我在从事检察题材电视剧创作中,感觉到处理公检法之间的关系是一个颇为棘手的问题。一方面,如果不在公检法系统里设置坏人,剧情的紧张程度势必要大打折扣;但如果要设置坏人,那这个坏人是设置在公安局还是设置在法院抑或是设置在检察系统自身,都是颇费斟酌的。如果设置在公安局和法院,势必会让左邻右舍感到不快;如果设置在检察系统,那自家人也不会高兴。近年来公安系统和法院系统拍摄的电视剧中,多有对检察系统的不恭和嘲弄之处,已经引起了检察官的不满。但如果我们检察系统制作的电视剧也对公安系统和法院系统进行还击,势必引起更大的不快。

我认为,对于公检法系统的坏人和阴暗面,没有必要回避,如果是剧情的需要,就要放手来写。因为现实生活中,已经出现了像李纪周这样的身居高位的坏人,你即便不写,老百姓也知道,而如果我们写了,非但不会为公检法抹黑,反而会由此显出一种敢于正视问题的实事求是的态度。当然,最后的结局是必然的,那就是所有的坏人都应该受到应有的惩罚。

由这个问题我还想到,我们的检察题材电视剧中涉及的贪官的级别,到底写到哪一级为宜;我们对社会黑暗现象的揭露,到底揭露到什么程度合适。这些都需要创作者认真琢磨。写不到位,观众感到不过瘾,因为社会现实比你写的要黑得多,你在荧屏上遮遮掩掩,观众根本就不会买你的账。不买你的账他就会按一下遥控器换频道。要锁定观众的目光,你就必须拿出真的和好的货色。我认为现实生活中的贪官到了哪一级,就应该允许写到哪一级;社会黑暗到什么程度,就应该允许写到什么程度。

总而言之,在目前的时代,电视毫无疑问已经成为第一媒体,电视剧已经成为覆盖面最广的艺术样式,如何借助电视剧这种艺术样式来宣传本行业,是摆在宣传部门面前的一个不得不重视的课题。高检系统具有丰富的创作资源,也初步地形成了自己的创作力量,并且拍出了一批具有一定影响力的作品。但与我们高检在公检法中的地位相比,我们通过电视剧这种艺术样式宣传自己的努力显然是不够的。我们的创作人员还处在各自为战的状态,没有形成一个统一的实体。在题材的选定和协调方面也缺乏全盘的布局。希望这些问题能尽快地得到解决,使检察题材的电视剧创作出现一个崭新的局面。

试论当代文学创作中的九大关系
——在第七届深圳读书论坛上的演讲

时间：2006年11月19日

北京已经很冷了，要穿毛衣、毛裤，深圳还是这么暖和，祖国真大。我有点感冒了。感冒药里面含着安眠药的成分，所以我今天睁不开眼睛。本来眼睛就小，现在几乎是没有眼睛了。

因为前几天在参加作协代表大会，所以也没有来得及准备演讲稿，只好把我明年准备去山东大学给学生讲课的一些提纲，来这里先跟大家交流一下。我也未必能够讲满一个半小时，口才不好，讲多少算多少，留下更多的时间我们一起交流，互动一下。因为在你们的提问当中，我会受到很多的启发。

"试论当代文学创作中的九大关系"，这个题目太大了，大而无当。很容易让人联想到我们的领袖毛主席在五十年代发表的著名的《论十大关系》。所以，我是想借毛主席的大文章，来做我自己的小文章。拉大旗作虎皮，不知天高地厚。

第一个关系,是人的文学与阶级的文学的关系。

稍微上一点年纪的同志们,都会记得毛主席那段著名的语录:"在阶级社会中,每一个人都在一定的阶级地位中生活,各种思想无不打上阶级的烙印。"这毫无疑问是真理,是马克思主义阶级斗争学说的精辟论述,也是长期以来我们分析意识形态领域的现象的方法,也是我们进行文艺创作、文艺批评的指南。从延安文艺座谈会之后,中国的文艺家大都在自觉地遵循着这个方针进行创作。产生了一大批在革命进程中有着巨大影响、发挥了积极作用的文艺作品,像《白毛女》《血海深仇》这样一些作品。这样的作品的作用是非常显著的,几乎可以等同于战前动员。我们也都听说过,在战争年代,演出《白毛女》的时候,台上和台下交融成一体;甚至还产生过下面的士兵看戏入迷,掏出枪要把台上的反面演员击毙这样的事件。我们用今天的眼光看待这些过去的作品,可以看出它们是简单化的、概念化的东西,是煽动阶级仇恨、鼓动阶级报复的作品。但如果用历史的眼光来考察的话,我们就会发现,这样的作品确实是符合了那个时代的需要,没有什么好指责的。如果我们处在那个时代,我们也会把写出这样的作品当成自己的最高追求。

解放以后的十七年间,产生了大量的文学作品。我是一个小说作者,我更关注的、比较熟悉的还是小说。以小说为例,这些作品,多半是革命战争题材。写作这些作品的作家,基本上都有过参加革命战争的经验。他们根据自己的生活,无须多少虚构,所写的作品就具有非常强的可读性。因为他们的经历本身就具有戏剧性、具有传奇性,也具有故事性。像《敌后武工队》《林海雪原》《烈火金刚》等等这样的一大批作品,作家写的都是他自我的经历。因为他自我的经历本身已经具备了足够的传奇色彩,他稍微加工,就可以变成可读性非常强的作品。这样的作品,曾经让我们这些毛泽东时代的少年如醉如痴。当然,我们用今天的眼光来看这些作品里边的人物、结构和它的语言,可以看出粗糙和简单。它在人物处理的方式上一般都是采用"二元对立"的模式。善恶分明,美丑对照,井水不犯河水。好人就是绝对的好人,坏人就是绝对的坏人。其中几乎没有什么暧昧的中间状态和中间人物。这样的作品特别适合思想单纯的青少年来阅读。我想,用今天的眼光来挑这一批红色经典的缺点,艺术上的粗糙并不是最主要的问题;它们存在的最大的问题,应该还是作品中没有作家自己的思想。笼罩了这些作品、指导着这些作品的思想就是毛主席的阶级斗争学说,或者说是马克思主义的阶级斗争学说。这些作家,是自觉地站在了无产阶级的立场上,自觉地站在了党的立场上,把文学当作了阶级斗争的工具,把文学当成了为阶级服务的工具。我们今天来读这些作品,可能会感觉到很大的不满足,但是这些作品确实是当时那个社会必然的产物,是革命事业的需要。我们没有权力苛求前辈,我们反而应该尽量地从这些红色经典里边,读出一些被时代造成的读书眼光所遮蔽的东西。因为今天是深圳的读书月,所以我的讲话里会穿插着一些跟读书有关的问题。

刚才我提到了"时代的读书眼光"。什么叫"时代的读书眼光"?就是说同样的一本书,会被不同时代的、不同出身的读者读出不同的意思。鲁迅先生有一段非常经典的论述,关于读《红楼梦》,他说:"《红楼梦》是中国许多人所知道,至少,是知道这名目的书。谁是作者和续者姑且勿论,单是命意,就因读者的眼光而有种种:经学家看见《易》,道学家看见淫,才子看见缠绵,革命家看见排满,流言家看见宫闱秘事……"政治家可能会读出其他的一些东西,毛主席就从里面读出了阶级斗争。同样一本书,由于阅读主体的不一样,得出的阅读效果,就会五花八门。第二个意思就是说,同样的一本书,被同样的读者在不同时代来读,也会读出不同的意思。我们年轻的时候读《红楼梦》和我们老了以后读《红楼梦》,感觉肯定是不一样的。就是说随着读者年龄的增长,随着他阅历的增加,会对一本书的读解发生变化。再一个就是说,由于时代的变化,社会的道德观念、价值标准,都在发生变化,这会使读者把旧书中的故事和人物用当下的观念进行读解。

我记得在解放军艺术学院上学的时候,乐黛云老师举过一个例子:《小二黑结婚》里边一个著名的人物——三仙姑,作家赵树理是把她当作一个反面人物来处理的。因为这个人老不正经,四十多岁了还涂脂抹粉。女儿都该找婆家了,她自己还打扮得那么妖艳。女儿都该找婆家了,她自己对男女关系还有很多非分之想,见到年轻小伙子就想摸一把。赵树理是批判这个人物的。这个人物的那些"出轨"行为,是与当时的道德不符的。我们今天来重读这个《小二黑结婚》,来比较我们今天的生活,我们想到这个三仙姑只有四十出头,我们就会发现赵树理对三仙姑这种态度,是不太正确的。现在,四十多岁的女人和二十多岁的女人,稍加化妆和整容,我看也差不多。四十多岁就不可以涂脂抹粉?四十多岁就不可以穿漂亮的衣服?四十多岁就不可以有爱美之心?就不可以想男女问题?即便是更大的岁数,到了七十岁、八十岁,依然可以爱美,依然可以打扮,依然可以找对象结婚。这就是说,随着时代的发展,随着社会的变化,人们的道德观念、人们的价值观念都发生了变化,那么,对同一部小说中同样的一个人物,我们的认识就会发生变化。再如"文革"期间出版的浩然先生的《金光大道》里边那个村长张金发,一个精明练达、有经济头脑、善于过日子的能人,浩然先生在小说中是把他当成反面人物来处理的;但我们现在重读《金光大道》,就感到这个张金发,正是我们新时代的英雄人物,他不但不该受批评,还应该给他披红戴花,请他上台做报告。这样的读解,肯定是违背了作家的主观意图的。这也就是说,随着社会的进步,一本书,它自己也会不断地成长。书,本身也是有生命力的。社会在发展,书也在成长。有些当时的所谓好书,也许会变成垃圾;有些当时不受重视的书,很可能会在岁月当中慢慢地放出它的光彩。

　　读者读书时所持的生活观念和读者的真实生活观念,有时候是背道而驰的。我们在生活当中,谁愿意去找像"林黛玉"这么样的一个女人做自己的儿媳妇?我们如果要选儿媳妇的话,很可能要选"薛宝钗"做儿媳妇。在我们文艺批评家的笔下,薛宝钗这个人物是一直受到批评的。因为她太世俗,她太功利,她一直督促着贾宝玉读书、求学、上进、当官。而林黛玉却卿卿我我、哼哼唧唧,总是把小儿女的感情看得那么重要,还总是拖贾宝玉的后腿,不让他去读书,不让他去进步。在读小说的时候,我们当然认为林黛玉这个性格是很可爱的,而薛宝钗这个人确实是有点庸俗。同样是我们这样的一个人,我在现实生活当中处理问题的方式跟我们在读书时候的观念,会发生很大的一个变化。就是我刚才讲的,假如让我选儿媳妇,那么我肯定和贾政一样,不会选林黛玉,她身体不好,有肺结核,生不出健康的后代来,小脾气那么多,谁侍候得了啊。我们看很多年轻作家的小说,那里面充满了反叛的意识。小说里的孩子不要上课,跟老师作对,不愿意考试,甚至离开学校,逃到社会上去流浪。我想,作为一个读者,我当然可以认为,小说里面这样的人物是很有个性的。小说里的这样的少年,他的这种反叛有他的合理性。我们也会知道,这些孩子之所以对学习这么厌烦,是我们的教育制度和我们学校存在了很多问题所导致的。但假如我们自己的孩子跟老师作对,不参加考试,成绩一塌糊涂,最终逃离学校去流浪,作为家长,我想我们是很痛苦的。我们明明知道教育制度问题多多,但我们总是千方百计教育自己的孩子,要好好读书,要听老师的话,要适应当前的教育制度,要习惯当前学校的各种各样的规章制度,最终目的是要考上一个好的大学。这就是说,作为读者的我们和作为家长的我们,存在着严重的对立。

一个人,作为一个读者的时候,这个人既是我,又不是我。在读小说的时候,我是另外一个人;在生活的时候、工作的时候,我又是另外一个人。读书的过程,实际上有时候也是一种自我分裂的过程。什么时候,当一个人,他作为读者和作为一个社会人完全一致的时候,我想我们的社会肯定是到了高度文明、高度发达的时候了。那时候,我们每个人都会变成一个真诚的人、一个纯粹的人、一个人格统一的人。但是要做到这一点,也是非常不容易的事。我们批评社会上各种各样的虚伪的现象时,实际上也是在批评我们自己啊。

我们还是谈前面的这个话题,就是阶级的文学和人的文学。我们现在回过头来想想过去的那些老作家,他们的经历都很传奇,有非常丰富的人生阅历,其中有的人具有扎实的文字功底,有出色的文学技巧。但为什么他们没有写出让今天的我们感到满意的作品呢?我想,是因为时代给他们造成了局限,是阶级斗争、阶级文学的观念变成了指导文学创作的方针,是政治限制了他们的才华。当时的社会里面,一切为阶级斗争服务,一切以阶级划界,一切服从毛泽东思想,作家以图解毛泽东思想为荣、为最大理想,自己的思想被阉割了。我们可以说"文革"前十七年的红色经典,有一定的艺术性,有很强的可读性,有必须承认的成就;但是它有一个最大的缺失,就是每本书里面都没有作家自我的思想。

我们已经跨入了二十一世纪,取消阶级斗争这个纲领也已经二十多年了。我们跟世界上那些所谓的社会主义国家兵戎相见,然后又睦邻友好;我们和那些所谓的资本主义国家,有了非常密切的全方位的联系。当年与共产党有不共戴天之仇的国民党的党魁,也与共产党的总书记,在庄严的人民大会堂握手言和;一首《爷爷,您终于回来了》的煽情朗诵诗,也滑稽而肉麻地传遍了海峡两岸,甚至成了时髦的手机铃声。这就是说,阶级斗争这个指导了中国大政和人民几十年的口号,已经成了历史陈迹,那个时期的文学,也成了被伤害的历史文本。在新的历史条件下,我们的写作就应该站到一个更高的位置上;不是我们比前人高明,是时代给我们提供了机会。我们应该具有一种更博大的胸怀,我们应该具备一种更广阔的眼光;应该站到人的高度上,站在全人类的广度上,来进行我们的文学创作。当然,在新的历史时期,我们依然可以描写阶级和阶级斗争,依然可以描写对立的两个阶级在争夺政权的过程当中的一切激烈的、流血的抗争。但我想,现在的作家应该站在一个超阶级的立场上,不是主观地去歌颂某个阶级、批判另外一个阶级。不应该把在阶级斗争的过程当中,一个阶级把另外一个阶级杀掉许多人的惨烈事实,当作伟大的胜利来歌颂,而是应该站在人的高度上,用充满了悲痛的目光,来看待这些民族血。我们应该把战争看作人类社会进化过程当中既是不可避免的,又是令人痛心的巨大的悲剧;无论是共产党杀死了十万国民党,还是国民党杀死了十万共产党,从中华民族的历史的角度来看,都是令人悲痛的惨剧。因为,这些死者,原本都是老百姓。我想只有具备了这样的高度,才能够写出真正的人的文学,才能够写出让世界各个国家的、处于各个阶级和各个阶层的读者,都能受到感染和感动的作品。也只有这样的作品,才不会随着政治的变化而失去它的意义。

在社会主义文学的历史上,有一些超越了狭隘阶级观念的作品。比如说在苏联二三十年代,就产生了肖洛霍夫的《静静的顿河》、拉甫列涅夫的《第四十一》、布尔加科夫的《逃亡》、巴别尔的《骑兵军》这样一批伟大的作品。三十年代的苏联社会,充满了残酷的政治斗争,特务横行,红色恐怖。很多作家、艺术家,还有很多红军的高级将领,都被秘密逮捕、杀害。有很多知识分子,被关押到集中营里去。即便在这种情况下,肖洛霍夫还是写出了《静静的顿河》这样的作品,书一出版,就受到猛烈的批评,有一些政界的要人甚至说这本书是向白匪军献媚,会受到西方资产阶级的热烈的欢迎。斯大林下令杀害了很多杰出的作家,但他对肖洛霍夫却是网开一面。他为什么要保护肖洛霍夫?这是一个难解之谜。《静静的顿河》塑造了葛里高利这样一个政治面貌非常模糊的典型人物形象。他出身于中农家庭,一会儿参加红军,一会儿流落到白匪的阵营里去。无论是在白匪的阵营里,还是在红军的阵营里,他都是能杀能冲的战士、英勇善战的指挥员。最后,他厌烦了战争,拆毁步枪,冒着被镇压的危险回到家园。他看到,昔日红红火火的麦列霍夫家族,只剩下他和他的孤单的儿子,战争和革命把他的一切都毁掉了。像这样的一个人物,出现在当时苏联的文学作品里边,应该说是一个了不起的奇迹。尽管争议很大,但斯大林仍然批准了这本书的出版。斯大林杀了那么多的人,做了那么多的坏事,但他对《静静的顿河》的处理,表现了他是真正懂文学的人。另外像拉甫列涅夫的《第四十一》,这是一个中篇小说,1928年时就由曹靖华译成了中文;鲁迅对这部小说评价甚高,七十年代被改编成电影,获得过戛纳电影节大奖。这部小说描写一个立场无比坚定、出身特别贫困的红军女战士玛柳特卡,她作战非常勇敢,在打死了四十个白匪之后,奉命执行押解俘虏的任务;押解一个蓝眼睛、金色头发的白匪军官。在押解的过程中,他们的船翻了,两人流落到一个荒岛上。荒岛上有一间小木屋,小木屋里面有足够的食品、柴火、火种。他们在这个岛上生活了下来。什么时候能够得救,无法预测。周围是茫茫的大海,只有海鸥陪伴着他们。他们基本处在一种与人世隔绝的状态下。在这样的一个环境里,她的阶级性渐渐地消失,她的人性的东西慢慢地复苏。这一对青年男女就开始恋爱了,开始同居了。突然有一天,当白匪的大船又出现在了前边蔚蓝色的海面上的时候,这个白匪的军官向着他的船奔跑过去。这时候,玛柳特卡身上的阶级性突然又觉醒了,这个向着船奔跑的年轻人实际上是她的敌人,因此她开枪把他射杀了。开枪把他射杀以后,她内心也感到非常的痛苦,抱着他的尸体痛哭。她的阶级性和人性在进行着激烈的搏斗。这个小说实际上是提供了一个人类灵魂的实验室,实验在这样一个特殊的环境里,人性和阶级性会怎样地斗争和较量,最后会发生什么样子的变化。这样的环境是虚构的,但实验结果是真实的、是令人信服的。在漫长的革命战争中,很可能从来没有发生过这样的事件。但是作家虚构了这么一个环境,然后把这样两个人放进去进行考验。他在逻辑上是正确的,因为他揭示了人性当中最合理的部分,因此具备了巨大的说服力。后来我想,拉甫列涅夫的这个灵魂实验室的难度还不够大。应该让玛柳特卡生一个金发碧眼、非常可爱的小宝宝之后,白匪的船再到来,这个时候,玛柳特卡手中的枪就会更加沉重,那个奔向敌船的人,不仅仅是她的情人,还是她的孩子的父亲。当这个男人倒在她的枪口下时,当那个小男孩咿咿呀呀地喊叫着爸爸时,我们看这个玛柳特卡的灵魂,到底会是个什么形态。

《静静的顿河》的作家肖洛霍夫,出身于一个非常贫困的农民家庭。按说他应该坚定地站在无产阶级的立场上,写出那种旗帜鲜明的无产阶级小说,但他在革命斗争过程中的所见所闻,使他认识到了阶级性的狭隘和普遍的人性准则,他听从了良心的召唤,站在了一个超阶级的立场上,不带偏见地对顿河地区的各个阶级、各个阶层,进行了客观的描写。或者说,他最根本的是在写人,他在描写人,他在揭示人的命运、描写人的魅力。

布尔加科夫的《大师与玛格丽特》是伟大的小说,但在三十年代,他的主要精力放在话剧创作上。他描写苏联国内战争的《逃亡》和《土尔宾一家的日子》,都在苏联引起过巨大的争论,最后都惊动了斯大林。尽管有高尔基为之辩护,但仍然难以逃脱被禁的命运。布尔加科夫也是站在人的立场上来写作,他也是把所谓的坏人当成人来看待。譬如《逃亡》中的那个白匪司令赫卢多夫,他在战争期间是个杀人魔王,但他同时也保护了一个妇女;他绞死了一个士兵,但良心又受到强烈谴责;战败流亡到国外后,他和旧日的部下一起怀念祖国,怀念彼得堡的街道、路灯和洁白的积雪……这样的人物,是立体的、是复杂的,符合历史的真实,更符合人性的真实。这样的作品尽管被禁,但毕竟还被允许演出过。而解放后我们中国的作家们,是没有勇气写这样的作品的。即便允许他们写,只怕也写不出这样的深度。因为苏联文学也有俄罗斯的伟大的人道主义文学作为深厚的背景,有托尔斯泰、陀思妥耶夫斯基、屠格涅夫、库普林、蒲宁这样一批大师深远的影响,这就使得在政治的钳制和压迫下的苏联作家们,冒着生命的危险,也要写出真正的文学。而我们的文学,《红楼梦》之后到建国之前,除了几部黑幕小说、几部武侠小说、几部艳情小说,外加五四时期的一批作品,有关人的本质追寻、有关灵魂拷问、有关信仰和拯救的小说，几乎是空白。我们的封建文化背景下的文学，缺少触及灵魂的传统，我们太多复仇的文学、太多复仇的教育，却没有宽恕和忏悔的传统。我们从思想上能够继承的遗产不是太多，所以，当阶级斗争这个狭隘的观念统治了文学时，大多数作家非但没有意识到被限制的痛苦，反而是真诚地奉为圭臬。

我们回头来读一下我们曾经批判过的作品，会发现它们从反面证明了狭隘的阶级观念对文学的伤害。比如说张爱玲的《秧歌》。《秧歌》是在描写我们大陆的土地改革。张爱玲没有这个经验，她是凭资料来写作的。在这部作品中，她的立场是非常分明的，她的感情是站在国民党一边的，因此她从另外一面犯了我们的作家所犯的错误。她没有把共产党的乡村干部和土改队员当成人来写。当然，她在这部小说里边，对富农遭受到了侵占和剥夺的这么一种状况的描写，我认为还是惊心动魄的。她还是在这个历史事件当中，揭示了人性当中许多的奥秘。比如，她里面描写到一个很饥饿的女人，在偷吃食物的时候的那种感觉。她感觉自己的咀嚼声震耳欲聋，非常大，生怕别人听到。这样的描写是一种心理的真实，具有强烈的感染力。

总之，我们在新的历史时期，当然还可以写阶级斗争的小说。我们可以写抗日战争，可以写解放战争，也可以写土地革命战争。但是，为了使这些小说具有更宽广的覆盖面，为了使这些小说能够变成全人类的小说，为了使这些小说能够变成深刻的理解人、了解人的小说，就要求作家站在人的高度上和人的立场上写人的文学。所谓的文学作品里面的同情或者悲悯，所谓的人性关怀，就体现在这个地方。如果我们还把一个阶级从肉体上消灭了另外一个阶级当作庆典来描写，那我觉得这样的作品，与当今这个追求和谐的时代已经格格不入，或者变得不和谐了。

第二个关系,就是文学与政治的关系。

二十年前,我写了一部长篇小说,叫作《天堂蒜薹之歌》。在这部小说的卷首语里,我写道:"小说家总是想远离政治,小说却使自己逼近了政治。小说家总是在思考人类的命运,却忘了关心自己的命运。这就是他们的悲剧所在。"我斗胆在下面署名说这是斯大林的语录。我感觉斯大林应该说这样的话。后来编辑就问我:出自《斯大林全集》的哪一卷,哪一页?我说没有。后来他们说,那还是不要写斯大林语录,就改成名人语录吧。实际上是我自己编的。这是我当时考虑文学作品跟政治的关系、作家跟政治的关系的一个结果。

今年的诺贝尔文学奖获得者,土耳其作家奥尔罕·帕穆克最近说:"政治没有影响我的作品。不过,政治一直在影响我的生活。事实上,我在尽最大的努力,让作品远离政治。"我只读过帕穆克的《我的名字叫红》。这部小说9月份推出,帕穆克没有得奖之前就受到了中国很多读者的好评。我在大概一个月前,参加了在土耳其大使馆召开的这部小说的讨论会。我在会上说,帕穆克的小说有一个最大的特点,或者说最值得我们中国作家注意的,就是他特别注重小说的技巧。他的故乡伊斯坦布尔,是一个在地理上比较特殊的地方,它横跨了欧洲和亚洲。它同时也是伊斯兰文化和基督教文化并存、和平共处、相互影响的一个地方。街的这边是天主教堂,街的对面就是清真寺。头戴白色头巾的回教徒跟脖子上挂着十字架的天主教徒,可以在大街上比肩行走,可以在一起娱乐。伊斯坦布尔的文化,实际上就是欧洲文化和亚洲文化的交汇。我在那次会上说:在天空中,当寒流跟暖流遭遇的时候,必定要产生大雨。在海洋中,暖流和寒流交汇的地方,往往都是鱼类繁衍最多、海产最丰盛的地方。从文化上来讲,当一个地方是多种文化交融、共存的地方,总是能够产生一些新的思想、新的艺术。所以，我说在伊斯坦布尔产生帕慕克这样的作家和这样的作品并不是偶然的。帕慕克的作品里确实没有直接地去描写政治。他的这本《我的名字叫红》，描写的是一群细密画家，一群画家的生活。书里面穿插了一个谋杀案。他让树、让狗、让死人、让房屋、让物品都出来说话，叙述的视角非常多。他是个高度重视技巧的作家，也是高度重视传统的作家。他千方百计地避免在小说里面出现对当下政治的描写和对当下政治的批评。这是他写小说时的态度。但是当他作为一个知识分子出现在社会生活当中，却是一个激烈的批评者，是一个对政治毫不避讳的斗士。他在接受瑞士报纸的专访时公开说：土耳其的历史上，曾经屠杀了100万亚美尼亚人和库尔德人。他的这个讲法引起了土耳其政府的强烈不满，以诽谤、侮辱国家罪把他送上了法庭。后来，在强大的国际舆论压力下（当时是土耳其要加入欧盟），土耳其政府就把他赦免了。在土耳其大使馆开讨论会的时候，有一家报社的记者对土耳其大使馆的公使提问：你们现在怎么样来看待帕慕克这个作家？怎么样来看待他的得奖？怎么样来看待去年有关他的诉讼？我记得大使馆的公使就说："我们在这个地方开会，就非常明确地表明了我们的态度。他是我们土耳其人的骄傲，也是我们土耳其国家的骄傲。"在座的很多作家都非常感慨，说明土耳其政府还是有非常博大的胸怀。它没有把一个揭露自己民族丑恶的作家当作异类，还承认他是一个给土耳其带来了伟大光荣的作家。这一点表现了一个国家、一个民族的胸怀。你即便不承认他，土耳其屠杀亚美尼亚人和库尔德人的历史，也是存在的事实。我的意思是说，作为一个作家，实际上有很多种态度来处理自己跟政治、自己的作品跟政治的关系。

现在的小说，直接干预政治的，以描写政治生活为主要内容的，也有很多。比如反腐败的小说、写法律题材方面的小说,这些都是以社会的政治生活作为主要内容来写的。这样的小说有大量的读者,也被有关部门当作主旋律来褒扬。这样的作家在读者心中有很高的地位。但是,也有很多的作家,不是这样写的。这叫作"人各有志,不能勉强"。从主观上讲,我不愿意直接地去描写当下的政治生活。我还是更喜欢描写历史生活,还是更喜欢在当下生活的基础上,虚构出一些具有象征性的作品。小说,毕竟是艺术,它不应该负载新闻通讯的功能,它也不应该变成报道事件的报告。小说还是应该虚构,应该跟现实生活保持着一定的距离,具有象征性,能够深刻地阐释人的情感奥秘和人的本质。当然我也知道,文学无法独立于政治之外。首先,作为一个作家,作为一个公民,不可能生活在月球上,你还是要生活在一定的国家、一定的社会环境里面。你作为一个人,要受到生活环境的制约,受到这个社会的管理。你个人的生活不可能不和政治发生直接的或间接的关系。有的人可以直接反映当下的生活,有的人可以以非常激烈的态度对现实的生活进行干预、歌颂或者批判。但我觉得我们还是应该把眼光放得长远一点,不要急功近利。应该允许有的人写一种比较超脱的、比较闲适的、远离政治的文学作品。

我这样说,听起来好像很超脱,但是在我的创作实践当中,并不能总是保持着这么一种冷静的态度。回顾自己二十多年的创作历程,就发现有很多的作品,我是以非常激烈的态度,对政治进行了干预。比如我1987年写的那部长篇《天堂蒜薹之歌》。这部小说最初的灵感,来自现实生活中的一个事件。有人也许知道,在1987年的时候,山东发生过一个蒜薹事件。是山东南部以生产大蒜著名的一个县,因为干部们的官僚主义和地区保护主义以及贪污腐败,最终导致的结果就是,农民辛辛苦苦生产出来的几百万斤蒜薹卖不出去,结果烂掉。愤怒的农民就要到县政府里边去找县长、找父母官来要个说法。而县长躲起来不见,派了公安局的人对群众进行驱赶,为了他的安全,还在自家的院墙上拉上了铁丝网。结果激化了矛盾,农民用烂蒜薹堵住了县政府的大门。愤怒的失去了理智的农民冲进了县政府,焚烧了县长的办公室,砸毁了办公室里的设备。最后,导致了很多的农民被捕入狱,当地的官员也受到了行政的或者党纪的处理。我看了这篇报道后,感觉到热血澎湃。因为,我尽管生活在城市里面,但是我本质上还是一个农民,我身上流淌着的还是农民的血液。农村的一切、农民的一切都和我息息相关。我毫无疑问是站在农民的立场上,我的感情的砝码是放在农民这边的。在这种情况下,我用一个月的时间,写完了这部长篇小说。这部小说,对官僚主义进行了猛烈的抨击。小说里描写了一个军校的政治教员,马列主义的教员,几乎就可以看作是我的化身。他在法庭上为父亲和乡亲们辩护,讲了很多慷慨激昂的话。他说:"一个政党,一个政府,如果不为人民谋福利,反而变成了骑在人民头上作威作福的老爷,人民就有权力推翻它。"这个时候,法官就要求他闭嘴。法官说:"你要对你自己的话负责。"我想,这个军校政治教官,在法庭上慷慨激昂地发表的这些演说,就是我的心声。实际上,就是作家自己在说话。由于我对农村、对农民非常熟悉,所以我根本没有到发生蒜薹事件的县城里去调查。我把这个事件移植到我所熟悉的乡村里来,把我的叔叔、大爷、我的乡亲们,放到小说里来描写。尽管是一部慷慨激昂的干预政治之作,但由于我比较深厚的农村生活经验和我对农民的了解以及对他们感情方式的把握,救了这部小说,使它没有变成浅薄的政治读物,因为这部小说还是塑造了好几个具有鲜明个性的人物,还是相对准确地揭示了农民的心理,也还是比较有感染力地营造出了农村生活的氛围。也就是说,我自己虽然非常清醒地知道,小说应该远离政治,起码应该跟政治保持一定的距离,但是在现实生活当中,会出现各种各样的情形,使你无法控制住自己,使你无法克制自己,对社会上不公平的现象,对黑暗的政治,发出猛烈的抨击。

后来,在《酒国》这部小说里面,也有对政治的尖锐的批评。这部小说表现了我对腐败现象的深恶痛绝,这也是新时期文学中比较早的反腐败小说,但不知为什么没有被纳入"主旋律"的范围。我觉得这部小说比后来那些"主旋律"的反腐败小说高明一点。它没有用写实的方式来写,它把故事寓言化,当成一种象征来写。这里面的事件、人物,实际上都可以看作是一种象征。虽然用了这样的曲折笔法,但是骨子里面还是表现了我对社会上的腐败现象、对腐败的官员的一种深深的愤怒。《酒国》这样的小说,我觉得是比较正确地处理了一个作家的良知、政治和文学作品之间的关系。如果一味地去声讨、去批判,用小说去喊口号,虽然看起来很解恨,但实际上并没有力量。因为很多事件会很快变得陈旧,只有艺术、只有人物,才相对永恒。

1987年冬天,我写过一部小说,叫作《十三步》,那时候社会上流传"拿手术刀的不如拿剃头刀的,做导弹的不如卖茶叶蛋的"这么一种说法。那时候教师还是一个弱势的群体,教师的工资和待遇都很低。很多人都为教师的待遇在呼吁。因为我家里也有人在当教师,所以我这部小说实际上是在替教师说话。现在,回过头再来看这部小说,就感觉这个事件本身已经陈旧不堪了。教师早已经不是弱势群体了,教师现在也是一个非常有钱的阶层了,无论是小学老师、中学老师,还是大学老师。当然西北地区确实还有非常贫困的农村代课老师。但是我也知道,在北京、在上海、在深圳这样的大城市里,很多中学老师,他们有各种各样的致富方法。他们已经不需去做家教赚钱了。他们可以几个人联合办一个暑期补习班赚钱。他们也可以编那些参考书卖钱。大学老师,那更是一个有钱的阶层。搞社科的、搞文学的,可以一边教书,一边写作或者一边编书;搞科研的,可以申请各种各样的基金,可以为人家出谋划策或者去设计项目。总而言之,当今的教师阶层,已经不是一个贫困阶层了。教师这个群体,也已经不是一个弱势的群体了。我这个《十三步》里面,把教师当作弱势的群体来描写,这个事件已经过时了。幸好,《十三步》里面进行了大量的文体实验,实验了汉语叙述当中的各种视角。因此,这部小说也就不至于因这个事件本身的陈旧而变得毫无价值。

总之,我想文学与政治的关系,确实是一团理不清的乱麻。作家和政治的关系,实际上既想脱离,又无法摆脱。即便是完全写一种远离现实的作品,但是政治的影响还是会存在。我的意思是说,作家还是应该时刻提醒自己,使作品相对地超脱一点。即便要描写政治,最好不要直接去描写政治事件,而应该把事件象征化,应该把人物典型化。只有当作品里面充满了象征,你的人物成为典型的时候,这个作品才是真正的文学作品。否则的话,那些政治内容特别强烈的小说,很快就会时过境迁,价值大打折扣。

第三个关系,简单讲一下关于贴近生活和超越生活的关系。

由于时间的原因,下边的几大关系,我只能简单地谈谈,将来有机会再跟大家详细探讨。

贴近生活,是现在许多人挂在嘴边的一个响亮口号。对于生活在基层的业余文学创作者来说,不存在贴近生活的问题。我就在工厂里打工,我就是一个打工妹、打工仔,我要写打工文学,还贴近什么？我已经在生活里边了，没法再贴近了。这种口号，是对已经功成名就、衣食无忧、生活在象牙塔里的专业的文学写作者来讲的。

我们这批作家，从上个世纪八十年代开始写作。经过二十多年的个人奋斗，取得了一定的成绩，也赢得了一定名声，已经过上衣食无忧的小康生活了。那么，在这种情况下，我们的写作如何继续保持旺盛的生命力？怎样使自己的作品继续保持浓烈的生活气息？怎样准确地把握当今这个时代？怎样才能够跟老百姓息息相关？这就确实面临一个要贴近生活、熟悉当下生活，尤其是熟悉底层生活的问题。但是，实际上有相当大的困难。因为这种有意识地去贴近生活，总是很难贴近，总是隔着一层皮。带着功利目的的、人为的贴近，总不如真实的生活那种感受更加亲切和准确。譬如我为了写作一部关于矿工的小说，我当然可以下矿井去挖煤。但是我潜意识里边也难以忘记我是一个作家。尽管我的脸上可以抹得乌黑，我身上穿的衣服也沾满煤灰，但是我的潜意识里边不会忘记我的身份的。我所体验到的感情未必是真实的感情。所以，这种体验能够部分解决问题，但是我想和一个真正的在矿井里边挥汗如雨工作着的打工仔所体验到的是不一样的。这也是没有办法的事情。每个人都有自己的局限。我们怎么样自救？我们这批作家怎么样能使自己的作品尽可能地保持一点生命力？那么，就是要时刻提醒自己，要摆正自己的身份和地位。不要总是以"人类灵魂的工程师"自居，不要总是以知识分子自居，不要以为自己比一般人高出一头，要把作家的职业看得低一点，它没有那么神圣，也没有那么庄严。不要以为，你应该享受特殊的待遇。对此，鲁迅曾经有一个绝妙的讽刺："从前海涅以为诗人最高贵，而上帝最公平，诗人在死后，便到上帝那里去，围着上帝坐着，上帝请他吃糖果。"你死了以后未必能到上帝身边，一个伟大的作家，从来不会奢望上天堂,而是准备下地狱。不要忘本,是一句老生常谈。只有摆正了自己在社会生活中的地位,不把自己神圣化,不要忘记自己过去的那种出身,发自内心地与老百姓认同,这样才可能使自己的小说保持真诚和生命力。这虽然不能从根本上解决问题,但总是要好一点。所谓的"体验生活",本质上是虚伪的,本质上是腐败的。但这是中国国情,大家都沾了腥臊,谁也不具备理直气壮地谴责别人的资格,只能是相对地做得不那么过分,只能是尽量地不要昧了良心吧。

当一个人占有了素材之后,怎么样写?最重要的是不要忘记小说的重要任务就是塑造典型人物。不要忘记把小说从写实的层面上升到象征的层面,另外就是不要忘记超越狭隘的功利观念和褊狭的道德义愤。不要把眼睛盯到社会问题上,而忘记了人。或者说,你可以关注社会问题,但是你的写作不仅仅是要反映社会问题,而且要把问题当作塑造人物的环境。当然,我们更不要指望小说能够解决社会问题。今年夏天,我在上海大学的一次讨论会上曾经说过:"不要把文学当作替天行道的工具,也不要把作家当作为民请命的英雄。"我们这些作家、批评家,都在呼吁要关注老百姓,这肯定是没有错的。要了解老百姓的生活,这也是没有错的。要关注弱势群体,这个更没有错。但是,我想,在创作当中,不能停留在展示苦难、展示罪恶这么一个层面上,应该提升到一个更高的阶段,要通过事件写人。我们所谓的贴近生活,最终的目的是要超越生活。文学作品不能满足于对生活的简单反映,一定要写出生活的象征性,揭示出平凡生活中蕴藏的哲理。要使小说不仅仅能够在当今具有阅读价值,而且应该具有久远的阅读价值。也就是说,要强调文学的艺术性,淡化文学的政治性;要关注当下的社会问题,但更要关注永恒问题。什么是永恒问题？那就是人的问题,生存,死亡,我们从哪里来,我们到哪里去。

第四个关系,作家的思想和作品的思想性的关系。

2003年,我在长篇小说《四十一炮》后记里写道:"我向来以没有思想为荣,尤其是在写小说的时候。"这句话被很多人断章取义,受到了很猛烈的批评。我当然知道一个人不可能没有思想,一个写作者也不可能没有思想,一部小说也不可能没有思想。我之所以说这样极端的话,就是要反对那种人云亦云的思想,就是要反对那种故作深刻、哗众取宠的思想,就是要反对那种坐在豪华轿车里边呼唤质朴的田园生活的虚伪思想,就是要反对那种貌似深刻、实则拾人牙慧的思想。你这个作家的思想哪怕是再简单、再朴素,但是只要是你自己的,就是有价值的。假如不是你自己的,是别人的思想,是虚伪的思想,是人云亦云的思想,那还不如没有思想好。

在创作的过程当中,究竟应该是先有了一个所谓的思想,然后去编造表现这个思想的故事呢？还是从生活中发现了思想的萌芽之后,加以综合提炼,通过人物的行为,用文学的方式表现出来呢？毫无疑问,后者是正确的。主题先行,统治了我们的文学创作几十年之久,耗费了好几代作家的才华,产生了一大批没有文学价值的垃圾。到了今天,不应该再主题先行。也就是说,不应该先有思想,然后再去编故事。而是,作家先被生活所感动,先被人物形象所感动,从丰富的生活当中发现了某些新的思想的苗头,然后加以提炼、加以提高。在文学创作中,有的作家他能够发现这种新的思想,有的作家他就发现不了。在文学的历史上,大部分的作家,实际上他并没有有意识到自己作品里面所表现的思想。每个作家都受到自己时代的局限和他自身修养的局限。他往往意识不到他的小说里面所写的东西的真正意义。很多的小说，很多的艺术作品，它的形象是大于思想的。也就是说，一个作家的作品里面所包含的思想大于作家的思想。一部伟大的小说，实际上总是超越了它的时代。我们还是以《红楼梦》为例子：我想，曹雪芹在写作的时候，绝对没有想到要去表现什么四大家族之间的政治斗争，也绝对没有想到要用自己的小说为封建主义唱挽歌，更没有想到在贾宝玉这样的人物身上表现资产阶级民主思想的萌芽。但是，这些都被后来的批评家给加上去了，给后来的读者读出来了。我想曹雪芹写《红楼梦》，更多的是一种对过去的富贵生活的留恋和惋惜。他真正的目的，大概不是要诅咒这个阶级——封建社会灭亡，而"兰桂齐芳"才是他心里面真正的期盼。他希望的是有一天他们家族能够再复兴。从这一点来讲，我认为高鹗的后四十回是基本符合曹雪芹的本意的。你不能把曹雪芹想象成一个民主主义者，更不是共产主义者。他受他时代的局限，他肯定是为他的家族的荣华富贵的消失，感觉到非常的痛惜。还有蒲松龄，他是一个科举考试的失败者。他在他的小说里边，对科举制度进行了嘲讽。我想，蒲松龄骨子里边，还是对科举、功名非常热衷的。他在去世前不久，身穿监生的服装，让一个画师给他画了一幅像。当时画一幅像，可不像现在照张照片那么容易，那是一项大工程，要付给人家润笔，要管吃管住。监生勉强也算功名，可以用钱捐来；也可以因为你秀才的资格太老，屡试不第，连官府都感到不好意思了，恩授给你一个监生。这本来算不了什么，但他老人家还是把这个看得很重。他的很多小说到了结尾的时候，主人公都高中了，即便自己不中，后代儿孙也要高中。高中进士，轻裘肥马，妻妾成群。我想这是那个时代的读书人的最高理想，也是蒲先生内心深处真正向往的生活。假如皇上说，给你一个状元，把你的《聊斋》烧掉，我想蒲先生不会犹豫的。我们今天来看,如果他中了状元,中了进士,包括中了举人,《聊斋》肯定就没有了。他空有满腹才华,但没有中举,在教书之余,坐在炕头上,外边寒风呼啸,砚台上凝结冰霜,一个穷愁潦倒的老秀才,内心深处是非常悲苦的,他是无可奈何的,他也是牢骚满腹的。他的人格具有深刻的矛盾:一方面怀才不遇,对科举制度的黑暗的弊病深恶痛绝;另一方面,他又无法摆脱那种时代的局限,对那些科举制度的幸运儿满心羡慕。我想正是这种深刻的矛盾,使他的作品具有了两重性,也使他的作品具有了永恒的价值。假如他彻底的就是一个科举制度的批判者,我想他的作品的艺术价值反而是受损的。当然,如果他是科举制度的一个坚决的拥护者、一个受惠者,他的作品也是没有什么价值的。所以我想,作家思想的矛盾、作家的思想水平、作家的思想境界,跟他的作品的艺术表现力、艺术价值之间,并不是一种正比的关系;并不是说作家的思想水平越高,他的作品的艺术价值就越高。

  伟大的小说,都是思想大于形象的。一个是思想大于小说里面人物的形象,另一个是小说里的思想大于作家的思想。我想一部作品具有了双重的"大于",这个作品肯定是一部很好的作品。我们可以从小说里面的许多人物的行为上,看到新时代的曙光,看到新的思想的苗头。我们可以从小说的整体上,看出了它超越了作家思想的一些东西。那么,从这个角度来讲,现在很多人批评作家没有思想,就未必是那么正确。也就是说,一个作家未必要先成为一个哲学家、先成为一个思想家,才可以写作。鲁迅的思想当然非常深刻,鲁迅是一个伟大的思想家,但是鲁迅这种伟大的思想是和他的小说不太相配的。鲁迅后期的杂文中的思想锋芒,看问题的透彻深刻,应该是超越了他前期小说的思想水平的。但由于种种原因,鲁迅没有写出和他的后期思想相匹配的小说。反过来很多的作家,好像思想并不是特别先进，也不是特别深刻，也没有刻意扮演"思想者"的角色，他的作品反而是很有价值的。沈从文的思想先进、深刻吗？张爱玲的思想先进吗？深刻吗？他们在小说创作方面，不也照样取得了辉煌的成绩吗？

第五个关系，简单讲一下作家的人格与作品之间的关系。

这也是现在被很多批评家反复提到的一个话题，也是很多作家喜欢讲的一个话题，也是被很多人当成棍子来抡人的问题。在文学创作的马拉松当中，实际上存在着一种作家之间的竞赛。大家都在写作，究竟谁能够走得更远？究竟谁能写出更好的作品？究竟谁创作的生命力能够保持得更加长久？流行的说法就是：决定最终胜负的是作家的人格力量。这种观点没有错，但是我有些其他的看法：

第一点，一个人格高尚的作家，未必能够写出高尚的小说。

第二点，什么是高尚的小说？从来没有一个被所有人都认可的标准。英国作家劳伦斯的《查泰莱夫人的情人》，出版以后被禁，说它诲淫诲盗，是低级、下流的小说。但是社会主义者萧伯纳认为这是一部高尚的小说。他认为这部小说应该成为及笄少女的教科书。这两种评判完全是天壤之别。什么是高尚的小说？就是仁者见仁，智者见智。包括《金瓶梅》，一直到现在，也仍然是一本禁书。没加删节的版本，依然不能公开在书店里面出售。据说也印过全本的，但那是给高级干部阅读的，因为高级干部的思想水平高，看了不会犯错误。对《金瓶梅》的评价，历来也都是非常的对立。有的人认为是一部伟大的悲悯之书，有的人就认为是洪水猛兽。所以，我想很多的文学作品只有经过相当长的历史考验，才可以给它下一个相对的结论。许多时候，过了多少年以后，一本当时红透半边天的书，结果被人忘却了。

有些当时臭如大粪的书,或者被批评家们贬为大粪的书,慢慢地被人认为还是很不错的,由毒草变成了香花。

第三点,许多写出了伟大作品的作家,他的人格并不是无懈可击。人无完人,金无足赤;包括那些每天都对他人进行人格批评、兴师问罪的人,静夜扪心自问,大概也不敢说自己白璧无瑕。陀思妥耶夫斯基写出了伟大的《卡拉马佐夫兄弟》,写出了《罪与罚》,写出了《地下室日记》,写出了《群魔》;他的文学成就,几乎是没有人可以质疑的。但是,据他太太写的传记,他在人格上有很多的缺陷,他是一个赌徒,他也是一个似乎患有忧郁症的人,还是一个脾气很坏的人,他是典型的病态人格。像写出了《尤利西斯》的乔伊斯,跟他打过交道的许多书店的老板、出版社的编辑,有时候对这个人都恨之入骨,但是他写出了伟大的作品。有时候,一个作家的人格和他作品之间的质量关系并不能画等号。普希金、雨果,包括托尔斯泰,在道德方面,都不是无懈可击,有的甚至还很恶劣。俄罗斯前几年公布了普希金日记,这个人和女人的关系之混乱,以及他的内心之阴暗、他的性观念之龌龊,都很难让人跟他那些高尚优美的诗歌联系起来。托尔斯泰跟他庄园里女奴的关系,大概也算不上一种高尚的、道德的关系吧?但这,并不影响他们写出彪炳千秋的杰作。

有的作家品质高尚,为人善良,道德上完美无缺,私生活也无懈可击,但是他没有艺术才华,没有想象力,没有深厚的生活基础,没有独特的心理体验,所以他永远是个平庸的作家。往往我们抱着高尚的目的,试图去写高尚的作品时,写出的却是一本说教的东西。与此相反,某些在人格方面有瑕疵、在人生当中有败笔的作家,却写出了流传久远、永垂不朽的作品。把作家的人格和作品的质量之间的关系,理解成正比关系,实际上是不科学的。我认为,这个问题应该具体情况具体对待。当然,我们希望每个作家都具备高尚的人格,既道德,又善良,又有才华,又能写出伟大的作品,十全十美。然而这样的人确实是比较少见的。你可以这样要求、可以这样呼吁,但是涉及具体的人、具体的作品,就应该具体地分析。尤其不能把对作家人格的评判转移到对作家的作品的评判上来,这完全是两码事。不应该把这个作家的作品和这个作家的人格联系起来对待,更不应该把作品里边的人物跟作家画等号,这是最基本的批评常识。但是我们的少数批评者,大概是无法排解对某个作家的厌恶或是仇恨,不惜违背了常识,硬把作品中人物的思想安到作家头上。当然笔在人家手中,怎么写都是人家的自由。

第六个关系,简单讲一下在文学创作的过程中,继承和创新的关系。

胡锦涛主席在上个星期的文代会上讲过这个问题,他说:"一切有理想、有抱负的文艺工作者,一定要大力发扬创新精神,积极开拓文艺的新天地,推进文化发展,基础在继承,关键要创新。继承和创新是一个民族文化生生不息的两个重要的轮子。古今中外,闻名于世的文艺大师脍炙人口的传奇之作,无一不是善于继承与勇于创新的结果。不善于继承,没有创新的基础;不善于创新,缺乏继承的活力。在继承基础上的创新,往往是最好的继承。广大文艺工作者一定要焕发创作激情,激发原创能力。"我为什么要读胡锦涛主席的这段话?这次的作协代表大会上,大家一个共同的感觉就是:在历届作代会的领导讲话里边,从来没有把创新提到如此高的地位上来。我们过去往往比较注重继承,对创新提得比较少。现在把创新提到了至关重要的位置上来,我觉得这是一个新的变化,透露了新的信息。也就是说,我们继承民族的优良文化传统、文学传统,继承本身不是目的。继承的目的还是要在这个基础上,创造出这个时代的文学作品或者艺术作品;继承的目的还是创新,要有新东西出来。如果没有新东西出来,那我们永远是我们祖先的克隆者。所以,我想这次作代会上把创新提得这么高,确实是为各种各样的艺术形式、各种各样的探索,提供了一种政策方面的保证。我想,即便是失败的创新,也比平庸的继承有价值。

第七个关系,简单讲一下个性化的写作与文学大众性的关系。

文学创作,确实是一项比较特殊的劳动。它是高度个人化的。我个人的许多创作谈和演讲里面,都反复地说过,保持个性化创作是一个作家的最根本的东西。如果一个作家忘掉了个性化,忘掉了作品的个性追求,那么这个作家是没有太大价值的。一部富有个性的艺术作品,实际上就是这个作家的个性化的劳动的产物,是这个作家提炼出来的独特生活的艺术表现。没有个性的作品没有价值。我们之所以需要这么多的作家、这么多的诗人、这么多的美术家、这么多的音乐家,就在于每个人的作品是不一样的。为什么不一样?因为这个人的气质、这个人的生活积累、这个人受教育的程度跟别人不一样,而且这个人的追求、这个人对生活的认识,跟别人不一样。只有艺术家高度重视了自我、高度重视了个性,他的创作才有价值。这样说起来,可能又要受到质疑:自我表现,写小我,不写大我。我们的口号一向是要歌颂人民、写人民,少关注自己、少表现自我。要写明亮的社会生活,要写阳光和鲜花,不能写个人灵魂深处的阴暗面,更不能写一些丑恶的、病态的思想。这种号召笼统来讲也没有错。但是我想,一个作家如果不从自我出发,那么这个作家的创作实际上无法开始。我的观点就是说,一个作家的创作应该从个人出发,这里面有一种宿命的东西。假如这个作家的个人体验、个人生活、个人痛苦,是跟整个的社会生活,是跟广大的老百姓相一致的,那么他这种从个人出发的写作,就会获得一种普遍性、一种群众性,或者说获得了一种人民性。如果他的痛苦只是他个人的,或者是一个小小的群体的,那么他的作品的价值就要大打折扣,他的作品的普遍性,也一定会大打折扣。一个作家在开始写作之后,当然,他也可以有意识地去了解这个社会,熟悉地把握社会生活,掌握社会的脉搏,了解老百姓的心理愿望,尽量使自己个人的这种思想、个人的这种痛苦跟社会、跟大多数人变成一体。但是从根本上来讲,我觉得这是没有办法解决的。沈从文解放后在华北大学时,试图脱胎换骨,写一个新小说,但写出来的人物是"死"的,他融不到这个时代中去,只能在边缘苟且偷生。像老舍、曹禺这些人,似乎是融进去了,但事实上依然浮在表皮。他们的笔只有在描写过去时才可以出彩生花,当他们试图描述当代时,立刻就变得枯涩苍白;因为这些生活不是他们的生活,硬往上贴也不行。

文学创作就是这么残酷。如果你的痛苦、你的欢乐、你的感受没有跟时代合拍,那么你从个人出发的作品就不能引起反响。我在上世纪八十年代写的《红高粱》,在当时引起了很大的反响,但如果这部小说放在 2006 年来出版,那会是无声无息。1987 年,《红高粱》拍成了电影,照样引起轰动,但这部电影拿到今天来放,也不会引起反响。为什么《红高粱》小说和电影会在八十年代引起那么大的反响呢?我想,就在于这部作品恰好符合了当时社会的需要。这部作品所表现的思想,这部电影所强调的情感,是跟当时老百姓的心理状态相吻合的。因为八十年代中期,虽然开始了思想解放运动,但是依然有很多禁区。解放后几十年中人们的个性受到强烈的压抑，没有得到真正的释放，像《红高粱》这样一部轰轰烈烈地张扬个性、红红火火地抒发情感的作品，正好符合了当时老百姓的那种久被压抑、渴望宣泄的心态。因此，像《妹妹你大胆往前走》，这么一首难听的歌曲，一时间响彻了大江南北，实际上老百姓是在宣泄自我。唱着歌的时候，他们把自己心里面久被压抑的许多情感都释放出来。这是一种历史的巧合；这种巧合，落到哪个作家头上，这个作家就"运交华盖"了。

第八个关系，简单讲一下民族文学与世界文学的关系。

本来还有一个第八点，是想讲讲继承民族文学传统和学习西方文学的关系，但一是这个问题在前面已经多有涉及，二是主持人给我的时间已经基本用完，所以就不再啰唆。越八进九。我们现在特别强调要写有中国特色、有中国气派、有中国风格的作品。我们的中国文学，既是世界文学的组成部分，又要独立于世界文学之林。我想这是我们所有的作家面临的一个重大的课题。就是说，怎么样使我们的小说既表现出鲜明的中国特色、中国的气派来，又能被世界上各个国家的读者所接受？我想，我们只能在特殊性和普遍性当中，做一种恰当的处理。我们在描写生活环境的时候，描写我们的生活习惯的时候，在塑造人物、刻画人物心理的时候，我们在小说语言的追求和小说形式的追求上，都应该从我们民族传统的深厚文化的土壤里面去汲取营养。当然，我们也一定不要忘记，小说的根本任务是写人。我们要揭示人类灵魂的奥秘，要揭示人类情感的共通性。就是说人性当中有一些东西具有民族性，有些东西是超民族的。像母爱、父爱、男女之爱，虽然表现方式有含蓄、有热烈、有夸张等等这样那样的区别，但是本质上是共通的。我们只有写了普遍的永恒的人性，我们的作品才可能走向世界,才可能变成世界文学的一部分。这也就是我刚才讲的第一对关系:文学的阶级性和人性之间的关系。红色经典固然不错,但是由于我们的红色经典用阶级性遮蔽了人性当中许多的真实部分,结果使这些作品变成了狭隘的作品,而无法进入世界文学这个大的范围里面去。我们现在已经具备了创作世界性文学的条件,但我们确实要好好处理民族性和世界性的关系,也就是要特别地注意特殊性和普遍性的关系。我想,实际上最根本的一点,就是时刻不要忘记人;要把理解人、研究人、表现人,当作最重要的任务。只要你对人的理解深刻、准确,将人表现得丰富多彩,使用的表现手段特殊,你的文学,就会获得走向世界的通行证。

最后,我简单讲一下,在市场经济背景下,文学创作和文学批评的关系。

我想,文学的健康发展,必须有健康的文学批评的参与。如果只有创作,没有批评,这个文学是不完整的。这是我一贯的看法。在市场经济下,毫无疑问,文学批评已经变得非常复杂。个别批评家的行为,突破了文学批评的道德底线,使文学批评蒙受了耻辱。许许多多的批评文章,因为这样那样的原因,而丧失了文学批评的公正品格。这样的批评,不但无助于文学的健康发展,而且是对健康文学的伤害。作家应该对健康的正常的文学批评保持足够的敬意,应该把严肃的批评当作对自己的帮助,应该把那些有良知的批评家当成自己的诤友,哪怕是非常刺耳的话、尖酸刻薄的话,都要包容。作家应该扩大自己的胸襟,开阔自己的眼界,能把今天的事情,放到历史中去比较;能把眼前的事情,用未来的眼光来考量。这样,就会看透许多事,就会理解许多事,就会明白什么是真正有价值的,而什么是泡沫。

我在过去的文学创作过程中,受到了很多尖锐的批评。有时候,我也很难冷静地对待。我也曾说过一些过激的反驳的话。我想随着年龄的增长,面对文学的批评,甚至是非文学的批评,我都应该冷静对待。我也希望我们的批评家能够排除掉市场经济这个背景对他们造成的影响,能够排除掉个人恩怨对他们的干扰,用一颗真正的文学之心来批评作家的作品,用一种说理的辩证的态度来看待作家的作品。应该把作家的作品跟作家区分开来,对作品,不对人,写传记另当别论。所以,我想作家和批评家这两个群体,既是冤家,又是朋友。应该有争论,甚至是激烈的争论,但是不应该因为这样激烈的争论,而引发对人的仇恨,不应该因为对人的仇恨,而伤害对文学所共同保有的真诚和客观公正的评判标准。

现场互动:

主持人:在体制内的作家长期不写作品、不上班,单位停发工资,他就上街乞讨,采取过激行为。您对洪峰这个作家怎么看?

答:我知道这个问题肯定是今天的第一个问题。洪峰是我的同学,也是我的朋友。1988年到1991年期间,我们是鲁迅文学院的同学。我认为,应该客观地评价洪峰,他是一个很有个性的作家。在八十年代的时候,他的作品具有相当的先锋性,在新时期的文学中应该有他的历史地位。洪峰的乞讨,有复杂的社会原因和历史原因。我看到了韩寒对洪峰、包括跟洪峰一样的那些在体制内的作家的评价,说他们是"被包养的二奶"。韩寒这个小伙子,说话很尖刻、很机智、很俏皮。他讲得不无道理,洪峰说他是"童言无忌"。我想洪峰上街乞讨的一个重要原因,根本不是为了两千元钱的工资,他实际上是在追求一种体制内的公正。我们当然可以诟病政府包养作家这种制度,拿着国家的工资,享受着国家的劳动保险、医疗保险,住着国家分配给你的住房,写出作品,自己拿版税,在整体社会中,确实不合理。但这样的"包养",不仅仅是作家,画家、音乐家、演员、教授、某些官员,不都如此吗?许多垄断了国家资源的团体,不也享受着远远高出社会平均值的垄断利润吗?这可是一个巨大的群体。我想洪峰乞讨的时候,他想到的也许是:跟我一样的作家,全国有很多,为什么别人不上班可以发工资,我洪峰不上班就不发工资呢?为什么吉林的作家不坐班可以发工资,上海的作家不坐班可以发工资,我洪峰不坐班就不发工资呢?我想,这是一个现实的问题,也是一个历史造成的问题。我在报社工作,理论上不算被"包养"的作家,但我在报社不是一个称职的编辑,也不是一个称职的记者。我尽管在报社做一点点工作,但是大多数时间,还在家里搞文学创作。我认识到这个问题的不合理性,所以我向我的领导主动要求免去了我所有的补助和奖金,我只拿每月的基本工资,去年是两千多元,今年涨到了三千元。专业作家被政府包养,却自己拿版税,从农民的角度看这不合理,从工人的角度看也不合理。但怎么样来处理这个问题?我想这会随着历史的发展慢慢解决。现在很多省里边、市里边,已经不再发展专业作家了,活着不撵,死了不补。说句难听的话,那就是死一个,少一个。等这些作家自然消亡之后,包养作家的制度是不是也就终止了呢?这是一个漫长的过程,大家要有耐心。再有几十年,最多再有五十年,目前在世的专业作家,剩不下几个了。那么我想,假以时日,这个不合理的现象就会被历史所淘汰了。

主持人:两个读者都谈道:刚刚闭幕的作家代表大会选举了铁

凝为作协主席。她比前两任作协主席年龄上要小得多。是不是因为她年轻一些？还是因为她是女性呢？或有其他原因呢？请莫言老师谈一下。然后，我再提个问题：莫言老师，有个文艺评论家说过：现在的作家除了余华之外，其他的都睡着了。你对此怎么看？

现在，先请老师回答第一个问题。

答：我知道今天的提问洪峰和铁凝都是绕不过去的，我对所有的问题都会直率回答。铁凝在这次大会上，当选为作协的新一任主席。我在私下里听到，大多数作家还是表示赞赏的。那天是845人投票，铁凝得了795票，有50张反对票。我知道假如没说铁凝要当主席的话，她会得到800多票的。她是一个优秀的作家，人缘也一直很好。因为要让她当主席，所以她丢了50票。她在过去几十年的创作中，写出了很多好作品。我想，主席总是要有人当的。铁凝不来当，谁来当呢？让谁来当，能让大家一致地口服心服呢？我想随着巴金的去世，再也选不出这样的一个人了。这没有办法，别说是作协这样一个群众团体，党和国家也是这样的。谁能比毛主席更高呢？但毛主席去世以后，我们还是要有主席啊！对不对？所以这是没有办法的事情。我觉得，铁凝当选也可能是一个重大的转折。因为在茅盾、巴金的时候，作协主席实际上是一个象征性的荣誉称号。巴金是不管事的，常年生病，那么老了。铁凝年富力强，她的上任也许会使这个职位变成一个实缺。她应该能够比巴金更多地为作家做一些事情。第二个问题是什么？

主持人：一个文艺评论家说过：现在的作家除了余华之外，其他的都睡着了。您对此怎么看？

答：除了余华之外，其他的都睡着了。是吗？余华也是我的朋友。我不知道这个评论家有什么样的根据,说所有的作家都睡着了,而余华没有睡着。余华前一段确实是失眠,每天夜里三点就醒了,为此他痛苦不堪。后来我告诉他,我每天夜里两点就醒了,你不要紧张。我的话使他获得了很好的精神安慰。从这个意义上讲,除了余华,莫言也没睡着啊!

主持人:接着提问,莫言老师,您认为您的作品,有哪些已经向世界文学靠拢,或者说中国作家有哪些作品已经进入世界文学之林?这是一个问题。接着还有一个问题:您的《生死疲劳》一书,采取了章回体的写作方式,同时又具有魔幻现实主义的特色。请问您如何评价自己在作品创作中的民族性和世界性的结合?两个问题。

答:有不少评论家,包括一些读者,一谈到中国当代文学就痛心疾首,认为我们从八十年代到现在写出的基本上是没有价值的垃圾。也有少数的评论家能够相对客观地评价二十多年来的创作。我认为从八十年代到现在,应该说取得了辉煌的创作成就。尽管我们在八十年代初期,有对西方的模仿和借鉴,但是我想即便在模仿和借鉴这个期间,我们依然产生了很多优秀的作品,后来更产生了很多完全可以立于世界文学之林而无愧色的作品。比如像王蒙的一些作品、张洁的一些作品、陈忠实的一些作品、史铁生的一些作品、残雪的一些作品、韩少功的一些作品、格非的一些作品、阿来的一些作品、毕飞宇的一些作品、余华的一些作品、苏童的一些作品、王安忆的一些作品……包括很多比较年轻的作家的作品……这将是一个漫长的名单,恕我不能一一列举。我觉得这些,完全可以和世界上许多优秀的作品相媲美。我本人的中篇小说《红高粱》《透明的红萝卜》《爆炸》等、长篇小说《天堂蒜薹之歌》《酒国》《丰乳肥臀》等,已经有了十几种外文译本，我不敢说我已经达到了世界文学的水平，我只能说这些书被世界上很多读者喜欢了。当然这只是我的看法。时人眼里无英雄，我们的当代文学是珍珠还是垃圾，我说了不算，评论家说了也不算，五十年后看吧。

关于《生死疲劳》的创作，确实是我长期积累的一个结果。我在多次演讲中提到过：在八十年代，我是学习魔幻现实主义最积极的作家之一，我从向西方作家学习的过程中获益甚多。我早期的几篇作品也带着明显的魔幻痕迹，对此我一直供认不讳。但我在1987年的时候，写过一篇文章叫作《要远离马尔克斯和福克纳这两座高炉》；我认为我们是冰块，马尔克斯和福克纳是灼热的高炉，离得太近了，就把自己蒸发掉了。我们一定要逃离他们，我们借助他们的力量，打破了我们头脑中的有关文学的许多的清规戒律。然后我们应该远离他们，走我们自己的道路。进入二十一世纪以后，从《檀香刑》开始，我就有意识地向民间文学靠拢，向我们的传统文学学习，注意从我们的民间生活里面汲取文学的素材，向我们民间索取文学的资源。我在《檀香刑》后记里面也提出了一个"大踏步撤退"的说法。许多人认为这是一个宣言、是一个口号；当然也有一些人对我这种说法表示反感，并加以冷嘲热讽，这是他们的自由。所谓"大踏步撤退"，我的本意是要离西方文学远一点、离翻译腔调远一点、离时尚远一点，向我们的民间文化靠拢、向我们自己的人生感悟贴近、向我们的文学传统进军。我认为这个撤退，看起来是撤退，实际上是前进，向创作出具有中国特色的、具有个性特征的文学作品大踏步地前进！

主持人： 下面一个问题：知识分子是社会的良心，而作家应该是知识分子的中坚。您与网友的一次交流中认为：作家只写他看到的事，揭示事物所包含的内容，至于作品发表的后果，作家不应该过多顾虑。您认为知识分子是社会的良心，这两者是矛盾的吗？

答：关于知识分子的定义，我想是不一样的。"文革"前，一个初中生就被认为是一个小知识分子；一个高中生，就是一个大知识分子；一个大学生，就是一个超级知识分子。"文革"后标准提高了一些，只要有大学以上学历的人，都可以以知识分子呼之。但我认为的知识分子，指的是一个特殊群体。这个群体：

第一，有强烈的社会责任感，以天下为己任，有为了理想和正义而献身的勇气。第二，有科学思维的头脑，有分析社会问题、发现问题本质的能力。第三，具有独立人格，善于独立思考，与体制保持着一种对立的姿态。

我想这才是法国的、欧洲的知识分子给我留下的印象。我们中国，我觉得少有这样的知识分子。用王朔的话说，我们有很多"知道分子"，但少有知识分子。我们这样的环境，不太能容忍这样的知识分子存在。我觉得知识分子最重要的一点，就是不能人云亦云。他必须独立思考。我们不能要求全社会都是一个思想，然后由所谓的知识分子来解释这个思想，应该允许许多持有不同意见的人存在。这种持有不同意见的、能够对社会和政府提出清醒的批评和规劝的人，就是知识分子。从这种意义上来讲——我不敢说别的作家——我觉得我不是一个知识分子。我就是一个写小说的。我只是把我看到的、我听到的、我感受到的，诉诸作品，然后让读者从我的作品里读到一些什么东西。所以，我从来都不同意把知识分子和作家画等号。

主持人：下面的问题是：莫言老师，你是八十年代成名的作家。

这一代作家大都是受到西方写作手法的技巧的影响,也出现了很多优秀的作品。但是现在的中国作家,在写作创新上却出现了停滞。请您就中国作家在写作上的实验性、探索性方面谈谈自己的一些意见和看法,好吗?

答:关于向西方学习、受西方的影响,我刚才也简单地提到了。因为在上世纪八十年代之前,我们的文学创作清规戒律甚多。从1976年粉碎"四人帮"之后,进入新时期,主要的工作,我觉得是在突破一个一个的禁区。比如不能写爱情,刘心武的《爱情的位置》写爱情了;不能表现公安战线上的黑暗现象,王亚平《神圣的使命》写了公安战线。这就是突破禁区。社会对作家造成了一定的禁锢,但真正影响创作的还是作家内心深处的一些根深蒂固的东西。西方文学对摧毁作家内心深处的那些清规戒律,发挥了巨大的作用。我本人当时读了他们的书,就拍案叫绝。哎呀,原来小说可以这么写!我怎么没有早想到呢?早想到,我不也就成为谁谁谁了吗!这个过程,不管它是饱受诟病也好,被人家质疑也好,我认为,还是非常必要的。如果没有这样一个向西方文学学习、借鉴的阶段,就没有今天这种文学的局面。至于文学作品的创新,是文学创作的灵魂所在,也是一切艺术劳动的最高追求目标。这个,我想的跟胡锦涛总书记讲的是完全一致的。所以我这个人,偶尔胡言乱语,但关键问题上还是和党中央保持一致的哟!

主持人:下面一个问题:莫言先生,我在业余时间里写作了一部60万字的长篇小说,写当代青年的文学历程。我认为我的作品非常的独特,而且写得很棒,但是我对当代的文学出版一无所知,我感到非常的孤立无助。不知道莫言老师能否给我一些帮助?

答: 你在业余时间写了一部60多万字的书,这个精神确实值得钦佩。因为我知道业余创作的艰辛。那么,我建议你可不可以先把它贴到网上呢?贴到网上,让广大的网上读者先来看。我想网上的读者是有很高的鉴别能力的。如果真正优秀的话,就会在网上传播出去。从网上传播出去以后,我们再找一家出版社出书。或者你能不能送到海天出版社,让海天出版社的编辑们看看呢?因为我想,本地的出版社有责任、也有义务首先扶植本地的作家。你可以送给他们看一看,去找一个叫旷昕的社长,你就说:"莫言让我来的。"

主持人: 第二个问题:有读者想要了解您最近在读一些什么书?

答: 我读书一向是比较杂的,而且读书不求甚解。我的读书习惯很坏,所以你们不要模仿。我经常是反过来,从最后一页往前读,觉得不错的话,再回到前面来读。前一段读了帕慕克的《我的名字叫红》。这两天,来之前在读一本剧本集,是苏联三十年代的那个作家布尔加科夫写的,刚才我们提到过他。其中有一个剧本叫《逃亡》,我读得津津有味。多说几句,顺便说说布尔加科夫这个作家。他实际上是一个具有超阶级立场的作家。他在斯大林统治时期,非常有名。斯大林对这个作家很关注,就他的问题做过多次批示。他写的《逃亡》,描写的是一群白匪的高级军官,这些人战败以后,逃到了伊斯坦布尔。他主要的笔墨用在写这些白匪高级军官在土耳其流亡期间怀念俄罗斯祖国。我想,这就比描写一个红军的战士怀念祖国更加深刻,更加让人回味。这样的作品在苏联时期,竟然也被允许上演了几十场。但是,从上演的那天,两派的斗争非常的激烈。骂他坏的,说他是白匪的狗腿子,是白匪的孝子贤孙。说他好的,以高尔基为首的,就说,他是一个有良知的作家,他写出了人的真实的状况。

主持人：下面请莫言老师在你手边的问题当中，挑出一个最感兴趣的话题。

答：我不挑了，顺序看，有一个人问："你对电影《红高粱》有何看法？"

我觉得《红高粱》在当时的环境下，拍得还是不错的。1987年拍的，在中国那个时候的电影里面，《红高粱》还是别具一格的，具有很大的视觉冲击力量。至于满意不满意，我想小说被改编成电影，从来都是牺牲的、选择的艺术。因为一部长篇几十万字，拍成一个90分钟的电影，肯定要失去大量的东西。优秀的导演他可以去其糟粕，取其精华；劣等的导演，就可能把精华抛掉了，把糟粕都提炼出来了。我认为张艺谋是一个高明的导演。

我再回答一个问题。"在文学创作上，我是您的追随者。您的想象力，在中国当代文坛很少有人能够超过。"过奖，过奖啦！他的问题是："你的作品中许多地方太注重辞藻修饰、景物描写，这样给人一种喧宾夺主的感觉。你是怎么样看待这个问题的？"

小说当中的景物描写，应该不伤害对人物的描写。我同意你的看法。但是我觉得景物描写，怎么样变成一个作品的有机部分，而不是为写景而写景，这个问题很重要。作家在描写景物过程中应该带着感情，应该调动你所有的感觉——听觉、视觉、嗅觉、触觉和你的联想力来进行景物描写，要紧贴着当时环境里边的人物当时的心情，来对景物进行描写。比如在《静静的顿河》里面，我反复举的一个例子：葛里高利在埋葬了自己的情人婀克西妮娅后，肖洛霍夫有一段景物描写，就是关于天上的太阳。他说：天上有一轮黑暗的旋转的太阳。这个描写，就跟人物的命运紧密地联系起来，绝对不是可有可无的闲笔。这段描写，非常准确地渲染了葛里高利那种极端绝望、万念俱灰、痛苦到极点的心情。这样的景物描写，不但不是累赘，而且是小说里面的画龙点睛之笔。我的作品里面确实没有这样的点睛之笔，有很多景物描写确实太长，我接受您的批评。

关于辞藻的修饰，一个作家对辞藻修饰的偏爱，就像一个女人对自己的眉毛和脸的修饰的感觉是一样的。他有这种爱好，也有这种责任。女人应该把自己的脸修饰得漂亮一些，作家应该把自己的辞藻修饰得通顺一些、准确一些、优美一些。但是我的修饰是不是过分了呢？是不是像一个女人涂胭脂涂得太厚了呢？我在今后的写作过程中，要注意了，要适度。要化妆，但是不能化得令人厌恶。谢谢大家！

第三辑

华文出版人的新角色与挑战
——在台北出版节上的发言

时间：2001年3月29日

近年来我经常受到邀请去参加一些与文学没有关系或者是没有直接关系的会议，如推广生物肥料的会议、营造幸福家居会议。当我问到会议的主办者为什么要邀请作家与会时，他们基本上都是这样回答：为了热闹。于是我明白了，所谓作家，不过是一个到处凑热闹的角色。我来台北参加这个出版界的会议，依然是一个凑热闹的角色。我知道前几年，台北曾经召开过一个美食与文学的关系的会议，参加会议的人一边品尝着天下的美食一边讨论文学，这大概是地球上最美好的一次会议，但会议的主办者偏偏把我这个世界上最馋的人给忘记了，这件事至今让我耿耿于怀。我的一个参加了这次盛会的朋友，受到会议精神的启发，写了一本才华横溢的著作，题目叫作《完全壮阳手册》。这是一本充满了想象力的食谱，其中有一道名菜叫作：南山猛虎。使用的材料是：孟加拉虎鞭一根，腌梅子两个，青紫苏四片，海苔一片，米两杯，红酒少许。吃了这道名菜，一个原来像面条一样软弱的男人,马上就会发出这样的怒吼:"如今我是老虎,蹲在危崖上等你!"

几年前,我受到一个朋友的邀请,到河南郑州去参加了一个"红高粱挑战麦当劳"的研讨会。所谓的"红高粱",在这里既不是小说也不是电影,也不是酒也不是农作物,实际上它是流行于河南一带的羊肉烩面。我的那位朋友原先是一个大学的哲学教员,他的特长就是把最普通的事物上升到哲学的高度。他把麦当劳上升到哲学高度后,麦当劳就不再是土豆条和炸鸡腿,而是西方霸权在中国的横行,是帝国主义对中国的文化侵略。为了抵抗这种文化侵略,他就把大碗的羊肉烩面变成了红高粱,然后又把红高粱上升为民族的精神和民族文化的象征。他提出了一个雄心勃勃的口号:哪里有麦当劳哪里就有红高粱!他不惜重金,在北京最繁华的王府井大街麦当劳快餐店的对面,租了一处房子,开办了一家红高粱快餐店。这件事在北京一时成为热点,许多媒体都在最显要的位置和时段上,发表了"红高粱挑战麦当劳"的消息,这些文章和节目都带有很强烈的民族自信心,充满了火药味,好像要借此昭雪自鸦片战争以来中华民族所蒙受的所有耻辱。在媒体的鼓噪呐喊下,去红高粱吃羊肉烩面就不仅仅是为满足口腹之欲,而是一场抵制帝国主义文化侵略的爱国文化运动。随着北京分店的开张,几十家红高粱快餐店在全国各地纷纷开张。我的朋友这时已经不屑于管国内的事情,他带着一个考察团,去世界各地考察、谈判、租房子,准备在外国开红高粱分店。这就是说,我们不仅仅要在国内用我们的羊肉烩面抵制外国的麦当劳,我们还要冲出亚洲走向世界,用羊肉烩面为我们的灿烂文化争光。

在那次会议上,因为我是小说《红高粱》的作者和电影《红高粱》的编剧之一,所以受到了特别的礼遇。在开会期间,别人面前是一杯茶,我的面前却始终放着一碗热气腾腾的红高粱牌羊肉烩面。直到现在,羊肉烩面的味道还在我的唇边缭绕。

当时,河南一个作家张宇对我的那位朋友说,你什么红高粱,什么饮食文化、饮食哲学,说到底还是一碗羊肉烩面!你如果真的尊重作家、尊重知识产权,就把莫言面前那碗羊肉烩面给他撤了,然后给他换上一个五万元的红包。我的朋友听了张宇的话,过来征求我的意见,他说:莫言兄,现在有两个条件供你选择:一个条件是,我给你一个五万元的红包,但从此你跟我的"红高粱环球公司"就没有任何关系了;另一个条件是,我送你一张至尊贵宾卡,你拿着这张卡,无论走到哪里的红高粱快餐店,都可以免费吃一盆羊肉烩面。接下来我的朋友就向我描绘了他的宏伟蓝图,他要在世界上创办十万家红高粱快餐店,第一步做到:凡是有华人的地方,就要有红高粱快餐店;第二步要做到,凡是有人类的地方都要有红高粱快餐店。甚至可以在俄罗斯的和平号空间站上开一个小分店。我毫不犹豫地选择了那张至尊贵宾卡。我当时想,拿着这张卡,可以走遍天下而无饥饿之忧。而且每个店都会像迎接祖师爷一样迎接我,那样的荣耀和幸福,区区五万元哪能买到呢?

我揣着这张卡回到北京,去王府井红高粱快餐店吃了一碗羊肉烩面,来回的票花了四十元,而一碗羊肉烩面只值五元。我一想这实在是不划算了,我不能为了满足虚荣心打车去吃羊肉烩面了。

不久,红高粱连锁集团连锁倒闭,我的那位雄心勃勃地想把羊肉烩面变成民族文化的朋友也因为经济犯罪而锒铛入狱。一个想在和平号太空站卖羊肉烩面的天才,在和平号没有陨落之前就提前陨落了。这件事让我的心中至今沉痛,当然与没要五万元钱有些关系,但不是主要的。

通过回顾我的这位充满浪漫精神的朋友的创业经过，我得出了几条结论：

一、人无论在什么时候，最好不要去扮演挑战者的角色，但你要做好准备，随时迎接别人的挑战。

二、最好不要有意识地去扮演什么新角色，想扮演新角色的人往往是旧角色，而不想成为新角色的人，也许在不经意之间就成了新角色。

我认为华文出版人在新世纪里不可能扮演什么新角色，挑战是存在的，但这挑战不仅仅是对着华文出版人的，而是对着全世界各种文字的出版人。我指的是网络和电子出版物对传统的纸张印刷出版物的挑战。但就像影视作品虽然夺走了大量的在书本上阅读的眼睛，但并没有也不大可能夺走全部的眼睛一样，方兴未艾的电子出版方式也不大可能完全取代用纸张印刷出来的书。

面对着已经开始的挑战，我认为传统的出版人保存自己的最好的方式就是停止进步，甚至是大踏步地后退，一直后退到线装书甚至是竹简或者木牍的时代。当然这是不大可能的。有了飞机和火车之后，谁也不大愿意骑着马长途旅行。但正因为这是违背常理的行动，所以，一个在技术上追求落后的出版人，很可能就是一个最前卫的先锋出版人，甚至是一个出版艺术家。譬如洪范书店的老板叶步荣先生，几年前出版我的长篇小说《丰乳肥臀》时，就坚持要用铅字排版印刷。用铅字排版成本高、周期长，分明是不合时宜的。但叶老板坚持这样做，为什么呢？昨天我见到叶老板，得到了答案。叶老板说：不为什么，就为了好看。但昨天下午叶老板也说，他也顶不住了。从今年开始，洪范也要用电脑排版了。我希望叶老板姑且先用电脑排版，等出了畅销书赚了大钱后，再改回铅字排版，而且要大加宣扬，让所有的读者都知道,洪范的书是世界上唯一一家用铅字排印出来的。

我相信总有一天人们会对科学技术的疯狂进步表示反感。当然,从眼前的利益来看,科技的进步使人们的生活大大地便利了,使人们的活动空间大大地拓展了,使人的寿命大大地延长了,但从长远利益来看,科学技术的进步最终会导致人种灭绝。

科学技术的进步使一切价值的贬值呈现一种加速度的状态,道理很简单,很容易得到的东西,自然也就不珍贵。我的家乡多年前就用红薯喂猪,但现在城里的红薯卖得比猪肉还贵。《红楼梦》等经典名著之所以那样有名,难道与那时的出版极其不易一点关系没有吗?大陆在"文革"前每年出版的长篇小说不超过十部,所以每部书的出版都是一件大事,印数动辄数百万。现在的长篇小说我认为在质量上远远超过了"文革"前,但印到十万册就是畅销书,这与书太多了不能说没有关系。而图书的大量出版,与技术的进步密切相关。退回去几十年,说某个人出版了一部小说,是一件很了不起的事情。现在,中学生在出书,小学生也在出书;用不了几年,连幼儿园的孩子也会出版长篇小说。我现在已经在某些媒体上看到了狗猫出书的苗头:一个巴儿狗,写了一部艳情小说,出版之后,成了畅销书。

面对着技术进步的压力,面对着金钱和利润的压力,新世纪的出版人实际上有两条路可走,一条是疯狂地追赶,一条是大踏步后退。其实,出版家面临着的问题,与作家面临着的问题十分相似。我的策略是,避开热闹的地方,回到民间,回到传统,回到边缘地带。这个战略,实际上是以退为进。当大多数出版家都去追赶新潮流时,我希望能有几个或是一个出版家毁掉电脑,退后到木版印刷的时代,专门出版那些不合时宜的著作。

城乡经验和写作者的位置
——在台北出版节"作家之夜"的发言

时间：2001 年 3 月 30 日晚

今晚这个谈话的题目，让我油然想起了一个在我的家乡流传很广的故事：一个关于城市的虱子和乡村的虱子的故事。说有一天两个虱子在路上相遇，乡下的虱子问：兄弟，你要到哪里去？城里的虱子说：我要到乡下去。乡下的虱子问：你到乡下去干什么？城里的虱子说：到乡下去找吃的。乡下的虱子惊讶地问：难道在城里也没有吃的吗？城里的虱子说：城里人穿绫罗绸缎，一天三次换，别说是吃，看都捞不到看。城里的虱子反过来问：兄弟，你到哪里去？乡下的虱子说：我要到城里去，到城里去找吃的。城里的虱子问：难道乡下也找不到吃的吗？乡下的虱子说：乡下人穿破棉袄，得空就要找，一时找不到，急得用口咬；我要再不跑，小命要报销。于是两个虱子抱头大哭，在城市与乡村之间的道路上活活地饿死了。

我感到，从某种意义上看，虱子的一生与作家的一生很是相似。虱子终其一生在寻找食物，作家的一生都在寻找可供写作的素材。

一个作家,因为出身不同、所积累的生活经验的差异,往往决定了他的创作风貌。但这是大概而论,并不绝对。许多出身城市的人,写起乡村题材小说来,也很是得心应手;也有一些出身乡村的作家,写起城市生活同样游刃有余。但后者往往得不到赞扬,人们对城市出身的作家写乡村比较容易认同,但对乡村出身的作家写城市,则多半持一种敌视的轻蔑的态度。我记得前些年就有人批评写了《废都》的陕西作家贾平凹,说他出身农村,写农村题材得心应手,但一旦他的笔触及城市生活,就捉襟见肘。还说他写的城市根本就不像他生活的西安,他写的人物也不像城里人,顶多算是生活在城里的乡下人。不久前,又有人批评一个写了上海生活的女作家,说她不是土生土长的上海人,有什么资格写上海?但我至今也没见到哪个批评家批评那些城市出身的作家写了农村。可见城市和乡村的差别表现在方方面面。我对这些批评持否定态度,我认为应该允许出身农家的作家去写自己心中的城市。即便是从乡下来城市打工的打工仔、打工妹,也有他们自己的对于城市的感受,而且是新鲜的、城里人无法体验到的感受。即便他们的感受是高度主观的、是违背了事物真相的,也是允许的,因为文学不是地图,不是科学论文,不要求精确和客观。甚至可以说,唯其有了这样高度主观的、与大家的感觉不同的感觉,才是属于文学的。你写城里的道路是沥青铺成的,这没有什么文学意义,但如果一个打工仔产生了幻觉,在幻觉中感到城里的道路像他奶奶那根用了多年的又臭又长的裹脚布,就具有了文学的意义。

　　但批评界并不愿意像我这样来认识问题,对于我这样出身乡村后来混迹城市的作家来说,如果要写城市,那就是扒着眼睛照镜子——自找难看。如果要写北京,那更是加倍地难看。因为即便我的城市写得比那些城市出身的作家写得还要地道,我写的北京比世代生活在北京的人写的北京还要北京,但那些批评家还是要愤怒地说:他有什么资格写城市?他有什么资格写北京?尽管这些批评家十有八九也是戳牛屁股出身或者是戳牛屁股人的后代,但就像最瞧不起叫花子的人总是那些曾经当过叫花子但后来发达了的人一样,最瞧不起农村人的人,也往往是那些有了城市户口,在城市里有了饭碗和老婆孩子的人。好吧,就算我这样的作家不能写城市,那么到底谁有资格写城市呢?以北京而论,要说是地道的北京人,应该是满清王朝的后裔,他们在北京生活了三百年了。但他们也不是最地道的,因为在他们之前,北京曾是元朝的大都,成吉思汗的后代才是地道的北京人,他们在北京生活了八百年了。但他们还不是最老的,最老的是周口店的北京猿人的后代,他们生活在北京已经五十万年了。但遗憾的是那时的地球上别说没有城市,连乡村也没有,有的只是荒原和森林。而且,谁又能证明自己不是或是北京猿人的后代呢?

我自信我可以写城市,而且我也写过城市。我的自信是建立在小说是写人、写人的情感、写人的命运这样一个基本常识的基础上的。姑且不论现在中国的很多城市还是繁华的乡村,姑且不说中国的大部分城市人上溯五十年多数是乡村人,姑且不论现在生活在城市里的大部分人并没有彻底挣断那条与农村联系着的脐带,即便确实有一批古老的城市人,难道他们就不是人吗?他们的思维方式真的复杂到让我们这种出身乡土的作家不能理解吗?我在城市生活了二十年,天天与许多比较地道的城市人打交道,他们的心思我很清楚,他们的优点我能认识到,他们的毛病我更能认识到。当然,城市的环境和乡村的环境有区别,比如城市有高楼大厦,城市有彻夜不灭的灯光,城市有灯红酒绿的夜生活,但这种外在的物质化的东西,更是比较容易了解的。一个农村来的小保姆,在城市生活了一年,在外形上你就很难把她与时髦的城市青年区别开来。也就是说,无论是从反映城市的现实层面上还是从反映城市的精神层面上,一个在某个城市生活了二十年的人,是完全可以、完全能够写这个城市的。其实就是生活了两天也可以写,写的就是两天的感受;其实就是从来也没有进过城的人也可以写城市,就像从来就没有进过天堂、下过地狱的但丁可以写他的《神曲》一样。

但我还是不愿意去招人嫌。如果我要写城市,这个城市也应该是我自己创造出来的。我想我不应该愚蠢地让北京、上海这些具体的地名出现在我的小说里。我写的城市应该是独一无二的,在地球上从来没有出现过、将来也不可能出现的。这里的一切都应该是新鲜的。我为什么要去写酒吧、饭店、大街、时装、香水等等在一般的城市里常见的东西?在我的城市里,酒吧里不喝酒,人们聚集在这里很可能喝的是洗脚水。当然也可以根本就没有酒吧,而有一种场所名字叫"吧酒",在"吧酒"里,洗脚水一杯卖一两黄金。我的故乡有一位级别很高的官员,他总是把"比较"说成"较比","比较好"说成"较比好";刚开始人们很不习惯,后来,大家就习惯了。可惜他的官还不够大,如果他的官再大点,"较比"就会被编进现代汉语词典,成为一个最为常用的词。这事对我很有启发。一个写小说的,在生活中完全可能是个懦夫,但在写作时,必须具有敢于开天辟地、称王称霸的勇气。我何必去写许多人写过的北京、上海?我自己虚构一座城市就是了。我写了多年的乡村其实早就是一个虚构的乡村。在我的乡村里,也许有五百米高的摩天大楼,大楼里第一层种了茄子,第一百层种了黄瓜,第三百层种了一种新的物种,介于植物和动物之间,姑且名之为"较比"吧。

当然,我说的都是过激的话。我的本意是,一个作家根本不必去考虑什么乡村还是城市,你应该直奔人物而去。你应该在写出你的独特人物的同时,营造出属于你的独特的环境,以便给你的人物一个安身立命之地。我想这其实就是一种边缘化的写作,或者说是一种非驴非马的写作,非驴非马就是骡子。好的文学都是骡子。有人说了,骡子没有繁殖后代的能力。这是不对的。人们总是想当然地认为骡子没有繁殖后代的能力,而剥夺了它们结婚的权利,但我经常地看到报道,说某地的一匹母骡子生了一头后代,当然是非婚生子女。如果说城市是马,乡村是驴,那我想,一个写作者最好的位置是骑在骡子上。当然,你应该先让马和驴结婚,生出骡子来。

书香人更香
——在香港书展的发言

时间：2007 年 7 月

我有幸参加 2007 年香港书展，下榻海景饭店。落地长窗，可瞰大海；高床平坦，如卧云端。受此款待，心中惴惴不安。其实，写小说的，多是贱人出身，安排住在地下室里即可。

书展期间，与来自世界各地的华语文学作者，多有接触，受益匪浅。尤其是见到一群才女，衣袂如霞，抱玉握珠，谈锋如刃，英气逼人。与她们在一起，如入花丛闻莺歌燕语，至今垂首，犹闻衣袖飘香。

曾有妄人，狂言香港乃文化沙漠。而无知佞子，起哄相应，一时谬种流传，误人不浅。香港书展，以每年递增十万人次，说明港人读书热情，远胜于大陆、台湾。而早在二十世纪六十年代，港人在武侠小说、电影、歌曲等方面，已经创造出了鲜花烈火般的繁荣局面。即便所谓"严肃文学"，香港也有不凡成绩：前有西西披荆斩棘，今有董启章波澜壮阔。还有诸多才俊，写出了许多风格独具的佳作。

香港书展,已成亚洲盛会。短期内取得如此佳绩,端赖以《亚洲周刊》为核心的文化精英们的精心组织与筹划。江迅带着几个姑娘,将事情安排得头头是道,将人心抚慰得熨熨帖帖。他们注重细节,追求效率,不辞劳苦,无私奉献,基本上都符合了共产党员的标准。

书展归来,自觉已是他们的老朋友。借此机会,略表感念之情,并祝书展越办越红火。

幸亏名落孙山外
——蒲松龄短篇小说奖获奖感言

时间：2007年8月
地点：山东淄博

各位领导，各位朋友：

能获得"蒲松龄短篇小说奖"，我感到十分高兴。

我的故乡高密，距离这里只有二百多里路。我内心深处，一直把蒲老前辈当成自己的老乡，当成自己的祖师爷爷。当我还是一个儿童时，就听家乡的老人们讲述过很多妖狐鬼怪的故事。后来，读了《聊斋志异》，发现书里边的很多故事，我早就听老人们讲过。究竟是我的乡亲们看了"聊斋"口口相传给我，还是蒲老前辈听了流传的故事写到了书里，一直是我难下结论的问题。我想，这两种情况也许都存在。蒲老前辈在村头的大树下，摆开茶水和烟袋，从过往行人口中听取故事的传说，一直是我心中的一幅栩栩如生的画面。我对这个画面无比神往，多少次在梦中加入进去，充当一个旁听者。

2002年，我陪同法国汉学家第一次来到蒲松龄故居，感受了蒲老前辈留下的气息,并用想象补充和纠正着与我心目中的"聊斋"不一样的地方。当时,我写了一首打油诗:幸亏名落孙山外,龌龊官场少一人;一部《聊斋》垂千古,十万进士化尘埃。

蒲老前辈是伟大的天才,他在短篇小说方面取得的成就,是不可逾越的高峰。但如果没有科场的失意,他就不可能看透封建科举的本质,也就不大可能与下层人民打成一片。关心民生疾苦,熟悉农民生活,为他的天才创造力提供了基础。

蒲老先生是淄博的光荣,是山东的光荣,也是中国文学和世界文学的光荣。他的作品,使我们平凡的生活,充满了期待和幻想。

无论从读者的角度、从写作者的角度,还是从得奖者的角度,都应该对蒲老先生表示崇高的敬意。当然,也应该感谢各位评委和设立了这个奖的淄博人民。

我的文学经验

——在山东理工大学的演讲

时间：2007 年 12 月 9 日
地点：山东淄博

各位老师，各位同学：

晚上好！

能够来到山东理工大学和同学们见面，我觉得非常高兴也非常荣幸。

来淄博讲课，我心里面忐忑不安，因为淄博有一个淄川，淄川有一个蒲松龄。蒲松龄不仅是中国著名的文学家，也是在全世界享有盛誉的短篇小说大师。三百多年前，蒲松龄先生写他的短篇小说的时候，像契诃夫、莫泊桑、欧·亨利这些后来以短篇小说出名的作家们都还没有出世。蒲松龄这样伟大的作家，不仅仅是淄博的骄傲，也是山东的骄傲，也是中国的骄傲。能够写出这样的小说的人，该有多么博大的灵魂，该有多么丰富的想象力。所以我想，来淄川讲小说风险很大。

既然来了还是要说，我个人的创作确实是不值一提。刚才那位主持的同学报了我一些作品的名字，尽管我现在写出的字数加起来比蒲松龄要多好几倍，但是我想我这么多的作品加起来也许都不如蒲松龄先生的一个短篇小说有价值。

今年上半年，淄博市搞了一个"蒲松龄短篇小说奖"，评奖的范围是全世界用华文写作的短篇小说，我的《月光斩》非常荣幸地获得了这个奖项。主办方《文艺报》和我们淄博市政府曾经邀请我来参加颁奖典礼，但我因为要到瑞士去访问没有来。人来不了，我写了两首打油诗来表达感激和兴奋的心情。其中一首是："空有经天纬地才，无奈名落孙山外，满腹牢骚无处泄，独坐南窗著聊斋。"第二首是："幸亏名落孙山外，龌龊官场少一人，一部聊斋垂千古，万千进士化尘埃。"听说淄博市政府要把我们这些获奖作家的题词镌刻到墙上，虽然字丑了点，但意思还不错。

我的意思是想说，蒲松龄先生尽管没有中进士，但他对人类的贡献远远超过了那些进士们。他的科举道路不成功，到济南去考了十几次，每次都是名落孙山。但是我们把他的创作放到历史的长河里来考察，我们就会发现，如果他当时中了举人，然后到北京会试又中了进士，他的《聊斋志异》很可能写不出来了，中国文学史、世界文学史就缺少了一部伟大的著作。《聊斋》的影响不仅仅是在中国，全世界都有很多的译本。《聊斋》不仅仅是流传了三百年，再过三百年还会继续往下流传。一部《聊斋》可以永垂不朽，可以流传千古。但是跟蒲松龄同时代的，比蒲松龄早的晚的进士累计起来成千上万，这些进士里面当然也有杰出的人物，但是我想大多数还是随着历史化为烟尘，除了他的故乡，除了他的后代，可能很少有人知道；但是蒲松龄是没有人不知道的。

作为一个小说家,应该有一种对自己职业的崇高的感受,应该把文学当作一件严肃的庄严的事业来做,应该把文学当作可以自由表达自己的心声,可以为广大老百姓鼓与呼的事业。我们不要被眼前的很多暂时的荣耀所迷惑,还是应该把目光放得长远一些,做一些对人类有价值的事情。我们现在有成千上万的作家,能够做出像蒲松龄这样业绩的确实也很少,这就关系到个人天才的问题。我们现在每年都发表大量的作品,包括我本人也在持续不断地写作,但这些作品究竟能够有多少篇流传下去,这个还确实是个未知数。但我们也不能因为自己没有蒲松龄那样伟大的才华就放弃不写了,还是应该继续努力,把蒲松龄当作一个目标、一个榜样来激励自己。

我的文学经验,说复杂很复杂,说简单也很简单。刚开始是不自觉地走了一条跟蒲松龄先生同样的道路,后来自觉地以蒲松龄先生作为自己的榜样来进行创作。这两年在中央电视台第十频道上有一个《百家讲坛》,我们山东大学的马瑞芳老师登台讲《聊斋》,她是研究《聊斋志异》的专家,讲得非常精彩。她的宣讲使蒲松龄和蒲松龄的《聊斋志异》被更多的人所了解,也掀起了重新阅读蒲松龄的《聊斋志异》的热潮。我在马老师的引导下也重新阅读了《聊斋》的很多的篇章。回头来总结一下自己个人的文学道路,总结一下个人文学创作的经验,就感觉到自己在刚开始的时候就不自觉地走上了一条向蒲松龄先生学习的道路。

蒲松龄先生创作的主要资源是来自民间。有一个流传非常广的故事,说他在村头大树下摆上了茶壶、茶碗、烟丝、烟笸箩和烟袋,招待来来往往的行客,人来了可以喝茶、可以抽烟,但要讲一个故事给他听。马瑞芳老师考证说这是不可能的,因为蒲松龄一辈子几乎可以用"穷愁潦倒"来形容,他大部分时间是在远离家乡的地方教书,他的一生当中根本没有时间和闲暇坐在村头上招待来往的行客,他也拿不出那么多的茶叶来泡茶给行人喝,他也没有那么多钱来买烟丝。我想这并不说明蒲松龄作品的来源不是民间,他在故乡成长的时候,他后来在外地当教书先生的时候,都是用一双艺术家的眼睛来观察生活,用一双艺术家的耳朵来捕捉生活中所有跟小说有关的声音。他作为一个小说的有心人,把许许多多的流传在我们家乡的奇闻轶事,狐狸的故事、鬼的故事,变成了他的小说的素材。

我刚开始写作的时候走过了一段曲折的道路,那时候由于受左的文学思想的影响,认为小说应该作为宣传的一种工具,认为小说应该配合政策,认为小说应该负载很多的政治任务,这就需要千方百计去寻找一些自己不熟悉的题材,编造一些能够配合上政治任务的虚假故事。

1984年,我考入了解放军艺术学院文学系,在这个学院里面受了很多启发和教育,使我慢慢地悟到,小说实际上不应该跟政治有那么密切的关系。小说固然有它的社会功能,小说当然有它的宣传激励的效应,但作家在创作的时候一定不要把这个作为自己的追求。作家创作的时候应该从人物出发、从感觉出发,应该写自己最熟悉最亲切的生活,应该写引起自己心里最大感触的生活。也就是说你要打动别人,你要想让你的作品打动别人,你首先自己要被打动;你要想你的读者能够流出眼泪来,你作为作家在写作和构思的过程中首先要让自己流下眼泪。

这一点蒲松龄先生在三百年前就已经实践过了,他最优秀的篇章里面很多都是在抒发个人心中的积郁。他很多的作品看起来是在说鬼说狐,实际上都是描述的人间的生活。看起来他写的跟人间的事情没有太多的关系,一些不可能存在的妖魔鬼怪的故事,但这些故事实际上都是以人间的生活,以人间的许许多多的栩栩如生的人物形象作为模特来描述的。这也成了后来许多的批评家和研究者所反复研究和津津乐道的,他实际上借谈鬼谈狐来表达自己个人心中的这种郁闷。一个作家必须有感而发,不能为赋新诗强说愁,必须在作品里面倾注上自己最真实的感情。我想蒲松龄之所以能把小说写得这样好,之所以能够塑造出这么多栩栩如生让我们难以忘却的典型的人物形象,就在于他在写作的时候他把自己最真挚的、内心深处最深的感情倾注到他的人物里面去了。这样最深挚的感情一旦付诸人物,就仿佛神仙的手指可以点石成金、可以吹气成仙。

蒲松龄一生中,最耿耿于怀的就是科场失意。这个情结让他抱恨、抱憾、抱屈终生。直到晚年他也没有把这个问题忘记。像这么一个人,那样大的才华,饱读诗书,满腹经纶,无论是民间生活的知识还是书本上的知识,可以说是了如指掌。他的才华和学问超出了当时许许多多金榜题名的进士,但他恰恰是永远也中不了;有好几次都是志在必得,但到头来却是阴差阳错,名落孙山。我想来自宿命的压力、怀才不遇的积愤就变成了他创作的巨大动力。

据马老师研究,蒲松龄一辈子长期在外地做馆做幕,他也有一个梦中情人。据马老师考证,他这个梦中情人是他朋友的一个侍妾,名字叫作顾青霞。蒲松龄很多的诗就是献给顾青霞的。顾青霞多才多艺,能诗善画,还能歌善舞,人长得非常美丽,但红颜薄命,非常不幸。蒲先生对她非常爱慕,非常同情;但碍于礼教,只能将这一切深藏于心。马老师说蒲松龄小说里面的很多人物很可能是以顾青霞作为模特来塑造的。我想这也是我们解读《聊斋》的一把钥匙,这也是我们把蒲松龄先生当作一个平常的人来看待的一个理由。

蒲先生具有当今所有作家都望尘莫及的丰富想象力。但他也有凡人的一面，他也有七情六欲，他也有喜怒哀乐。他的七情六欲和喜怒哀乐都变成他小说创作的动力。他的伟大之处，就是他没有沉溺于这种平凡的感情之中，他把这种感情进行了升华，他把他的个人生活跟广大民众的生活结合在了一起。他把他个人的科场失意变成了对科举制度的讽刺和批判，但这种批判不是说教式的，他把自己所有的思想、所有对社会不公正的批判都首先付诸人物形象。也就是说他始终从人物出发，他始终在写作的时候把人放在第一位，把塑造活灵活现栩栩如生的小说人物形象作为他的最高追求。

我想这是我走了许许多多弯路之后，回过头来研究蒲松龄才认识到的。现在回头想我二十世纪八十年代那批作品，为什么取得了一定的成功，获得了很多的好评，就在于我不自觉地遵循了蒲松龄先生所一直实践的创作道路：从生活出发，从个人感触出发，但是要把个人生活融入广大的社会生活当中去，把个人的感受升华成能够被广大的群众所接受的普遍的感情。

第二点要从蒲松龄先生身上学习的，就是从古典文献里面汲取创作的营养。蒲先生把中国过去的书，不管是四书五经还是诸子百家，都烂熟于胸中了。我们今天已经不可能做到他那样的深度，但是我想我们也应该尽可能多地读一些经典，因为经典经过了历史的考验，经过了时间淘汰，它能够流传下来毕竟有它的道理。我们阅读经典，实际上也就站在了祖先的肩膀上，站在祖先的肩膀上我们就获得了一个高度。如果我们没有去认真学习和研究我们的经典，如果完全靠着我们这种下意识，靠着这种直觉，我们可能要多走许许多多无用的道路，如果我们站在经典的基础上来向上攀登，那我们的起点就会相当高了。

我想这两点实际上是我后来又开始重新阅读蒲松龄的时候反复

所考虑的。

  我写作的时代,当然同蒲先生那个时代大不一样。尽管蒲松龄读书很多,但他不可能像我们当代作家这样能够阅读到很多西方的小说,我想这也许是我们这一代作家还能够写作的一个理由。我们比曹雪芹和蒲松龄可以更多地接触到来自中国之外的文学,我们可以通过翻译读美国的小说,读俄罗斯的小说,读日本的小说,读韩国的小说。也就是说我们的视野比他们那个时代要宽阔一些,我们能够读到的文学作品的面比他们那个时代应该更加广阔一些。在蒲松龄那个年代、曹雪芹那个时代,中国小说毫无疑问是全世界小说的高峰,到了最近这一百多年来,西方的小说慢慢地超过了中国小说。西方作家在文学技巧上的探索远远地把我们中国作家甩在了后面,尤其是从二十世纪五十年代到七十年代这将近三十年的时间里面,我们中国小说家在小说技巧方面的探索基本是停滞不前的。二十世纪八十年代国门大开,大量的作品翻译过来以后,我们感觉到一种震惊。我们就像南美作家阅读到卡夫卡作品一样,发出一声惊叹——原来小说可以这样写。我们这一代作家阅读西方小说的时候也发出这样的惊叹,原来小说可以这样写。

  当然我并不是说蒲松龄的小说里面就没有西方现代小说的那种技巧,实际上它里面也有很多,但是他没有西方作家走得那么远。西方作家在小说技巧方面的探索可能比我们的古典作家走得更远,他们的思想更加开放,他们对小说规矩冲击得更加厉害。从二十世纪八十年代开始,中国当代小说发展的一个巨大的动力来源于我们对西方文学的阅读。我现在回头想,我将近三十年的创作道路实际上也就是一个慢慢寻找到自我的过程。刚开始的时候是在大量地模仿别人,不自觉地下意识地模仿别的作家。后来意识到我们如果永远处在模仿别人的阶段，就没有出头之日，必须写出属于自己的有鲜明风格的作品。这个所谓的鲜明的风格，我想它基本上可以从内容和形式方面来进行解释：一个就是你应该塑造出一系列属于你个人作品系列里面的人物形象，另外一个你要使用一种属于你个人的打上你个人鲜明印记的语言，另外你的小说还应该有一种别人没有用过的结构。在小说的人物塑造、小说的语言和小说的结构方面如果能够全面出新的话，肯定会成为一个非常好的作家。如果做不到这几点，你可以写出很多的小说来，可以写出很多精彩的故事来，但是你离一个优秀的作家的标准要差很多。

　　我的成名作应该是中篇小说《透明的红萝卜》，这个作品写作于1984年，写作之前实际上是受到了一个梦境的启发。早晨梦到了一片萝卜地，我们高密有一种又圆又大的、颜色特别鲜艳的红色的萝卜，萝卜地里面就有一位穿红衣的少女手拿鱼叉，叉着萝卜对着刚刚升起的太阳走过去。这个画面很辉煌，我醒来以后就感觉到它就像一个电影的画面一样在我脑海里久久回荡不能消失。然后就在这个梦境的画面的基础上，我把自己少年时期的一段经历融合了进去。当然在写的时候，小说里面的主人公黑孩儿已经不是我，仅仅是把我的一些感觉写到里面，他实际上已经变成了一个独立的人物。这个小孩儿从头到尾没有说过一句话；由于他的沉默寡言，由于他这种极其丰富的感受能力和想象力，使他跟所有的孩子都不一样。用现在的话来说，这个孩子实际上具备了很多特异功能。他可以听到头发落到地上的声音，他可以隔着几百米听到鱼在水里面吐气泡的声音，他也可以感受到几十公里之外火车通过铁路桥梁的时候引起的他身体的振动。

　　这样的小说我刚开始写的时候心里也完全没有把握。小说里难道可以写这样的人物吗？因为现实生活当中基本上是不存在这样的人的。这个时候也正是蒲松龄给了我一种巨大的鼓舞。因为我想我们的老祖宗既然可以写狐狸变成人，既然可以写蚂蚱、飞鸟、牡丹、菊花都可以变成人，为什么我不可以写这样一个特异功能的小男孩呢？为什么不可以写他可以听到头发落地的声音呢？这个小说发表以后引起了很大的反响，这是1985年。

1985年也是中国新时期文学的一个黄金年代，出现了一批好的中篇小说，像王安忆的《小鲍庄》、何立伟的《白色鸟》、刘索拉的《你别无选择》等等。为什么说这个时候是个黄金时代？因为这个时候中国年轻一代的作家已经摆脱掉了把小说当作控诉"文化大革命"的政治工具的那么一种写作状态，注意到了自己的语言、自己的故事风格和类型，对小说的固定模式进行了各自的冲击。刘索拉的那篇小说是一种非常现代态的小说；王安忆的《小鲍庄》也带着一些很魔幻的痕迹，一场大雨下了好几个月；我的这个《透明的红萝卜》就带着童话的色彩，塑造了一个在生活当中绝对见不到的黑孩子的形象。我个人的写作的勇气实际上还是要感谢我们的祖师爷蒲松龄先生。

接下来我写了一系列的小说，1985年是我创作的一个高潮期。那个时候白天要上课，早上要出操、要练正步、要集合，各种各样的活动，我就利用课余的时间和晚上的时间写作。那一年里大概写了四五部中篇、十几个短篇。其中也写了一个中篇《爆炸》。《爆炸》里边写了一个情节就是一个父亲打了他儿子一巴掌。这一个巴掌写了一千字。当时王蒙先生是《人民文学》的主编，王蒙先生看了这小说就说：莫言真敢写。后来他也跟别人说："如果我年轻二十岁的话我完全可以跟他拼一下。"我说：他不年轻二十岁也完全可以跟我拼一下。因为王蒙在语言方面的渲染能力和排比夸张的能力一点不比我差,他至今也依然具备这种强烈的语言的能力。他完全可以把一个巴掌写成三千字。

接下来一部有名的作品就应该是《红高粱》了。写《红高粱》是在1985年的年底。我曾经记忆有误,把《红高粱》的写作时间说成是1984年。今年上海华东师范大学的一个博士写了一本《莫言评传》,他做了很多的研究工作,最后证明《红高粱》是在1985年写作的。他说莫言之所以把写作《红高粱》的年代推到1984年是为了要避开受马尔克斯影响的嫌疑,因为有很多的评论家认为《红高粱》开头的第一句跟马尔克斯著名的小说《百年孤独》的第一句很像。《红高粱》的第一句是说"1937年农历八月十四,我父亲这个土匪种,跟着于司令的队伍去胶莱河桥头上打游击";而马尔克斯的《百年孤独》的第一句是说"许多年后,当奥雷连诺上校面对着行刑队的时候,想起了当年跟着他的父亲去看冰块的那个上午"。很多人认为这两个句子是非常相似的,起码在语气上是相似的。这个博士就说,莫言之所以把写作《红高粱》推前到1984年,就是因为1984年的时候马尔克斯的《百年孤独》还没有翻译成中文,他提前一年,就避开了《红高粱》受到了《百年孤独》的影响嫌疑。后来我想了想,可能在我的潜意识里面确实有这种想法;但是至今我仍然要说《红高粱》确实没有受到《百年孤独》的影响,写完了《红高粱》之后我才读到了《百年孤独》。文学史上有许许多多这样的事件,有很多人认为这部小说受了那部小说的影响,但是作家是永远不承认的。那么很多作家我想未必像我这么坦率,受影响了就是受影响了,没受影响就是没受影响。包括马尔克斯他本人也是这样。马尔克斯经常说一些莫名其妙的小说对他影响很大,这是一种障眼法。实际上他真正受到影响的小说,他是不提的,他反而说另外一篇小说对他巨大的影响。就像我许多年前一直不敢承认是蒲松龄对我小说创作产生了影响一样,我老是说苏联的一个作家,日本的一个作家,实际上对我影响最大的是蒲松龄。我的老师是谁?是祖师爷爷蒲松龄。

《红高粱》这个小说因为它的写法跟过去的描写抗日战争的小说的写法很不一样,因此在发表之后引起反响是非常正常的。另外1986年也是当代文学的一个好年头,那个时候文学还是一个热门话题。一篇小说发表,这个人可以一举成名。那个时候很多作家就是凭一篇短篇小说、一篇中篇小说获得了巨大的名声。现在很多年轻的作家连续写了很多的中篇长篇,但是知名度并没有像我们当时呼隆得那么大,就是这个时代不同了,关注点不一样了。所以我想一部作品也有一部作品的命运。假如《红高粱家族》这个小说系列放在2006年发表,而不是1986年发表,那这部小说也就可能变成一部默默无闻的作品了。

这部小说产生的冲击力量基本上是来自于三个方面。第一个方面就是这个小说里面描写的像"我爷爷"——当然是加引号的,不是我真正的爷爷,我真正的爷爷是一个木匠,是个非常老实的农民——小说里的"我爷爷"是一个土匪,是一个强盗,杀人越货,到处绑票。小说里的"我爷爷"这样的土匪是参加抗战的,是抗日的英雄。在我们过去的小说或者电影里面,我们抗日的英雄肯定都是八路军和新四军,连国民党这种军队我们都不能写他们抗日,一直到了二十世纪八十年代之后,我们才敢于承认国民党在正面战场上抗击了的百分之五十多的日本军队。在我们八十年代之前的有关抗日战争的文学里面,抗日的英雄就是八路军和新四军。《红高粱》是写了一群土匪在抗日,而且还非常的悲壮,都是壮烈地牺牲了,打得也非常的残酷。我想这是这部小说的第一个亮点。第二个,我想是这个小说的语言确实是跟过去传统的写战争的小说不一样。我自己当然也有点王婆卖瓜自卖自夸,像"我爷爷"这个叙事的视角我认为是我的发明,但是这个说穿了以后就很简单。你能写"我爷爷",我就能写"我姥姥",我就写"我大爷",我就写"我奶奶""我姑姑"都可以;在《红高粱》之后也确实出现了许多的小说,什么"我外祖父""我外祖母",什么"我大爷""我大娘"。

我当时之所以用这样的一个人称,就在于为了获得一种叙事的方便,一个后辈的儿孙来写祖先的故事,要么就采用这种全知全能的第三人称——"他"或者"他们"来写;要用第一人称的话,就显得非常的不方便。我讲我奶奶的故事,怎么用第一人称来写?用第三人称,我觉得不亲切也不真实,而且叙事上也很不方便,而且只能讲一个古老的过去式的故事,很难把历史的故事和现在的生活衔接在一起。用了"我爷爷""我奶奶"这样的人称、这样一个叙事的角度,就等于一下子打通了历史和现实之间的墙壁,使叙事者获得了一种巨大的便利。你可以一会儿跳出来指点江山、激扬文字、大发议论,一会儿又可以进入历史,仿佛以一种自己亲眼见到的亲切和真切来描写历史上发生的事件;你不但可以目睹到当时的情况,而且可以深入到你的祖先的灵魂深处;你不仅仅可以描写"爷爷奶奶"们是怎么样抗战,也可以深入到"爷爷奶奶"们的内心深处去,描写他们心里面的各种各样的想法。像这样的一种叙事视角,也是引起读者注意和批评家好评的重要的原因。当然这里面也运用了很多超现实的描写,里面也有很多恶作剧的顽童式的心态。后来在电影里面像姜文表演的"我爷爷"的这个形象还是把小说的部分精神传达出来了。《红高粱》这部小说尤其是被拍成电影以后,它的影响就更大了。

电影是1987年在高密东北乡拍摄的,1988年就在西柏林国际电影节上获得了金熊奖,这也是中国当代的电影第一次在国际 A 级电影节上获得大奖。我记得《人民日报》就有整整的一个专版报道,标题就叫作《红高粱西行》。当时我在我的故乡一个供销社的仓库里,写一部新的小说,我的堂弟就拿着这个报纸对我说:《红高粱》已经得奖了。后来我从高密回到北京,晚上下了火车,就听到在车站的广场上一些年轻人,一边蹬着三轮车一边高唱着"妹妹你大胆地向前走"。在 1988 年到 1989 年这两年的时间,这一首歌是吼遍了大江南北。

《红高粱》使我浪得虚名,真正地变成了一个以写小说为职业的人。我当时的计划就是按照《红高粱》这个方向为这个"红高粱家族"继续往下立传,写完了"爷爷奶奶"这一代,就应该写"父亲"这一代,写完"父亲"这一代就应该写"我们"这一代。我也写了一个中篇叫作《父亲在民夫连里边》。我的观点,我想当时是一种跟进化论反其道而行之的观点,进化论是一代胜过一代,我觉得是一代不如一代。我觉得我们跟"爷爷奶奶"他们那个时代相比,活得都非常的苍白;他们都是英雄,我们一个一个都变得特别的软弱,特别的无能;不论在肉体上还是在精神上,我们都是侏儒。这种观点,以后在别的小说里进一步得到了发挥。

但是这个创作的计划被突然地中断了,中断的原因就是,在 1987 年时候,我们山东发生了一个著名的"蒜薹事件"。在我们临沂地区的一个县里,农民栽种了大批的大蒜,收获了大量的蒜薹,但是由于当地干部的官僚主义、地区封锁,另外也有某些官员的腐败行为,导致了老百姓几百万斤的蒜薹腐烂变质;后来愤怒的农民就把蒜薹抛到大街上,堆到县政府的院子里边,后来就导致了农民包围了县政府、砸了县长的办公室等等影响很大的一个事件。当时的报纸也发了评论的文章，这是个轰动全国的事件。这个事件就把我《红高粱家族》的创作系列给打断了，因为我觉得作为一个当代的作家应该关注当下的生活。尽管我人在京城，但我心在高密；尽管我身披军装，但我骨子里还是个农民。我觉得农民跟我息息相关，也就是说，如果我不出来把这个题材写成小说，我会良心不安的。所以我就躲到一个部队的招待所，只用了三十三天的时间，就写出来一个二十万字的长篇小说。

后来有人就问我是不是私下里去过发生蒜薹事件的地方做过采访，我说我哪里都没去，我的所有的资料来源就是一张《大众日报》。我在写作过程当中就用了一个办法，就是把这个事件移植到了我的故乡的那个村庄。我在小说里面描写的河流、桥梁、房屋、树木都是我最熟悉的那个村庄，包括我家房后的那条河，河滩上那片槐树林，村头上老百姓种植的黄麻等等，都是我最熟悉的生活环境。小说里的许多人物也都是我非常熟悉的一些人物，其中就有我的一些叔叔大爷们，我只是把他们改头换面，给他们换上另外一个名字，把他们放到蒜薹事件里面去。这部小说之所以能够写得这么快，之所以能够写得这么样的真切，之所以能够写得这么样的义愤填膺——有人说这是一部愤怒的"蒜薹"——就在于我写的时候确实动了很深的感情。二十世纪八十年代末的时候，农村的干部腐败、官僚主义非常严重，村里的干部们、乡镇和县里的很多干部，对农民的利益漠不关心，一心只想往自己腰包里捞钱；农民生活的艰难困苦，包括农民自身头脑里面的封建意识，农村当中存在的许许多多的黑暗的落后的现象，都是大量存在的。我写的时候就感觉到我就是这一群人当中的一分子，我没有想到我是一个作家，当然我也没有想到我要替老百姓呼吁和说话。写作过程当中，我自己不自觉地进去了，成了小说中的人物。这部小说里面有一个解放军军校的教员出庭为他的父亲辩护,义愤填膺、义正词严地讲了很多慷慨激昂的话,其中就包括"一个执政党如果长期地不为人民谋利益,人民就有权利推翻它"这样的话。我想这实际上也是我个人跳出来了。好的小说家是应该避免自己在小说里露面的,但也有这种情况,当小说家跟小说里的人物融为一体的时候,他又无法不露面。

写了这个《天堂蒜薹之歌》之后,接下来我又写了像《红蝗》《欢乐》这一类的小说。《欢乐》这个小说是以中学生为题材,写一个中学生连续几年高考,最后跟他同学的已经大学毕业了,他还在高考复习班里面,别人戏称他是"高三本科"。我也写了一篇以蝗虫为题材的小说,素材来自我故乡的一个朋友。他谎报了一个蝗虫的灾情,他发现在河滩上有一圈蚂蚱特别多,然后就写了一篇通讯。据说引起了国务院的注意,要派飞机来灭蝗。我就以这个素材写了一篇很荒诞的、把历史和现实沟通的小说。

九十年代后写了像《十三步》《酒国》这样的作品。《酒国》这部小说国内很多人也不知道。但这部小说在国际上很有影响,获得过法国的奖项,也翻译成多种的外文。《酒国》这部小说是一部超现实的小说,里面有很多的妖魔鬼怪的描写,我的祖师爷还是蒲松龄,是他教我这样写。这部小说的成功之处,我个人认为是它的结构。"莫言"第一次作为一个人物出现在小说里了。首先是我作为一个作家在写这部作品;然后是一个热爱文学的青年不断地与我通信,把他写的小说寄给我,他的小说和我正在写的小说到了后半部分就慢慢地融为一体,这个业余作者的故事,跟作家写的故事变成了一个故事;最后作家本人也到了酒国这个地方。这里面还穿插了一个侦查员侦破的一个惊天动地的大案件这么一个悬疑情节。最后,这个侦查员是由一个追查罪犯的人变成了一个被别人追捕的四处躲藏的罪犯；"莫言"由一个清醒的写小说的人最后也进入到酒国里面去，被灌得不省人事。这部小说是二十世纪九十年代对官场腐败现象批判的力度最大的一篇小说。国内的很多评论家畏畏缩缩地不敢来评它，就是因为这部小说的锋芒太尖锐，有很多话他们不敢说明白。这部小说里的很多情节看起来是非常荒诞的，但是实际上在荒诞当中还是隐藏着一种非常真切的现实。

写完《酒国》之后，下一部就是《丰乳肥臀》。这部小说的书名，当着年轻的孩子，前几年我也确实感觉到脸红；在公开的场合报书名的时候，我一般也不会报我写过一部小说叫《丰乳肥臀》。最近几年，第一个是脸皮厚了，第二个是我发现社会的承受能力也越来越强了。在1996年年初这个小说出来的时候就是因为这个书名引起了很大的风波，很多老先生老同志没看小说的内容，一看这个书名就大发雷霆。当时我还在部队工作，他们就把告状的信件寄到部队去。直到现在我也不承认这个小说的书名是在宣传色情的东西。我觉得"丰乳肥臀"这个词，如果我们排除掉这种先入为主的偏见的话，它就是很普通的一个词，它就是一个不带任何褒贬之意的一种描述；这个词前半部分"丰乳"，应该是带有一种赞美的意味，"肥臀"带有一种嘲讽的意味。我记得鲁迅先生写过一首打油诗叫作"世界有文学，少女多肥臀"。我想这个题目恰好是跟小说的内容是相符的，因为这个小说的前半部分是从1938年抗日战争时期一场战斗开始写起，到了小说的后半部分进入了二十世纪八九十年代，改革开放以后当代的生活。

二十世纪八九十年代，是一种充满着欲望的社会生活。只要看看我们电视上的广告和我们报纸上的广告，就会明白这个社会在宣传一种欲望,在强化一种欲望。一时间好像全中国的男人都是性无能的,好像全中国的妇女都是需要来丰胸的,九十年代社会欲望横流。我想小说题目里边的"丰乳"是歌颂像母亲样的伟大的中国女性,怎样熬过了战争、饥荒、病痛和种种的灾难,坚强地活下来;不但自己活下来,而且抚养自己的儿女活下来;不但养大了自己的儿女,还要继续抚养自己儿女的儿女。这样的母亲就像大地一样的丰厚,能够承载万物。进入九十年代,社会物欲横流,所有的人好像都在围绕着女性的身体旋转。所以我想起这个书名中的"肥臀"本身就包含着讽刺的意义。这部书稿送到出版社的时候,编辑也对这个书名提出了疑问:这样的书名如果出来肯定会带来很多的麻烦,搞不好会把这本书封杀,希望能够换成一个像《母亲》《大地》这样的书名。考虑了半天,后来我还是坚持我原来的书名,我觉得换个什么书名都不合适。后来果然被他们言中了,一出来就因为书名引起了麻烦。然后紧接着这本书就获得了一个十万元大奖。在 1995 年、1996 年的时候,十万元人民币还是一个很大的数字,这让很多人感觉到不舒服。

引起最大争议的还是这本书里面的内容。我是站在一个比较超阶级的立场和观点上的,对我们的过往的历史进行了个性化的描写。我们过去写战争文学,写历史文学,往往都是要站在鲜明的阶级立场上;我们写抗日战争,毫无疑问,要站在八路军、新四军的立场上,要站在共产党的立场上;我们要讲战争思想、肯定要讲毛泽东的军事思想。作家仅仅是个讲述故事的人,作家的思想、作家对历史的判断、作家的个人的观点是不允许在这种历史和战争的小说中出现的。我觉得从《红高粱》开始我就在做这样的反叛,就想在小说里面淡化这种阶级的意识,把人作为自己描写的最终极的目的,不是站在这个阶级或是那个阶级的立场,而是站在全人类的立场上,不但把共产党当成人来描写,而且也要把国民党当作人来写,不但要把好人当人来写,也要把坏人当人来写。今年9月份,在我们山东省图书馆演讲,我总结了几句简单的话来概括我那个时期的创作:把好人当坏人写,把坏人当好人写,把自己当罪人写。

把好人当坏人写,这句话的意思,就是说:我们在写好人的时候也不应该把好人脸谱化;应该认识到好人也是人,英雄身上也有流氓气,流氓身上也有豪侠气。无论多么伟大的一个人,他身上也有凡人的一面。我们刚才讲我们的蒲松龄祖师爷,他毫无疑问是一个伟大的文学家,但他也有七情六欲,他也被世间的功名利禄的绳索紧紧地捆绑,他也有许许多多的个人生活的不如意,而且这些不如意也在他的创作中得到了流露,而且他这种不如意、个人的一些思想感情也限制了他的作品,使他的作品具有历史的局限性。

把坏人当好人写,就是说我们要善于发现在坏人身上残存的人性,这一点我想特别重要。最近我看到引起巨大争议的李安的《色·戒》,好多报纸都连篇累牍地批评李安,说他为汉奸张目。我看了这些文章后,特意把张爱玲的小说找出来重读了一遍,我也把《色·戒》这个影碟买回来看了一遍。我认为李安拍得很好,我觉得我们不要还是用那种政治的观念来评论一部艺术作品。中国人一提到汉奸就咬牙切齿,一提到汉奸就想到电影上那些歪戴着礼帽,穿着绸褂子,嘴里叼着烟卷,腰里插着盒子枪,留着中分头,见了鬼子低头哈腰,见了老百姓耀武扬威这样一类人。其实汉奸有许多种。汉奸是不是人类的一个构成部分?既然汉奸是人类的构成部分,那就应该允许小说家、电影导演、艺术家来表现他。写汉奸的时候也应该把汉奸当人来写。我们说周作人他是一个汉奸,但周作人是一个那么简单的汉奸吗?周作人当年在"五四运动"中、在"新文学运动"中是立下了汗马功劳的,他也有慷慨悲歌的一面。他当汉奸有非常复杂的原因。汪精卫是汉奸的总头目,但汪精卫真的就是一个坏得一无是处的人吗?他曾经是孙中山最信任的人之一,汪精卫当年那也是热血的青年啊!在北京什刹海银锭桥上他还埋下炸弹,要行刺当时的摄政王,就是宣统的爸爸;在监狱里面那也是慷慨悲歌,视死如归,如果他那时死了,绝对是一个英雄人物。他号称"民国第一美男子",演讲的口才比莫言高了一万倍。这样的人为什么当了汉奸?原因非常复杂,但绝对不是怕死,也绝对不是为了金钱。包括后来跟张爱玲结婚的那个胡兰成,那也是个了不起的文学家,那种文字功力,那种对人的感情把握和灵魂剖析也不是一般作家能做到的。这些汉奸都非常丰富,都不是一个平面的人,你从哪个角度看都有他自己的光芒。我想既然汉奸是人,而且很多是非常立体化的人,作家、电影艺术家就有权利表现这种人。

我觉得李安演绎得就非常好,易先生确实是一个杀人如麻的特务头子,王佳芝救了他,最后他恩将仇报把她给杀掉了。他不把她杀掉行吗?好像也不行。张爱玲的小说取材于一个真实的事件,好像就是当时汪精卫政府的特务头子丁默邨和国民党这边的一个中统的特务,叫郑苹如。郑苹如是一个美貌的热血青年,上过当时上海的《良友》的杂志封面;她的哥哥是国民党的空军驾驶员,后来在与日本人空战中牺牲了;她的男朋友也是国民党的空军驾驶员,也是在与日本飞机战斗中牺牲了。我看了这部小说又研究了这个电影,我认为李安表现得非常深刻。我看完了好几天,精神非常的郁闷,我最后得出了一个结论:无论是什么样伟大和高尚的目的,来施行暗杀都是不对的。不能用暗杀的方式来解决政治问题和社会问题,不论哪一个政党用暗杀的手段来达到自己的目的都是卑鄙的;这就是我看完了李安的《色·戒》之后得出来的一个结论。

最后一个就是把自己当成罪人来写，这是我最近几年反复考虑的问题。我们二十世纪八十年代开始的那种"伤痕文学"，实际上也就是"诉苦文学"。八十年代之后我们中国文学一直在延续着一个主题，就是在描写苦难，控诉苦难。一直到最近这几年的小说里面，始终就是把苦难描写、苦难叙事作为一个主题，因为苦难叙事可以勾出人们的眼泪，可以感动读者。有很多批评家对这种苦难叙事不满足，认为我们仅仅停留在对外来的原因造成的苦难的控诉上并不能深刻地揭示人的灵魂。也就是说我们跟世界上优秀的文学，譬如俄罗斯的文学相比，最缺少的还是像陀思妥耶夫斯基这样对灵魂的拷问。我们经常毫不留情地批评别人、批判别人，但是我们没有一个人敢于正面地来毫不留情地解剖自己。鲁迅先生当然他做到了，他能解剖他自己、批判他自己。我们当代的作家确实缺少这一点。我最近悟到了这一点，应该像对待罪人一样来对待自己，就是把自己当成罪人来写，就是不要把所有的原因都推到别人的身上。我们说到"文化大革命"，就是怨领导人，怨别人，实际上我们每个人都有责任。其实任何一个人换到了当时那些统治者的位置上，是不是会做得更好？很多受到别人迫害的人，其实都是想迫害别人没迫害成的人。那些在粉碎"四人帮"之后，字字血声声泪地控诉的人，其实跟那些迫害他们的人没有本质区别。

我在最高人民检察院的报纸工作了十年，了解了大量的这种有关贪污、腐败、贪官、污吏的案件。我在看这种案例的时候，在采访罪犯的时候，经常心里面偷偷地问自己：如果我在这个位置上，如果我遇到了跟他相似的情况我能不能比他做得更好，我能不能够做到两袖清风，一尘不染？后来我得到的答案是非常的动摇，我自己也把握不住。我想假如我在那个位置上很有可能也会变成一个贪官,很可能也会犯下同样的罪行。我想一个作家用这样的立场和观点,敢于解剖自己,然后才能够推己度人,你才可以从自己出发推到你描写的人物的身上去,你才能够知道在某些特殊环境下那些人是怎么样想的。如果对自己的批评是留情的话,如果不敢把自己当作罪犯来进行分析的话,很难写出真正的触及灵魂的作品来,也只能停留在这种一般的泛泛的苦难叙事上。

写完了《丰乳肥臀》之后,就写《檀香刑》。《檀香刑》这部小说应该是我进入二十一世纪以来的第一部长篇,也是让我获得了很多赞誉的一部小说。这部小说在技术上的一点点创新就在于它把戏曲和小说结合在一起。我不知道淄博有什么戏,我们高密有一个茂腔。在座的也许有高密的小同乡,他们都知道我们高密茂腔。我们高密还有一个茂腔剧团,前几年是全中国、全世界唯一的一个茂腔剧团,后来胶州也成立了一个,那么就两个了。这是一个很小的剧种,也没有什么打得响的剧目,但是我们从小就是听着茂腔长大的。一些研究《檀香刑》的人问我要一些茂腔的这种光碟、VCD资料,他们看了后都非常失望,说:这么难听的戏怎么会让你这么感动?我说:这就是乡音。茂腔是我的故乡的一个组成部分,我的故乡假如有声音的话,那么这个旋律就是茂腔。我当年离开家乡去当兵,第一次探亲回来的时候,一下火车就听到在车站广场旁边的卖油条的小店里面传出了茂腔的唱腔,老旦的那种悲悲切切像哭一样的腔调,我立刻就热泪盈眶,因为这是家乡的声音。在这部小说里面我是把茂腔进行了大幅度的篡改,我给小说这个戏里面增添了很多的素材,譬如说戴着面具、披着猫皮来上台演唱,还给它设计了很多的唱腔,小说里面的唱词也都是我编的。《檀香刑》这部小说的素材是1900年德国修建胶济铁路的时候发生在高密的一个事件。一个农民的领袖，老是跟德国人叫板，德国人白天修铁路，他晚上就扒铁路，最后惊动了袁世凯，镇压了，把他杀掉了。现在我们再来看这个事件本身它也是双重的。铁路给胶东半岛带来的到底是什么东西？我想肯定有它进步的意义，相对我们中国上个世纪初叶那个封闭状态，出现一条横贯胶东半岛的铁路，它不只是震动了我们的大地，而且震动了我们的灵魂，让我们知道了在中国之外已经发生了天翻地覆的科技革命。所以火车与其说是现代化的一个交通运输的工具，毋宁说是一个巨大的象征。所以我想围绕着铁路，围绕着火车，可以写一篇很大的小说，这个也是我在写《檀香刑》的时候所思考的一些问题。当然《檀香刑》这部小说因为里面有一些关于酷刑的描写也引起了很大的争议，也有很多女性说看了这部小说吓得几夜都睡不着觉。当然也有个女的说这部小说特别好；我说你最喜欢哪个部分，她说最喜欢描写酷刑的部分，所以我想这样的女性肯定是特别坚强的女性。

写完了《檀香刑》以后，紧接着就写了《四十一炮》。《四十一炮》实际上就是描写二十世纪九十年代乡村的一种荒诞的变化，在一屠宰村里面人们都往肉里注水。里面就描写了一个具有象征性的特别能吃肉的小孩，也就是肉孩子。他在离开家乡以后老百姓把他神化了，变成了一个神。这部小说还是一部童年视角的小说。童年视角的小说在《四十一炮》中得到了一种最集中的表现。很多人认为我是善于写童年视角的，所以我想索性就在《四十一炮》这部小说里面把童年视角写到极致。

接下来就是2006年1月份出版的《生死疲劳》，这部小说写一个在土地改革中被误杀的地主，这个地主实际上没有多少罪恶，但是后来被枪毙了。这个地主感到很冤枉，说我这一辈子辛辛苦苦的完靠劳动致富,跟你现在的这种个体户一样,凭什么把我枪毙了。然后他就不屈不挠地去阎王爷那里告状,去上诉。很多评论家又认为这部小说是学习了西方的魔幻现实主义。我在省图书馆演讲,中午的时候跟马瑞芳老师一块儿吃饭,马老师说:"莫言你这个《生死疲劳》还是学的蒲先生的呀。"

蒲松龄的《聊斋志异》里面有一篇小说《席方平》,二十世纪六十年代的时候我们中学的课本里面把它作为教材,写了一个人为他的父亲鸣冤叫屈,在地狱里面跟阎王进行了不屈不挠的斗争。阎王给他施加了许许多多令人发指的酷刑,包括用锯子把他锯成两半,让他到富贵人家去投胎,他都宁死不屈,非要去讨一个说法,终于碰到了二郎神,然后使他父亲的冤案得到了昭雪。我这部小说一开始就写这么一个人在地狱里面鸣冤叫屈。我确实在写的时候想到用这样的方式向我们的祖师爷爷蒲松龄先生致敬。北京的批评家就看不出来,但马老师看出来了。马老师一眼就看出来了,说我是向蒲松龄先生学习。我们山东一个作家批评我装神弄鬼,我就写了一首打油诗,我说:"装神胜过装洋葱,弄鬼胜似玩深沉;问我师从哪一个,淄川爷爷蒲松龄。"

今天在我们淄博的山东理工大学里讲,必然绕不开蒲松龄。这并不是说我来到这个地方就要讨好我们淄川人,所以要处处提到蒲松龄。这是事实俱在,我抵赖都抵赖不了,马老师一眼就看出来了,立刻就发现了,你这个开篇第一章是来自哪里。去年的诺贝尔文学奖获得者,土耳其的作家奥尔罕·帕慕克,他有一个小说《我的名字叫红》,《我的名字叫红》的开篇也很像我的这部《生死疲劳》。我说这个跟他没有关系,我这部小说2006年1月份出版的,他的《我的名字叫红》是5月份才推出的。我说我真正学的还是蒲松龄。每当我提起蒲松龄来，我就感觉到思绪万千，思绪万千的结果就是导致语言的颠三倒四。

我想这个人对我来讲意义太重大了。1987 年第一次让我去台湾，让写一个演讲，我就写了一篇短文《学习蒲松龄》。我说蒲松龄的《聊斋志异》里面有好几个故事就是当年我的老老爷爷讲给他听的。这是我的捏造。我当时在农村作为一个社员在劳动的时候，经常听到村里的人讲述妖、狐、鬼、怪的故事。这个时候我没有读《聊斋》，后来我读了《聊斋》，就发现很多故事在《聊斋》里面。当时就推测有两种可能性：一种就是我们村里的乡村知识分子读了《聊斋》以后把这个故事讲述给我听，一种就是确实是几百年前我们村里的人或是周围村里的人把这个故事讲给了蒲松龄，然后蒲松龄把它写到书里去。但是我相信可能还是前一种更加可靠一些，是后人看到了蒲松龄的小说，然后再把小说讲述下来。

蒲松龄不仅仅在小说的素材方面有巨大的突破，即便从纯粹的文学技巧上来看，我觉得有很多让我们不得不向他学习的地方。我今年重读蒲松龄，发现蒲松龄在细节描写方面确实有非凡的功力。他写某个地方从天上掉下一个龙来，落在老百姓的场院。龙那么一个长长的东西，太阳曝晒它，它身上渐渐地散发臭味，招引了许许多多的苍蝇在它身上爬来爬去。蒲松龄说这个龙突然就把所有的鳞片张开了，张开以后所有的苍蝇都钻到它鳞甲的下面去，这时候龙就突然把鳞甲闭住了，这一张一闭就把所有钻到鳞甲下面的苍蝇给夹死了。这个细节描写就仿佛他亲眼看到一样；有了这个细节描写，就让这一个虚构的事件变得那么样的真实。天上掉下一个龙来，大家都想这是不可能发生的，但是由于有了这个鳞甲张开夹死苍蝇的细节描写，就让我们感觉到这个故事变得像他蒲松龄亲眼看到的一样。

譬如他写《黄英》，一个人死后变成菊花，这个人生前特别爱喝酒，那么这个菊花后来只有浇酒才能开放，而且在开放的时候还散发着一股浓郁的酒香，这样的细节描写就非常符合这个人原来嗜酒这个身份。他还写《白秋练》，这个女人是长江的一条白鲢鱼成精了，她跟着秀才到北方之后，每年都要托人从长江运来几桶水，只有喝了这个水才能活下去，没有这个水就要死掉；这也非常符合我们现代的科学真实性，只有家乡的水才可以让她延续生命。这样的细节描写我觉得非常符合这个人物本身。《聊斋》里面唯一发生在我的家乡高密的一篇小说，里面的主人公叫阿纤，她是一个耗子成精了，这个耗子精很能创家立业；她有一个特长，有一个嗜好，特别喜欢储存粮食，我们想这也符合耗子的天性，这个耗子尽管成精了，可是储存粮食这个习性还是留下来了。正是因为有许许多多来自生活当中的常识性和经验性的细节，就使蒲松龄的许多虚构的狐、鬼、妖的小说富有了人间生活气息，变得那样的真切可信，变得具有那么大的说服力。我想这个就是蒲老祖师在细节描写方面给我们现代的作家留下了宝贵的可以向他学习的财富。

今天我就讲这么多，现在回答一下大家的问题。

这个同学问我到目前为止我最满意的作品以及最不满意的是哪个作品。

我最满意的比较好回答，因为我刚才提到的都是我比较满意的，要说最满意的作品，确实还没有写出来。包括刚才提到的像《生死疲劳》这样的小说，写一个人死后，一会儿变成猪，一会儿变成狗，一会儿变成牛，一会儿变成驴，其实大家一想都知道，这就是蒲松龄的故事。我想我明年开始写一个跟蒲松龄老祖师爷不太一样的故事，当然在文学上,在对灵魂、对文学的至诚态度上,对人的热爱上,还是应该永远向他学习,在细节描写、在技巧上、人物类型上应该有区别。最不满意的作品,我想有一部叫作《红树林》的长篇小说那是我最不满意的。这是我1999年从部队转业到《检察日报》社,当时领导让我写一个有关检察官题材的电视剧,我就要当作工作任务来完成。由于我没有这方面的生活经验,写的时候尽管做了一些调查,但也是走马观花,很难写到检察官的心里去,很难写到贪官的心里去,写的又是南方的生活,写的是在广西海滩上的一种植物,一种树。我写红高粱当然写得得心应手,但写到红树林不行。后来很多人就说,读来读去怎么感觉还像在高粱地里一样,我就说,坦率地讲,我就是拿它当高粱写的。所以这部作品我觉得是不成功的作品。

  第二个问题就是《红高粱》后来被改编成了电影,并获得了大奖,你觉得这部电影最大的亮点是什么。

  我刚才也提到了这个小说改编的问题,把这部小说改编成了电影,这个小说得大奖我觉得也是跟时间有关系的一个问题。如果这部电影是现在拍的,不可能得这么大的奖;但是这部电影是1987年拍摄,1988年上映的,在那个时代整个世界对中国电影的认识和现在的认识是完全不一样的。过去认为中国的电影只能在保加利亚、罗马尼亚、阿尔巴尼亚这样的国家放映,也会得到一些什么苏联的奖项;而西方认为我们的电影、我们的文学都是宣传品,都是政治的,都不是真正的艺术。我想《红高粱》为世界提供了对中国的一种全新的认识,使他们终于看到了脱离了政治宣传痕迹的艺术作品。另外,它当时在老百姓中引起了轰动,得奖是一个外来的因素,最重要的深层的原因就是:我们二十世纪八十年代末的时候,中国改革开放不到十年,那个时候尽管我们的思想已经比十几年前要解放多了,但是实际上还远远不够,中国老百姓长期以来实际上还是在一种集体化的生活制度里边,个性受到了压制,每个人都很难自由地表达个人的意见,每个人在家里说的话和在社会上说的话实际上是完全两套的语言体系,每个人还不能够自由地表现个性。那个时候,像留长头发、穿喇叭裤,都要受到舆论的谴责;像邓丽君的歌曲就是被当作靡靡之音和黄色歌曲被严厉禁止的,在部队里面如果谁要听邓丽君的歌是要受到处分的。在这样一个时代里面出现《红高粱》这样的张扬个性、大声吼叫的电影,肯定会引起大家心里面的共鸣,甚至是强烈的共鸣。这个作品之所以在当时有那么大的影响,就是因为它生逢其时。

第三个问题是,现在的青年人要想成为作家应该如何努力。

我想第一要真切地生活着,然后才可以向文学这方面来发展。我们现在的选择是越来越多,每个人的才华都有一定的方向。有的人他可能在美术方面、在音乐方面或者在工程技术方面有特长;但他未必在文学方面有特长;每个人最好先了解自己究竟有没有在文学方面的素质,然后再下大的赌注。假如说你确信你具备很好的文学素养,如果要开始写作,还是一句老话,只能是从先写自己最熟悉的生活开始,然后在写自己熟悉的生活的基础上不断地扩大阵地。我也劝你在写作之前还是像我刚才讲的那样,要先熟读几十部甚至上百部经典文学作品;只有我们知道我们的前人已经达到了什么样的文学高度,然后我们才能在他的高度上继续向上登攀。假如我们不知道别人已经写到了哪种程度,就一个人盲目写作,当然也可以写出作品来,但我觉得成功的概率变得比较低。总之,我觉得文学确实没有一个金科玉律,也没有一种秘诀,只有自己慢慢地来悟。经常有人讲,慢慢地悟就像一层窗户纸一样,也许是一篇小小的短文,也许是一个句子让你一下子把窗户纸给捅破了，一下子你就掌握了，知道文学该怎么写。我觉得最重要的就是在写的时候把握一种语感。刚开始也不妨从模仿开始。我想百分之九十五的作家都是从模仿起步的，包括鲁迅都是从模仿起步的；蒲松龄先生也不是说完全没有摹本的，他也有，他也从我们的唐宋传奇里面吸取了很多的营养，他《聊斋》里面很多的故事都从过去的传奇里面想到的。

这个同学的问题是：有人说你的作品是性和暴力，你怎么样看待这个问题？

我的小说里面写了性，也写了暴力，但如果说我的特色就是性和暴力，我觉得是以偏概全，因为我的小说里面描写了丰富的生活。在中国这样的环境里面，我们当代的作家在写作的时候都是绕不开性和暴力的。我们曾经生活在一个充满暴力的年代，这个暴力不仅仅是指对人的肉体的侵犯，也不仅仅指人与人之间互相的残杀，也指这种心灵的暴力，语言的暴力。我觉得"文化大革命"就是一个社会动乱，整个社会都在动乱当中，这种真正的肉体暴力是存在的，也就是说批斗啊、武斗啊，都存在过；我觉得最大的暴力还是一种心灵暴力，一种语言暴力。我们回头看一下"文革"期间的报纸社论，包括我们许多领导的讲话，包括当时的艺术作品，都充满了这种进攻性的暴力语言。所以我想我们之所以在作品里面有暴力描写，实际上是生活决定的，或者说是我们个人生活经验决定的。

性这个问题，我觉得中国几千年来尤其是到了近代，对性的描述是到了讳莫如深的地步。中国有这么漫长的封建制度，封建制度一个最大的特色就是对女性的迫害。这种迫害不仅仅是肉体方面的，也包括精神方面的。也就是说我们每一个人在性问题上的认识，实际上都带了很多的封建的痕迹。对这样的东西进行描写，我觉得也是思想解放的一个步骤吧。《红高粱》里面我想也有这种性的描写，但是我认为《红高粱》里面的性描写是跟塑造人物有直接关系，假如没有这样的描写，这样的人物是不成立的。我又拐到《色·戒》这个电影里面来了；我看到删节的这个电影之后，我觉得删的是不对的，故事要推到把他放跑这个结局，如果没有中间这些性的镜头，很难让人信服。

这位同学的问题是：你的作品里面写了酷刑，比如说像《檀香刑》里面一个凌迟就写了二十几页，怎样看待这种描写？另外作为一个热血的高密人，我为你对家乡的深沉的爱感动。

酷刑描写跟这个暴力描写应该算是一个问题吧，也就是说如果这些酷刑描写是一部小说不可缺少的部分，我觉得还是应该让它存在。尽管会让某些读者受到刺激，会让某些读者不忍卒读，会让很多人做噩梦，还是要让它存在。这部小说，我想争论最大的也就是酷刑问题。我一直认为这是必要的；我想在小说里面进行这样的描写，是跟这部小说把刽子手作为第一主人公有关系。因为鲁迅先生在他的小说里面批判了这种看客文化，像他的《药》、他的《阿Q正传》里面都描写了这种处死人的场面，有很多人围着看。据说鲁迅之所以弃医从文，也是因为在日本看了一部片子，日本人在处决中国人，一群中国人在麻木地围着看，他就感觉到医治肉体不如医治灵魂。他批评这种看客文化。我觉得中国封建社会里面这种看客文化，实际上是三合一的演出：一方面是刽子手，一方面是被杀的罪犯，一方面是看客。这三个方面缺了一方面都是不行的，刽子手和这种被处死的人是表演者，他们表演得越精彩，观众才越感到满意，成千上万的围观的老百姓，实际上里面都是善良的人。但是为什么，在这种时刻，他们每个人都把这个当作一种巨大的乐趣来观看？我们讲"文化大革命"期间，像我这种年纪的人都知道，我们要枪毙人，都要搞这种万人大会，万人公示，用汽车拉着这个罪犯在全县的各个乡镇游街示众；目的和封建社会一样，就是来警戒老百姓，或者吓唬老百姓，不要犯罪，犯了罪就是这样的后果。在封建时代刑罚的特点就是：越是这种重大的罪犯，越是让他不得好死，把这个行刑的过程尽量地延长，让这个罪犯在这个过程中忍受最大的痛苦。

现代社会进入文明时期，对待死刑的改革力度是越来越大。过去是绞死；美国在伊拉克，还是把萨达姆给绞死了。中国当然早就废止了这个绞刑，中国现在慢慢地要用这个注射。注射的时候呢，五个刑警同时拿着五个针管，每个针管里面不是都装着毒药，只有一管是毒药，其他四管是蒸馏水；这五个刑警同时给这个被执行死刑的人注射。究竟谁的那管是毒药呢？大家都不知道。现在用这种方式来缓解刑警的心理压力。也就是说刽子手是一个特殊的行当。《檀香刑》这本书把这样一个特殊的行当、特殊的人物当作一个主要的人物来描写，我觉得没有那些酷刑，就很难把人物的心理活动描写出来。由此我也想到很多问题，这个《檀香刑》当然是一部历史题材小说，但是这部历史题材小说它也具有现代性和当代性。刺激我写这部小说的另一个重要原因就是我们在二十世纪八十年代初期平反的张志新的事件。张志新是先知先觉，当所有人都在搞"文化大革命"的时候，她站出来批判林彪还有毛主席的很多错误。枪毙她的时候是让刑警把她的喉管给切断，怕她发出声音。若干年之后，她作为革命烈士被平反之后，这个当初用手术刀切断人家喉管的人，他心里是怎么想的？他会不会感到一种罪咎感？他会用什么样的方式来为自己开脱？我想他最有可能说这与我无关。我是一个执行命令的人，上级让我这样干。而且是以革命的名义，是以人民的名义，以捍卫无产阶级专政的名义,冠冕堂皇。我由此就想到了关于小说《檀香刑》里面刽子手的心理。在社会里面,讲这么一种特殊的阶层,这么一种特殊的人物他的心里的想法,是跟一般人不一样的。我写这本书的时候也是想在鲁迅先生开辟的看客文化这样的道路上,往前再走一下,就是把这个三缺一这个角度再补一下。当然我补得是不是成功,有待历史来检验。

还有一个问题:请说一下对"生死疲劳"的理解。

"生死疲劳"是来自佛经里面的一句话:"生死疲劳,由贪欲起,少欲无为,身心自在。"就是说,人的所有痛苦,佛家讲六道轮回,有什么畜生道、鬼道、天道、人道之类,在这个六道里面人不断地生不断地死,非常痛苦的状态。假如要脱出这种状态,就要少欲,欲望多了,痛苦就多了,没有欲望了,身心就自在了。这是佛经里面的一句话。我之所以用它做书名,就是因为小说的主人公,他在畜生道里面不断地投胎,他一会儿变成驴,一会儿变成牛,一会儿变成猪,一会儿变成狗。

还有很多条子来不及读了。

谢谢大家!

翻译家功德无量
——在北京大学世界文学研究所成立大会上的发言

时间：2001年10月8日

不久前，在莫斯科申办奥运的大会上，一个奥委会委员对中国申奥代表团提出了这样一个问题：在2008年奥运会上，中国有没有足够的外语人才来承担翻译工作？我感到这个问题十分好笑。中国在别的方面也许还存在一些问题，但在外语人才方面则可以大胆地承诺。中国有这么多外国语大学和大学外语系，有社会科学院外文研究所，现在又有了一个世界文学研究所。一个奥运会所需要的外语人才，根本不需要全国总动员，把北京大学的教师和学生动员起来，就基本上可以满足要求了吧？如果北京大学的外语人才满足不了奥运会的需要，把全北京的外语人才动员起来，恐怕就要严重地过剩了。

我相信世界上还没有一个国家能够像中国这样，具有如此庞大的、如此优秀的翻译队伍。前几年克林顿来北大演讲，带了一个汉语翻译，我相信他是美国最优秀的汉语翻译之一，但是他的汉语说得怪腔怪调,他的语法有毛病,词汇量也明显不足,而我们中国能讲一口流利英语的人可以说是成群结队。我们不但有大量的杰出的英语人才,诸如法、德、西、俄、日等重要语种也是人才济济。连那些小的、许多人都没听说过的小语种,也照样是不乏通家。中国在经济上虽然还不如西方国家发达,但在语言上,已经成为世界第一强国。

翻译家对文学的影响是巨大的,如果没有翻译家,世界文学这个概念就是一句空话。只有通过翻译家的创造性劳动,文学的世界性才得以实现。没有翻译家的劳动,托尔斯泰的书就只能是俄国人的书;没有翻译家的劳动,巴尔扎克也就是法国的巴尔托克;同样,如果没有翻译家的劳动,福克纳也就是英语国家的福克纳,马尔克斯也就是西班牙语国家的马尔克斯。同样,如果没有翻译家的劳动,中国的文学作品也不可能被西方读者阅读。如果没有翻译家,世界范围内的文学交流也就不存在。如果没有世界范围内的文学交流,世界文学肯定没有今天这样的丰富多彩。鲁迅先生曾经说过:"世界有文学,少女有丰臀。"没有丰臀,少女就不是一个完整的少女;没有文学,世界也就不是一个完整的世界。由此可见,我们的世界文学研究所是一个多么重要的机构!

我作为一个在上个世纪八十年代出道的作家,亲身体验到了向外国文学学习的重要性。如果没有杰出的翻译家把大量的外国文学翻译成中文,像我们这样一批不懂外文的作家,就不可能了解外国文学所取得的辉煌成就;如果没有我们的翻译家的创造性的劳动,中国的当代文学就不是目前这个样子。当然会有一些作家拒绝承认外国文学对自己的影响,仿佛可以借此表示自己的不同凡响。其实这是一种不必要的虚伪。承认借鉴过外国文学并不影响你的伟大,翻译家也不会来分你的稿费。鲁迅借鉴过外国文学,郭沫若借鉴过,茅盾借鉴过,巴金、曹禺也借鉴过。连那位山药蛋派的老祖宗赵树理先生,也借鉴过外国文学。这丝毫也不影响他们的伟大,也许正因为如此他们才伟大起来。当然有人可以反诘:曹雪芹不懂外文,也没有阅读翻译过来的外国文学,不是也写出了伟大的《红楼梦》吗?我的回答是,曹雪芹是天才,天才当然可以不必借鉴。如果要强词夺理,也可以说,曹雪芹《红楼梦》里的佛教思想,其实也是外国文学。

当然,在上个世纪八十年代向外国学习的热潮中,也出现过一些负面现象。我本人就经历了从笨拙的模仿到巧妙的借鉴的过程。因为我们这批作家在文化准备上的先天不足,所以当大批的外国优秀作品铺天盖地笼罩过来时,的确出现了眼花缭乱的状况,我们大都产生过当年马尔克斯在巴黎阅读卡夫卡时的觉悟:小说原来可以这样写!当年我读了马尔克斯《百年孤独》的一个章节后就把书扔掉了,我心中想:这样写,我也会!但是我很快就意识到:尽管这样写我也会,但如果我也这样写,那我就永远也没有出头之日。如果我要成为一个好的作家,我必须借助于他们的作品,解放自己的思想,搞出自己的玩意儿。我记得范文澜先生在他的《中国通史简编》里曾经打过这样的比喻,他说向外国文化学习,应该像吃羊肉一样,把营养吸收,而不是把羊肉贴到自己的身上。我们向外国作家学习,就要把他们吃掉,吸收了营养后,再把他们排泄掉。当然,是吃他们的作品,是用眼睛吃、用心吃,不是用嘴巴和牙齿。

不久前我去大连参加了一次长篇小说文体讨论会。在会上,复旦大学的陈思和先生提出了一个问题,他说:被翻译成汉语的外国文学作品,究竟是算外国文学,还是算中国文学?这些翻译过来的小说的语言,究竟是算原作者的语言还是算翻译家的语言?像我们这样一批不懂外语的作家,看了赵德明、赵振江、林一安等先生翻译的拉美作品,自己的小说语言也发生了变化,我们的语言是受了拉美文学的影响还是受了赵德明等先生的影响？我毫不犹豫地回答,我的语言受了赵德明等先生的影响,而不是受了拉美作家的影响。那么是谁的语言受了拉美作家的影响呢？是赵德明等先生。

陈思和先生做出的判断是:从文体的角度说,被翻译成汉语的优秀外国小说,已经是中国文学的一部分。我同意他的判断。我认为一个优秀的翻译家,除了是一个外语的专家外,还是一个母语的文体家。这二者结合起来就是一个语言学大师。他们不仅仅是用卓越的劳动让我们了解了外国作家讲述的故事、讲述故事的技术、通过故事表现出来的思想,他们还丰富、发展了我们的母语。他们的工作真是功德无量。从这个意义上讲,北京大学的世界文学研究所不仅仅是研究、翻译外国文学的机构,同时也是培育中国文学的摇篮;这个世界文学研究所不仅仅是研究、翻译外国语言的机关,也是给中国语言带来新鲜素质的文体实验室。

有人已经预言,二十一世纪,将是汉语的世纪。预言者说,在新的世纪里,汉语将成为最流行、最时髦的语言。不仅仅是我们的汉语要不断地吸收外来语的营养来丰富自己,外国的语言更要从我们的汉语里吸收营养来丰富它们。但目前的状况是,除了使用汉语的人数在地球上名列前茅外,汉语实际上还是一种弱势语言。我出国时,常常因为不懂外语而感到羞愧,但我发现那些不懂汉语的家伙毫无羞愧之心。好像中国人就应该懂外语,而那些外国人就应该不懂汉语。我们对那些不懂汉语的外国人是多么友好啊,可是那些外国人对我们这些不懂外语的中国人是多么冷漠。刚开始我还为这种不公平的现象耿耿于怀,但现在我想明白了:造成汉语这种弱势地位的不是外国人,而是我们自己。我们闭关锁国,夜郎自大,拒绝向外国学习,结果使自己在各方面落到了别人后边。我想一个伟大的民族,就是要有善于向别的民族学习的精神,而向别的民族学习,首要的就是要学习对方的语言。这是一个民族的胸怀,一个民族的气魄,一个民族的风度。我们的汉唐盛世的一个突出标志就是有许多的外语人才。我们汉唐时期的文学就是吸收了外来的影响之后才实现了自己的辉煌。李白就精通外语。一个国家外语人才济济,是这个国家繁荣昌盛的鲜明标志,或者是即将繁荣昌盛的预兆。这是开明的表现,是进步的表现,是发展的需要和条件,也是一个民族具有强大的自信心的表现。我想,当大多数的中国人都能熟练地使用外语时,汉语才可能成为强势语言。当汉语成为强势语言时,中国也就成为了世界强国。那时候,外国人就会为他们不懂汉语而感到羞愧了。那时候,我们的文学也就会成为真正的世界文学。那时候,就会有外国的作家崇拜中国的作家,也许那时候就会有一个外国的年轻作家说:我受到了中国作家莫言的影响。从这个意义上来说,北京大学世界文学研究所的成立,实在是一件与千百万普通百姓都有关系的大事。也是从这个意义上来说,世界文学研究所就不仅仅属于北大,北大的世界文学研究所属于全国人民。从更加广大的意义上说,北大的世界文学研究所不仅仅属于中国,而是属于全人类。

我曾经对我的故乡一位县长说,我愿意用我一半的小说,换他的县长职位。现在我也可以说,我愿意用我的另一半小说,换一门熟练的外语,如果交换成功,我就是一个精通外语的县长,仕途将会十分辉煌。但是那位县长说:别说用你一半的小说,就是用你全部的小说,也换不来一个县长,顶多换给你一个村长。我相信,用我全部的小说也换不来一门外语,顶多换来几个单词。因为我知道,小说人人都可以写,但外语却不是随便就能学会的。我的爷爷曾经对我说过,

1900年德国人在我们故乡修建胶济铁路时,搜求了一群模样端正的中国小孩去学习德语。我爷爷说,在开始学习德语之前,德国人首先给这群中国孩子修理了舌头,就像驯鸟的人为了让鸟说话首先要给鸟儿修剪舌头一样。由此可见,想学会一门外语是多么的不容易。因此我对在座的精通外语的各位表示崇高的敬意,你们的舌头是多么灵巧,你们的头脑是多么复杂!

文学与世界

——在"中国文学海外传播"国际学术研讨会上的演讲

时间：2011年4月28日
地点：北京师范大学

各位朋友，上午好！

不久前我回故乡待了半个月。我住在乡下，那里没有网络，也没有报纸，我关了手机，不看电视。我想用这样的方法跟北京、跟上海、跟大城市、跟文学切断联系，然后去切实地体验一下当下的农村生活。但毕竟是在城市待久了的人，在乡村待了大概三五天的时候就感觉身上很不舒服，就想去一个有热水的地方洗澡。朋友把我带到县城里一个巨大的澡堂。小小县城，没有北京上海那样宏大的建筑，但是我们的澡堂足以和任何一个大城市的澡堂媲美。当我泡在热水里昏昏欲睡的时候，有几个人赤身裸体地冲到我面前。他们第一句话就问我，还认识我们吗？我说你们找个毛巾遮掩一下身体，我也许会认识你们，否则我不认识你们。他们都是我在棉花加工厂工作时的工友。他们告诉我的第一句话就是：今天的《参考消息》上登载，王安忆和苏童进入了国际布克奖的候选名单。

大家都应该知道,国际布克奖是一个很重要的奖项,能够进入国际布克奖候选名单的都是世界各地的著名的作家,有的甚至是我非常钦佩的堪称伟大的作家。这是中国作家第一次入围这个重要的国际奖项,从全球的成千上万个作家当中入围了十三个作家,中国就有两名入围。这是一个令人振奋的消息。我回到北京以后到网上去搜索了一下,果然看到了很多报道。我还看到了中国作家毕飞宇获得今年的英仕曼亚洲文学奖的消息,他的获奖作品是《玉米》《玉秀》《玉秧》的合集,翻成英文好像叫《三姐妹》。英仕曼亚洲文学奖是一个创建不久的奖项,今年是第四届;四届当中有三届的获奖者是中国作家,第一届获奖作品是姜戎的《狼图腾》,第三届是苏童的《河岸》,今年是毕飞宇的《玉米》。我还想到,去年获得俄克拉荷马大学《今日世界文学》纽斯塔特国际文学奖的诗人多多。近年来,还有一些中国作家和诗人获得了一些国际性的奖项。这是否说明我们中国文学走向了世界呢?这是否能说明中国作家已经变成了世界性的作家呢?我想,如果下这样的结论,会受到很多的批评。网络上会"板砖"挥舞,讲堂上会唾沫横飞。许多人,包括在座的很多人,都不会同意我下这样的结论。我自然不会下这样的结论,但是我认为,这毫无疑问是一个信号,标志着中国作家的创作正在越来越多地引起国际文坛的关注,也标志着中国作家的作品已经引起了国际出版业和读书界的重视。获奖当然不能说明所有问题,但是获奖起码可以部分地说明问题。在那么多入围的作品中,你得了奖,另外的人没得奖,那就说明,大多数的评委还是认为你的作品比他们的作品要好。因此我认为这些获奖的消息和入围奖项的消息是值得我们高兴的,也是值得我们振奋的。

三位获得英仕曼亚洲文学奖的中国作家的作品的翻译者都是一个人——美国著名的汉学家葛浩文先生。葛浩文在国际汉学界是鼎鼎大名的,他在翻译中国文学这个工作中立下了巨大的功劳。他翻译的中文作家的数量,我想已经接近一百个人了吧?我本人就有九部作品已经被他翻译成英文,已经出版了七部,有两部翻译完还没有出版。我在网上看到有人在质疑:苏童、毕飞宇、姜戎,都是葛浩文一个人翻译的,这些作品是否最后变得都是一个风格呢?我们这些作家原来的个人风格经过了一个人的翻译,是否最后变成了一样的面貌,一样的风格?这确实是值得我们深思的,也是我们深深忧虑的一个问题。

我想,这不仅是我们忧虑的问题,也是像葛浩文这样杰出的翻译家忧虑的问题。我们最怕的问题,也是他最怕的问题;我们最不希望出现的现象,也是他最不希望出现的现象。他的工作中最大的困难不是把故事翻译过去,而是要把我们中国的这些作家的个人风格,尤其是语言风格,找到一种相对应的英文来转译过去。这对于一个翻译家来讲,是巨大的挑战。葛浩文,我想他几十年来一直在应对的就是这种挑战。我想他做的最大的努力,肯定不是在翻译过程中,而是在翻译过程之前他要寻找到的对应这个作家的语言的腔调。我跟他是老朋友,跟他进行过多方面的讨论,讨论最多的也还是这个问题。譬如他翻译王朔小说时,如何把王朔小说中那种"痞子"腔调翻过去,让他困扰了很久很久,他最终是找到了纽约社会下层的年轻人的语言来对应王朔的语言,应该取得了很好的效果。他最近翻译我的《檀香刑》这部小说的时候,也在千方百计地寻找一种美国的语言来对应《檀香刑》里的韵文。这样的努力究竟能够达到一种什么样的效果,这是我无法知道的。但是我想,熟谙英语的读者肯定可以感受到。

我和我的同行们应该感谢像葛浩文这样的几十年来孜孜不倦地艰难工作的汉学家,感谢他的劳动,尽管有人对他的翻译有所批评。有的人说他随意删改作家的作品,老葛感到很委屈。我说我可以给你证明。在跟我的合作过程中,他是在充分征求了我的意见的前提下,才做出了某些删改。总之,这样的汉学家,我们应该感谢。我们的文化部门应该给葛浩文颁发一个大大的勋章。

最近这两年,中国的对外文化交流呈现出了一种繁忙的景象,不仅文化部在对外进行文化交流,作家协会、教育部、广电部和很多的大学,都在大张旗鼓地对外进行文化交流。有高雅的庙堂文化,也有民间的文化;有需要用起重机来吊的艺术,也有飘浮在空中的艺术。这样的交流到底会产生一种什么样的效果,现在很难判断。有的是事半功倍的,有的可能是事倍功半的。几十年前,中国作家出去的时候,经常是要靠外国机构,甚至是慈善机构,邀请我们,给我们付路费,给我们付住宿费,管我们吃饭。现在中国花一点钱把外国的汉学家、把外国的作家邀请到中国来,是不是可以算作我们几十年来欠账的还债?什么叫大人物呢?大人物就是不算计小钱。什么叫大国家呢?大国家也不算计小钱,大国家不占小便宜。

在文化交流方面,不应该用经济眼光衡量,不存在赔钱和赚钱的问题。而效果,也是渐渐累积,不可能立竿见影的。今天在座的诗人吉狄马加先生到了青海任职以后,就创办了青海国际诗歌节这么一个平台——世界上最高的一个平台,海拔四千多米——每年都会邀请全世界的几百个诗人来到青海。搭着台子唱诗,朗诵诗歌,然后大吃大喝。大吃大喝一直是个批评性的话,我觉得可以当成赞美的话来用的。我们有很多的好东西,为什么不让他们来吃呢?让他们吃,给他们好的印象,即便我们的文学不能给外国朋友留下美好的印象,那就让我们美好的食物给他们留下美好的印象。而且他还颁发一个国际诗歌大奖,金藏羚羊奖。没有奖金,但是,奖品比奖金更珍贵。奖品是什么呢?是新疆和田的这么一大块的玉,而且是带翠的。什么是带翠的,我不知道。我想,带翠的肯定比不带翠的贵重。如果你是西班牙人得了奖,会用西班牙文在翠玉上雕刻上你的获奖评语。这还没完呢,还有西藏民间的高手匠人用纯金打造的金藏羚羊的底座。

总之,现在对外的文化交流,不仅是官方的,也是民间的;不仅是中央的,也是地方的,是上上下下的愿望。我们今天的这个对外文学交流的平台,也是诸多的对外文化交流活动的一个重要组成部分。现在中国文学正在引起世界的关注,而且是越来越密切的关注。有人说,这是因为中国的国力在发展,中国的国势在强盛,中国在国际舞台上获得了越来越多的话语权,由此带着中国的文学也被关注。我不完全同意这样的看法,但也无法否认这种看法。现在好的形势已经出现了,很多交流的台子已经搭建起来了。接下来最重要的,就是我们能够向世界的读者贡献什么样的作品。如果没有好的作品,再优秀的翻译家,再优秀的出版社,出版再多的书,那也不会征服外国的读者。在这样的情况下,我们怎么样写,我们写什么,确实是个严肃的问题。

对于中国当下的文学评价,最近几年有很激烈的争论。我作为一个正在写作的作家和历经了三十年文学发展历程的作家,当然希望能够给当代的文学打一个高的分数。彻底否定当代文学的批评意见,我是不接受的,但我尊重这种意见。对于这样一个庞大的写作群体,对于已经出现的成千上万部作品,如果没有充分的阅读就下结论是冒险的。我现在可以看到的刊物有三十多种,我每一期都会把头条看一下。我发现刊物上发表的中短篇小说的艺术水平和思想水平,已经超过了二十世纪八十年代初我们这批作家出道时的水平。所以我想说中国当下文学的水平,是和世界文学的水平比肩齐高的。这是我的看法,绝不强加于人。

我们当然不能满足,当然要努力,当然希望能写出更好的作品。我之所以到农村去,也是为了要对当下生活有一个更亲密的了解和体验。时代在发展,社会在变化,今日的乡村、今日的城市,跟三十年前的乡村、城市已经不可同日而语。我过去认为我是可以钻到农民心里去的,但现在,年轻一代的农民的心理我已经不了解了。我过去总是以想象力为荣,认为只要有了想象力,什么都可以写;现在明白,想象力必须有所依附,如果没有素材,想象力是无法实施的。

最后我再说几句。写作的时候要忘掉翻译家。我们感谢翻译家宝贵的劳动,但是我们写作的时候一定要忘掉他们。我们不能为了让他们翻译起来容易而牺牲写作的难度。我们不为翻译家写作。我们为什么写作?每个人都有自己的答案。

文学与我们的时代
——在香港中文大学的演讲

时间：2011年12月2日
地点：香港中文大学

非常高兴来到了香港中文大学。二十一年前，我曾经在中大的文化研究所做过一个月的访问与学习。那个月，除了解答翻译家在翻译我的小说的过程中遇到的一些问题，我没有任何学问可以做，每天就是在中文大学里转来转去，可以说是转遍了中文大学的每一个角落。连那池子里的鱼，我都给它们编上了号。当时我记得里面是有六十二条鱼，我都给编上了号，当时可能鱼都认识我。这次来重游故地，看看那些鱼，我当年认识的那些鱼，一条都没了，不知到哪里去了，池子里的，可能是它们的后代儿孙了。鱼都变了好几代了，我还活着，我自己都感觉庆幸。

刚才，陈平原老师介绍我的时候，特意介绍了我新的头衔。这两天有人问，甚至有人认为，中国作家协会副主席是个高官，因为在中国内地，高官意味着有车有房，有优厚的待遇。但是我这个副主席是挂名的,是不在职的。所以一切照旧,我该骑自行车去买菜,还是得骑自行车去买菜;我去医院看病该排队,还是得排队。尽管如此,我还是中国作家协会副主席了,很多人见了以后,叫我莫主席,我听了以后感觉很不舒服,感觉很不适应。主席当然没大没小,国家主席也是主席,学校、机关里面的工会主席也是主席,我这个副主席也是主席。谁如果叫我"莫主席",我认为他不是我的朋友!谁如果叫我"莫言",我觉得他可以成为我的朋友;我的学生叫我"老莫",我就可以和他一起喝酒了。欢迎你们也叫我"老莫"!

今天的讲题也是随机而出的,《中国作家》的艾克拜尔·米吉提主编问我:你讲什么?我说我不知道。他说总要有个题目。我说为什么非要有个题目?他说中文大学要求要有个题目,这是他们的惯例。我就知道他们必须要有个题目,我就说:《文学与我们的时代》。

今天主要是围绕这个问题讲四十五分钟。我突然想到了狄更斯的一段话。但是我记不起来了,为了更准确,我昨天晚上在网上搜了一下,抄下来。狄更斯,英国作家,在一百多年前,他的小说《双城记》的开篇,用一大堆对立的、矛盾的话语,描述了他所生活的时代。他是这样说的:"这是最美好的时代,也是最糟糕的时代;这是睿智的年月,也是蒙昧的年月;这是信心百倍的时期,也是疑虑重重的时期;这是阳光普照的季节,也是黑暗笼罩的季节;这是充满希望的春天,也是让人失望的冬天;我们正在直升天堂,也正在直下地狱;我们面前无所不有,我们面前一无所有。"又过了几十年,大概1960年代的时候,苏联的作家阿斯塔菲耶夫写了一本小说《鱼王》,在这本小说的结尾,也罗列了一大堆这种风格的话语,来描述他所生活的时代。我只记得他那里面写"这是建设的年代,也是破坏的年代;这是在土地上播种农作物的年代,也是砍伐农作物的年代;这是撕裂的年代,也是缝纫的年代;这是战争的年代,也是和平的年代"等等。要我来描述我们现在所处的时代,我实在是想不出更妙、更恰当的话语来形容。

我感觉到,一百多年前,狄更斯对英国的社会现实与他所生活的时代的描述,和阿斯塔菲耶夫对他所生活的时代的描述,十分符合我们今天的社会。我觉得我们目前的这个时代,也是处处充满了矛盾与对立。我们可以说,这个时代是非常进步的时代,我们也可以说这个时代是个非常落后的时代;我们可以看到很多的城市都在发生着日新月异的变化,我们也可以看到许许多多的地方还保留着几百年前的风貌;我们可以看到许多新的大楼、建筑拔地而起,我们也可以看到很多农民生存在他们的几十年前的破败不堪的旧居;我们看到了中国科技的快速发展,卫星上天,宇宙飞船在太空里翱翔,我们也可以看到在许多地方,在乡间的土路上,依然有黄牛拉着破烂的车慢慢地行驶;我们看到很多大款挥金如土,一掷千金,甚至万金,我们也看到很多人温饱还没解决;我们看到很多人因为女人太多了而发愁,不得不想办法用现代化的方式来管理她们,我们也看到很多人因为娶不上老婆而夜夜独卧空房。有的人撑得要死,胖得要命,花重金减肥;有的人吃不饱饭,饿着肚子在马路上乞讨。总之,我们可以在社会生活的各个层面,发现许许多多这样强烈的对立的现象。描述这样的现象是比较容易的,但是我想作为一个作家,处在这样的环境里面,生活在这样的时代里面,如何来写作?如何用文学作品来表现我们所处的时代?这确实是个很大的难题。

我们每个人都眼花缭乱,打开网络就会发现各种各样的奇闻逸事。闻所未闻、见所未见的,许许多多的怪事扑面而来。很多事情甚至触目惊心,很多负面的新闻令人发指。在这种情况下,作家是否要如实地记录这些现象?我们是不是要变成社会的记录员?这曾经是我的一种信念,我觉得作家就应该如实地记录社会上所发生的事情。但最近几年,我的想法发生了一些变化,我觉得面对这样纷繁复杂的社会现象,无论什么样的生花妙语都难以描述。尤其是在当今这个时代,传媒如此发达,传媒的手段如此现代,作家的笔比不上网络快,作家的笔不如我们的摄影机、摄像机让人感受得更真切。那么在这样的时代,作家如何写作?如何用我们的方式、用文学的方式把这个时代表现出来,这是我们每个作家都面临的考验。后来我想,尽管奇人异事很多,很多事情很传奇,也会让人听得津津有味,但是小说或者作家不能把记录奇闻逸事作为自己的任务,作家应该从这些纷纭复杂的社会现象里边看到生活的本质,我们要看到这种社会生活、泡沫之下的本质。

那么这种生活的本质是什么?我想每个人都有自己的答案。我想一个作家确实生活在这个社会的一定的环境里面,无法跟这个社会脱离联系,社会上发生的一切都会对他的创作产生影响,社会上各个阶层的人们的感情流露也都会对他产生影响。作家要写作,究竟要站在哪一个层面上来写作,究竟能够代表谁,这又是一个非常严肃的问题。是代表官方?还是代表民众呢?而民众本身又分为很多个层次。身家数十亿的人也是民众,贫无立锥之地的人也是民众;那些在豪华饭店里挥金如土、纸醉金迷的人是民众,那些在建筑工地上搬砖运瓦、挥汗如雨、衣食难继的人也是民众。毫无疑问,我们应该站在挥汗如雨的劳动阶层上,我们应该站在弱者这一面,我们应该站在穷人的立场上。这毫无疑问是正确的。你当然可以写一部为下层人代言的作品。这也是我十几年前内心非常强烈的一种要求。最近,我的想法又发生了一些变化,我觉得这种过于强烈的政治倾向、过于强烈的阶级阶层情感会影响文学的价值。真正的文学实际上是应该有一种相当的超越性,真正的文学应该是具有更加广泛的涵盖性。我们过去把文学分为无产阶级文学和资产阶级文学,我觉得这种分法有它的道理,这种分法也代表了我们文学创作的一个现实。但我现在理想中的伟大的文学作品是不应该有这样严格的分界的,我觉得好的文学应该站在人的立场上、全人类的立场上来写作。我们不仅仅是同情穷人、歌颂善良的劳动者、批判那些富贵者,也要批判那些贪官污吏。在批判的时候我们还需要有一个准则,这个准则就是在批判的时候不能妖魔化,或者鬼怪化,要把所有人都当人来写。

我们回顾一下新中国成立之后的中国文学历史,就会发现我们过去的作品之所以缺乏普遍性,就是因为过于鲜明或者强烈的阶级观念影响了或者限制了作家的视野。因此我们的文学出现了公式化、雷同化的现象。大陆的老电影,大家稍微看过的话,过去的样板戏,大家多少了解过的话,大家就会明白我所说的现象的严重。在这些作品里面,好人肯定是彻头彻尾的好,没有任何的瑕疵,有的话也顶多只是性格方面的,而不是道德方面的,比如说他爱好抽烟,性情暴躁,或者比较骄傲。如果描述到坏人,这个坏人肯定是彻头彻尾的坏,他尽管也是人的父母,却没有人的感情。而这种绝对化的写法实际上是违背了生活的真实面貌。我们可以把人分为各个阶级和阶层,而革命的时候也确实需要这样分,但作家写作的时候就必须打破这种阶级界限,把你所要写的所有的人都放在人的主题下,进行展示,进行分析。如果我们站在这样的高度,就会发现,即便是坏人,他也是人;即便是好人,他也是人。无论是怎么样顶天立地的英雄也有怯弱的时候,无论多么猥琐卑下的小人,也有善良的一面。即使是希特勒也可能会可怜一只掉在地上被踩得半死的蜜蜂;即便是武松这样的打虎英雄,但他打死一只老虎后,又出现两只老虎的时候,他也会感觉此生休矣。古人在他们的文学作品里面已经给我们树立了很好的榜样,那我们这些后来的作家在面对这个繁复时代的时候,在面对我们所要写的人物的时候,就应该学习他们这种成功的经验。那么回到刚才这个话题,我们当然可以歌颂那些在建筑工地上挥汗如雨的、为了中国最近三十年来飞速发展做出巨大贡献的农民工们。我们也可以歌颂那些面朝黄土背朝天的劳动者,正因为他们的付出,才使我们碗中有饭,身上有衣。我们当然也可以歌颂那些为了子女奉献出一切的父亲或者母亲们。我们可以歌颂所有善良的人,正直的人,勤劳的人,勇敢的人,但我们的文学作品当然也不能回避我们认为不良的阶级和阶层。我们当然可以批判那些靠不正当手段积聚巨大财富,然后又漠视天下还有无数穷人,而穷奢极欲地浪费和挥霍的人,但是写这些人的时候,就必须把他们当人来写,不能把他们当漫画式的小丑。

我在最高人民检察院所属的《检察日报》工作了十年。在这十年期间,我也接触到了很多贪官污吏,掌握了大量关于这方面的素材。因为检察院就是管反贪的,我在报社工作,又有记者身份,可以亲临很多审判现场,也可以查阅很多外人看不到的案卷。我就发现有很多贪官,他们实际上是非常可怜的人。我们现在所看到的贪官都是一副令人可憎的面貌,他们利用手中的职权,聚集了巨大的财富,他们包养情人,他们挥霍民脂民膏,确实可恨。我们提起这个阶层,确实是应该把他们处以重刑。但是你认真地研究每一个具体的贪官,就会发现他们确实各具特色,是不一样的。他们都是人,也就是说他们这些人并非一生下来就是坏人,跟遗传无关,跟基因无关。他们之所以变成了千夫所指的坏人,就是因为后来他们所处的社会环境,就是因为我们目前这种制度中存在许多缺陷,有空子可钻,有漏洞可钻,所以他们变成了这样的人。他们之所以变成这样的人,也是因为他们内心深处跟大家一样,都有人的软弱性,都有人的弱点。人的弱点是什么啊?就是贪图安逸、享乐,爱财,男人爱女人,女人爱男人。如果一个男人到了一个高位上去,手里掌握了很大的权力,那这个时候,不是你去找钱,而是金钱来找你!不是你去找漂亮的女性,而是漂亮的女性来投怀送抱!当然也有朋友把漂亮的女性作为礼物馈赠给他。那么在这个时候你能不能够抵挡住外来的诱惑,你能不能克制住你的欲望,就决定了你是一个贪官还是一个好官了。我也经常在夜里睡不着觉的时候暗自思量,如果我现在当了一个高官,别人送给我钱,我能抵挡吗?后来我想半天,我可以抵挡——我现在稿费足够花了!而且我也知道钱再多也是没有意思的。有人送我珠宝钻石我能够抵挡吗?我能够抵挡,因为我不喜欢这些。有人请我吃美食,我说我可以吃,因为吃不算犯罪。在香港中文大学,有人利用公款去大吃大喝可能就犯错误了;在内地这边,利用公款去吃点喝点不算犯错误,纪委是不管的,检察院都不管。后来我就想,有一个我非常喜欢的、非常漂亮的女性来找我,我能抵挡吗?后来我想可能挡不住!既然有这么一个可能挡不住的空隙,那就坏了。有人就说,这个人既不爱财,又不爱珠宝,就是喜欢女人。好了,我现在手中掌握巨大的权力,手中有块地皮,我可以批给你,用两千万卖给你,你转手就可以卖两亿,那么有一亿八千万的利润是吧?那些开发商们,用一亿八千万的利润帮我买女人,那什么样的女人还买不到?我喜欢什么样的女人都可以送来,喜欢中国的女人,就可以送来中国的女人;喜欢外国的女人,就可以送来外国的女人。那这就坏了!所以我想到这一点,我就感觉到我们应该从人的最本质的层面上,从人的欲望的角度来入手,来写我们所有的人。

那反过来也说,我们现在看到很多最下层生活的人,他们牢骚满腹,他们生活得确实很不容易,他们对社会各种贪腐现象恨之入骨,讲出来都咬牙切齿。我今年在我的故乡山东高密生活了四个月,跟我的侄子们、堂兄弟们、村子里那些我过去的小学同学们经常在一起聚会。聚集在一起,当然要议论这个社会,他们个个都义愤填膺,他们好像了解所有的官升官的门径。哪个人当了县委书记是走了谁的关系,哪个人发了大财是靠谁的关系;某个地方开了个巨大的商场,他们会说是谁谁谁的小舅子开的。讲起这些现象大家都是义愤填膺、咬牙切齿的样子,但我又感觉到他们目光中所流露出来的向往和羡慕。而他们和我吃饭的时候,总会提出这样那样的要求:"你现在是名人了,是很有名的作家,即使在中国没有名,在我们当地县上是蛮有名的,你肯定可以和我们的县长、书记说上话的,你的话很管用的。那么,好,我一个儿子在乡下的小学教书,求求你,能不能让他调到县城里面去?"所有的人都找过我办这样那样的事情,最后都要加上一句:"不要怕花钱啊!要不我先给你三万块钱。"是不是感觉到一种哭笑不得的境地?我们都在谴责腐败,说句难听的话,我们恨不得把所有的贪官都枪毙,处以极刑!但是当每个人涉及自家问题的时候,都想动用腐败的手段。他们最后一句话就是:"我们不缺钱,你不要怕花钱!你花钱了,把我们要办的事情办成就好了,自然我们也会给你报酬。"给我三万,我花了两万把他儿子调到县里去了,剩下的一万就是归我的了。不是暗示,而是非常明确地讲这事情。我就想,即便是我们这个社会中生活在最下层、最值得同情的这批人,当涉及具体的问题的时候,他们也要动用腐败的手段。我也想,我的这些弟兄们,我的那些可怜的乡亲们,假如他们当了县长、省长,他们能比现在的这些人好吗?他们能做到清正廉洁吗?他们能像香港的公务员那样严于律己吗？我画上很大的问号！所以我想，当我了解各个层面的人的诉求和欲望之后，我发觉人都是差不多的。不管是身处高位的人，还是在社会底层挣扎的人，区别就是他们所处的外部环境不一样。他们作为人的内心深处的欲望都是差不多的，而一旦把他们换位以后，他们的表现没有太大的区别。我想作为一个作家，最应该关注的就是这个层面的问题。

我们的作品，如果不从人性入手，仅仅是去追求奇闻逸事，追求社会上发生的光怪陆离的现象，那我觉得这是舍本求末，我们充其量再写一本《二十年目睹之怪现状》而已。大家都知道，鲁迅先生曾经对这本书做过评价，认为它是不上档次的文学作品。也有很多人议论，我们现在生活的社会远比作家描述的要精彩——小说没有想到的，社会上发生了；小说中描写的故事，根本不如现实生活中发生的更加吸引读者。那么小说还有什么用处？没有什么用处了；我一上网，什么都可以看到了。所以我说这是一个挑战，但恰好向我们提醒了：作家应该拨开这样的浮云迷雾，然后用小说最擅长的方式，来描述这个社会，为小说挣回光荣和存在的价值。所以这就要盯着人写，只可牢牢地贴着人写。作家汪曾祺先生曾经在很多场合讲过他的老师沈从文教他的一句话。沈从文当年在西南联大教书，汪曾祺就是他的学生。沈先生的经典之言就是："小说就是要贴着人写。"在前不久，我又稍微改了一下，改为"盯着人写"。贴着人写就是尽量地要让情节服从人物，要让你所有的描写都服从塑造人物的需要，要把写人和塑造典型人物作为写小说的第一个任务，最重要的任务。贴着人写就是要作家设身处地地推己度人，然后不是用作家自身的腔调，而是用人物自身的腔调去写作；不是用作家的思维来决定小说和故事的发展方向，而是用人物的思维、人物的性格来决定小说的故事走向。这毫无疑问是非常正确的,这就是我们中国传统小说最宝贵的经验。我们的传统小说最成功的地方也在于这点,就是每个人物都会发出自己独特的声音。王熙凤的声音是林黛玉发不出来的,刘姥姥的声音也是贾母发不出来的。我们当下的小说里面,是不是出现了这样的完全贴着人物来写的小说呢?我们小说里的许多人物是不是都在说着同样的话语,是不是都在传达作家的思想呢?作家是不是自认为可以经常让小说里的人物来代替他的思维?我想这种情况肯定是很多的,包括我自己在过去很多作品里面也犯过这样的错误。我把它改成"盯着人写"可能更狠一点,牢牢地盯着人的本性写,深入到人欲望的最深沉处去。这实际上包括两个含义,一个是盯着外部的人写,盯着小说里要写的人写;另外作家要盯着自己写,盯着自己的内心写。

改革开放这三十年来,我们出现了大量的文学作品。我们的作品批判社会的黑暗,揭露社会的黑暗,批判社会上种种不公平的现象,我们的小说里也塑造了很多的恶者、坏人和小人。但是我觉得我们缺少一种自我反省的精神,所有写小说的人似乎都是受害者,都是受苦的人,都是诉苦的人。很少有像陀思妥耶夫斯基那样的人,那样的作家,把自己当作罪人来写,敢于把自己的内心袒露给读者。未必说小说的人物跟作家自我就是等同的,但是我想作家有这种清醒的自我反省的意识,作家有着执行和敢于批判自我的勇气,那么即便他的小说里写的不是作家自身,小说里的人物依然闪耀着作家敢于解剖自我的勇气的光芒。我想,我们面对这样一个时代,如果我们不去透过现象看出本质,如果我们忘掉了写人这个最根本的准则,那么我们确实无所适从,确实写不出有价值的作品。这两年来,在大陆有一个话题被反复提起:既然说我们现在所处的是一个伟大的时代,那为什么我们没有出现伟大的文学作品？我自己也多次说过，尽管我得了这样那样的奖，但我觉得自己没有写出跟时代相匹配的伟大的小说。我没有写出来，我觉得我的同行也没有写出来。为什么大家写不出来？昨天我们座谈的时候也谈到这个问题。我们可以给作家找一个台阶来下——我们看一个社会的进步，十年可以作为一个阶梯，三十年可以作为一个历史时期；而对一个作家的一生来说，也可以这样分类，可以十年为一时期，或分成青年时期、中年时期和晚期。但对文学来讲，三十年还是一个很短暂的瞬间，而每个历史时期里面，能够出现一两部有代表性的作品就很不错了。我们说了多少年了，中国伟大的小说也不就是那么几部吗？我们不就是有一部《红楼梦》吗？大家所反复提及的。我们不就是有一部《水浒》吗？不就是有一部《儒林外史》吗？所有像《红楼梦》这样伟大的作品，几百年才出现一部，读者对当下中国这些作家不满是可以理解的。但是也请他们原谅，给大家一段时间，随着时间的推移，我们这些作家可能是不行了，也许年轻一代的作家就会写出像《红楼梦》那样伟大的小说来。

我再讲讲我个人的实践与感受。

我在 2000 年写《檀香刑》这部小说的时候，很多人问：为什么写这么一部小说？为什么在当下的时代里，我们的社会这么丰富，有这么多故事素材不写，偏要写一个清朝末年的故事？有这么多民族英雄不去歌颂，不去描写，为什么要去写一个刽子手？我说这是有原因的。我邻居中有一个退休的警察，他曾经在辽宁当过狱警，他退休回来经常说起他认识张志新，他也对我们描述过当年张志新在监狱里的一些情况，他也对张志新这个女人的宁死不屈表示很深的敬意。那么我就想：他这个人明明知道张志新是烈士，为什么他不对自己当年在监狱里当狱警进行反思呢？为什么不进行忏悔呢？而且从他的只言片语中,我也隐隐约约感觉到他也参与过虐待和处罚张志新的活动。我想：这样一个人该不该忏悔？但他毫无忏悔之意,他说："这跟我是没有关系的,我是一个狱警,我在岗位上,我要执行我上级领导的命令,他们要我们打她就打她,他们要我们把她的喉管切断我们就把她的喉管切断,因为她是反革命,因为她是被上面定的反革命,而我们是狱警,我们代表国家。所以我们个人没有任何的责任,有责任应该让社会、让国家、让历史承担去。"这个人实际上也是个很好的人,他跟我的父亲也是非常好的朋友,经常在一起喝茶。就是这样的事情引发了我很大、很久的思索,我感觉非常困惑。面对着这样的一些问题,两难的问题,我们究竟该怎么判断？这个人到底是有罪还是没有罪？他到底是该忏悔还是不需要忏悔？他是否可以像现在这样推得一干二净？他是否能够主动地替历史承担责任？他是不是可以认识到在这样一场巨大的罪恶当中,他这个参与者也是有罪的,他的手上也是沾满血的？由此我就想到我应该写一部小说,而恰好我看到了一些历史方面的资料,那我就开始构思《檀香刑》这部作品。

《檀香刑》写的是大清朝刑部的第一刽子手,他的杀人技巧是非常高超的,而且我也虚构了很多他们刽子手行当里面的特殊规矩,包括一些特殊的称谓,比如说：他们都叫第一刽子手作"姥姥",初进刽子手行当则叫作"外甥",有一定资历和经验的中年的刽子手,他们则叫"舅舅",这些是我虚构的；而且他们供奉的神像皋陶也是我想象的,他们在处斩犯人之前所进行的仪式也是我想象的。我觉得我的想象是贴近真实的,我从我们邻居老警察身上就发现狱卒的普遍的心态,他们都知道杀人是一种罪孽,他们刚开始也都能感受到用自己的双手来结束一个活生生的生命那种灵魂深处的震颤。他们也感受到作为特殊行当的人,在世人眼里的形象是什么,人们对他们既蔑视,又敬畏。这样的人,每天夜里能够睡着吗?如果他们能够睡着,他们用什么理由和借口来安慰自己?所有我笔下这个刽子手安慰自己的话语和我邻居狱警安慰自己的话语是完全一样的。到了最后,他们甚至产生了一种职业的荣誉感。这就是我们中国所信奉的一个准则:我干什么都要干得最好。行行出状元,我既然干了杀人这个行当,我就要杀得精美绝伦,杀得前无古人,后无来者,让同行敬佩我,让皇帝欣赏我。所以包括最后慈禧太后赏赐给他一把皇帝坐的龙椅,赏赐给他七品顶戴,这都是我的虚构。我想更重要的是延伸到受刑者,也延伸到他的看客。鲁迅先生在他的作品里对看客进行了批判。对看客的痛恨,也是鲁迅先生走上文学道路的重大推动力。这种看客现在依然是存在的,看客依然是我们每个人心里面都藏了的一种欲望。我们现在即便不出门,我们在网上也在围观嘛!我们每个人并不比鲁迅所描写的那些看客们文明多少。至于演戏,过去我们老百姓把刑罚当作一场大戏来看的,除了受刑的人之外,执刑的人也必须配合。鲁迅只写了处死的罪犯和老百姓看客,而我就添加了一个执刑者,构成了一部完整的戏剧。所以这部小说看起来是写历史的,实际上还是写现实的,还是从现实生活当中受到的启发,不过是借清朝的旧瓶装了时代的新酒。

因为时间关系,我确实没法把《檀香刑》其他方面展开来说。后来紧接着到了 2004 年我写了一部《四十一炮》。这也可以看作是一部社会问题小说,因为小说里面描写的是一个屠宰村,这个村里面所有的人家都是靠屠宰为生的,而他们杀猪杀牛的时候是公开往里注水,而注水肉是中国大陆食品当中存在的一个非常严重的丑陋现象,屡禁不止,到现在还是这样。我也在网上看过,我也实地考察过屠宰的实况,确实非常残酷。要杀一头牛,就要在这头牛没有被屠杀之前,打开它的血管往里强行注水,一头牛可以注进四桶水,一头猪可以注进两桶水。有时候就把刚刚宰掉的猪的心脏剖开,在它的主动脉插上胶水管,用高压水泵往里面注水。过去那种原始的注水方法已经不行了,用高压水泵就能确保把水注到猪的每个细胞里面去,这在屠宰村里被当作一项发明。而且为了保持肉质的新鲜,他们往肉里面也就是往水里面注入福尔马林液。我们学医的同学肯定知道福尔马林的作用,乡下的屠宰户们也知道它的作用,这样即便放一天,放两天,放三天之后,肉还是非常新鲜的。这样一种丑陋的社会现象,如果仅仅做展示,我觉得没有意义。所以我把这个注水肉、屠宰村当作一个外部环境来描写,重点是写了小说中"老兰"这个人物,这个人可以说是高压水泵注水肉的发明者,但他在村里面有极高的威信,所有的老百姓都说他好,因为他引领了大家共同致富。很多人发明这样一个致富的技巧都是秘而不传的,而他发明之后,公开传授给全村的屠宰户,传授他的经验,引领全村人们都富起来了。富起来了干吗?富起来修桥,修状元桥;盖学校,盖了全县最漂亮的学校。所以不但村里面的人说他好,乡镇里面、县里面的领导也认为他是个好人,要让他当政协委员,当人大代表。像这样一个人,实际上就代表了一个群体。在中国改革开放三十多年的历程当中,确实有新型劳动的英雄人物,也确实出现了一批这样的奇异怪胎。他们攫取巨大的财富,他们钻政府和法律的空隙,但他们身上又有一种冒险家的精神,他们准确地把握住了社会的脉搏,他们在非法和合法之间游刃自如。因此,他们成为时代的弄潮儿,也成为许多人所羡慕的时代的英雄,他们许多人头上都戴上了桂冠、花环,胸前又挂个勋章。所以我觉得从一件社会上司空见惯的丑陋现象入手,然后引发到对特殊性格人物的描写，才构成一部小说。假如我仅仅展示了各种各样注水肉的方法、屠宰村的黑幕，这样的小说不是小说。

我想在这里再讲讲《生死疲劳》里面我写的蓝脸，中国最后一个单干户。当全中国都实现了人民公社化的时候，只有我们村里面的蓝脸，只有他一个人在扛着，推着一辆木轮车，由一头瘸腿的驴拉着，牵驴的人是他小脚的女儿，她脑后留了条小辫子。只有他一个人跟全中国人民对抗，包括小说里面的人物说："你是全中国最后一个黑点，最后一个单干户。"他的地在人民公社的土地里面像一道堤坝，像茫茫大海里面的堤坝。人民公社的土地大量喷洒农药，他没有钱买，所有的害虫都跑到他的庄稼地里面。后来，他白天不出来劳动，晚上出来劳动。他说，太阳是你们的，月亮是我的，我夜间出来借着月光的照亮来劳动。他一直坚持到了1980年代，土地又包产到户了；每家农户都分地的时候，村民们都说他不用分了。当时我们把他当作是逆避着潮流的怪物，是茅坑里一块又臭又硬的石头，是那么一个令人作呕的反面人物形象。结果三十年后，我们发现他是一个敢于坚持自我的英雄，是一个敢于以个人的力量跟整个社会对抗的英雄。当然真实的人物是在"文革"时期吊死的，但我的小说里面一直延迟到了1980年代。

最后，我想聊聊最近的小说《蛙》里"姑姑"这个形象。也是因为生活中有这么一个人物，也是因为计划生育影响了中国人的生活三十年之久。我想，这个重大的社会事件只是我写小说的一个背景，我描写这事件的目的是为了塑造人物，展示在计划生育实施的过程中所发生的种种暴行和黑暗现象。并不是我要否定计划生育政策，我不否定，我也不赞扬，我的态度在小说里暗藏着。但是我觉得我的最根本的目的还是要借这样一件事来写人，因为我想我们都有经验，我们只要进行过创作实践的话都会知道,怎么样考验人物的性格,那只有把人放在风口浪尖来考验。这是我们过去很流行的一句话,"要让人在风口浪尖上锻炼"。我觉得就是应该把人放在风口浪尖上,把人物放在无数的两难境地里面。就像说你是一个妇科医生,你本来是负责接生的,你是天使,你要把生命迎接到人间,现在我要你去堕胎,让你去把别人腹中的活灵灵的生命扼杀掉,那么妇科医生的天职和荣耀与上级的政策产生如此强烈的对抗,在这样一个对立、对抗环境当中,作为一个人,你的内心会有怎么样的反应?

欢迎大家去读我的《蛙》!谢谢!

写作时应该忘记翻译家

——在第二次汉学家文学翻译国际研讨会闭幕式上的致辞

时间：2012年8月21日
地点：北京

尊敬的汉学家朋友、尊敬的作家同行、尊敬的出版界朋友，女士们、先生们：

第二次汉学家文学翻译国际研讨会即将闭幕，筹备这个会议花了两年，开完这个会议却只用了两天的时间，由此可见我们这次会议是高效率的，信息量是巨大的。

两天来，论坛高涨，群声鼎沸。朋友们"人人握灵蛇之珠，家家抱荆山之玉"，畅所欲言，各抒己见，从多个角度，探讨了在翻译中国文学、推介中国文学过程中的种种现象，种种心得。其中有成功的经验，也有失败的教训；有克服困难的喜悦，也有在障碍面前的犹豫与彷徨。这些，都是我们这次会议的宝贵收获。我相信，这次会议，对推动中国文学的海外翻译与出版，对提高翻译的质量，甚至对作家朋友们今后的创作，都将发挥积极的作用。为此，我站在作家的角度上，感谢诸位汉学家在这次会议上的精彩发言，感谢你们多年来为翻译中国文学、推介中国文学做出的卓越贡献和付出的艰苦劳动！感谢出版界人士和版权代理人为推介中国文学所做出的努力以及在发言中提出的宝贵建议。站在一个与会代表的角度，我们感谢为筹备这次会议付出了辛勤劳动的作协机关工作人员和其他人士。

正如许多汉学家所言，面对着浩如烟海的中国文学，确实有点茫然。不过，这个困难的问题，似乎有了一个解决的方法，来自俄罗斯的叶果夫先生说他能从一本书的字里行间是否发出青白色的光芒来判断其是否有价值，这是我们这次会议的一大收获——今后，各位汉学家朋友无法判定一本书是否有价值时，可到圣彼得堡去找叶果夫先生。这是玩笑。因为在叶果夫先生眼里发光的书，在别人的眼里未必发光。汉学家在从事翻译工作前，首先是个读者，他对那些被众人叫好的书未必喜欢，对那些被众人批评的书也可能一见钟情。但总体而论，真正优秀的中国文学，既是中国的文学，也是世界文学的一部分。那些能够打动外国读者的中国文学作品，必定是那些淋漓尽致地揭示了人类某些共同心态和共同情感的作品，也必定是那些深刻展示了处在变革中的中国社会的丰富性、多样性，乃至荒诞性的作品。总之，是来源于中国生活的、站在人的立场上、全面准确地写人的情感与人的丰富性的作品。优秀的文学有共同的特点，又具有各自的风貌，希望大家一起努力，争取把真正优秀的作品选出来推向世界。

在这次会议上，很多汉学家诉说了翻译过程中的困难。这些困难有的是来自不同的文化传统与社会背景，有些是来自作家的不同个性。因此中国文学的翻译家，首先应该是个汉学家，他不仅仅应该精通汉语，还应该对中国的历史、文化、社会生活有深入而广泛的了解。作家的创作个性，我想主要是通过语言表现出来的。创新的修辞、方言土语、民间幽默等等，都是作家语言的重要成分，都是形成他们风格的元素。尽管这些都会为翻译家制造麻烦,但我个人认为,还是应该坚持自己的个性,不能为了方便翻译而放弃自己认为应该坚守的东西。当然,写得直白简单未必就不好,但写得繁复华丽也未必不好。总之,还是要坚持自己认为最好的,包括语言、结构、人物等诸多方面。我曾在一次演讲中说过,作家写作时应该忘掉出版社,忘掉版税与印数,现在我再补充一句:写作时应该忘记翻译家。这不是故意与翻译家为敌,我相信很多翻译家是天才,你们有办法解决困难。许多很有个性的文本,都被你们成功地、创造性地翻译了,我希望你们继续接受来自作家的挑战!当然,我们不会扔下你们不管,我们愿意帮助你们解决困难,遇到"狗撵鸭子——呱呱叫"之类的问题,我们也会考虑妥协。对你们的合理的技术性建议我们也乐于接受。

把中国文学推向世界,不是一场运动,不是一阵狂风暴雨,而是一桩日积月累、和风细雨的工作。不要急,真的不要急,慢工出细活,心急吃不得热豆腐。事实证明,与其半生不熟地推出十本,不如精雕细琢地推出一本。当然,对于我们作家创作来说也是一样,与其粗制滥造一百本书,不如认真写好一本书。

最近几年,中国当代文学已经慢慢进入西方读者的视野,除了李白、杜甫,除了曹雪芹、鲁迅,很多当代作家的名字也为西方读者所知道。这是与在座的汉学家和不在座的汉学家的劳动分不开的。我希望大家把选择的视野放宽,更多地去发现那些年轻作家和尚未被大众注意的作家的优秀作品,不断地推出新人,塑造中国当代作家在海外的群体形象,立体地展示中国当代文学的多面形象。正像意大利汉学家李莎女士所说,这需要作家、汉学家和国家的共同努力,三位一体,可成大业!

谢谢大家!

在北京师范大学国际写作中心
成立仪式上的发言

时间：2013年5月13日

各位领导，各位嘉宾，老师们，同学们：

　　如果我们成立的是一个公司，那我们盼望着的是"买卖兴隆通四海，财源茂盛达三江"，嘉宾们恭贺我们的是"恭喜发财"，但我们成立的是一个"国际写作中心"，这个写作中心不是一个赚钱的机构，而是一个花钱的机构。过去，中国很少有这样的机构，但现在这样的机构渐渐多了起来。过去，我们中国的作家、诗人、学者等从事艺术工作的人，是经常被国外的此类机构邀请去的，他们负责我们的国际旅费，管我们吃，管我们住，还给我们讲课费和零花钱。这样的邀请对我们来讲，是很好的机会。我自己也有过多次被邀请的经历。每次接受了这样的邀请，我总是会想：这些外国人为什么会这样傻呢？他们邀请去一个木匠，可以为他们做家具；邀请去一个园丁，可以帮他们种花木；邀请去一个裁缝，可以为他们做衣服。可他们邀请了我们这样一伙人去干什么呢？

为了表达感谢之意,我曾经一大早起来,把主人院子里的落叶清扫干净;我会尽量减少对主人的麻烦,当然,更不会拒绝主人提出的要求。这骨子里大概还是一种农民意识。记得有一次与父亲一起看电视,电视里一个乐团在演出。我父亲指着那些演奏的人问我:"这些人平常干什么?"我说:"这就是他们的工作啊!"我明白我父亲的意思。其实,我灵魂深处也有这样的意识,那就是:只有种庄稼、做工才是有用的劳动;而吹拉弹唱,写写画画,是闹着玩的事儿,不能当成正当的职业。这样的意识很朴实,但发展到极端也很可怕。

现在,我们北京师范大学也成立了一个这样的机构,我们会邀请国内外的作家、诗人、学者、翻译家到我们中心来写作、讲学。我们也会负责他们的旅费,管他们吃,管他们住。我们当然也会给他们讲课费。由此,也可以看到中国的进步。发生这样的进步的原因,并不完全是因为经济的发展,而是一种观念的变化。

去年在瑞典,我曾经说过:"文学最大的用处,也许就是它没有用处。"其实,这话并不是我的原创。在我之前,很多人说过类似的话。文学艺术,不能充饥,也不能御寒,从物质的层面上讲,的确没有什么用处;但如果没有文学艺术,没有精神生活,人活着,也就没有太大的意义了。

我们北京师范大学国际写作中心,是一个写作的场所,也是一个学术研究的机构,更是一个交流的平台。我们希望有一种多方位的交流,不仅仅是中外艺术家之间的交流,也是中外艺术家与广大师生的交流。我们希望中国的和外国的著名的诗人、作家、学者成为我们中心邀请的客人,在我们学校里写作、研究、讲学;即便是不写作,不研究,不讲学,每天在我们校园里晃来晃去也可以。我们的目光不仅仅会盯着那些著名的人物,那些不那么著名的,但确有真才实学的人,也会受到我们的邀请,他们当然也会享受到我们给予的一切待遇,包括在我们校园里走来走去。

看起来我们做的是"赔本"的生意,但其实,我们"赚"到了很多。且不说他们会给我们讲课,与我们交流,即便他们真的什么都不做,只在我们校园里走来走去,那也是花钱也不一定能买到的事。

过去,我经常担心得不到国外的邀请;现在,我担心那些国外的和国内的同行们不接受我们的邀请。今后,在我们中心发出的每一封邀请信上,我都会写上一句话:朋友,请到我们北京师范大学校园里走来走去!

谢谢大家!

翻译家要做"信徒"
——在第三次汉学家文学翻译国际研讨会上的发言

> 时间：2014 年 8 月 18 日
> 地点：北京

没有翻译，就没有世界文学。这么说，听起来有些夸张，但有些道理。

中国文学作为世界文学重要的组成部分，是一个客观的存在。然而，中国文学若不经过汉学家、翻译家的努力，那么它作为世界文学的构成部分就很难实现。如同一件商品肯定是有价的，但这件商品如果不与购买者发生联系，商品的价值就难以实现。

这两年，围绕翻译问题，有很多争论，有各种说法。有争论是件好事，争论得越热闹，更能促进一件事情的进步与发展。

翻译是技术问题，也是学术问题，更是情感问题。所以关于翻译，关于如何把中国文学准确地翻译成外文，应该不断加深翻译家与中国作家之间的了解，也要加深翻译家同行间的了解，他们彼此间毕竟有着共同的特长。

关于翻译的争论，很多是技术问题，但它的根本问题是学术问题，它的基本翻译原则是"信、达、雅"。西方有很多的大翻译家，也是遵循"信、达、雅"的原则。有人说翻译家是"暴徒"，或是"叛徒"。我认为翻译家要做"信徒"；"信徒"符合翻译最基本的原则，就是准确。

我读过好几个版本的苏联作家肖洛霍夫的著作《静静的顿河》，对其中有些细节记忆深刻。翻译家金人先生描写，马烦躁不安时不断地"捯"动它的蹄子，后来我看到有些译本写成马烦躁不安地"移动"蹄子，虽然语言很准确，但是作为一个写小说的，作为一个读者，感觉"捯"字更加传神，更加符合中国人的阅读习惯。另一个细节是，小说里女主人公婀克西妮亚在与葛利高里最后逃亡时，葛利高里提醒妻子骑马时要提防马的毛病，马喜欢低头咬住骑马人的"菠萝盖"。我们都知道"菠萝盖"指的是"膝盖"，后来有的译本写"膝盖"。但是作为读者，我更喜欢"菠萝盖"，这是很生动、形象的口语。

将中国作家的作品翻译成各国语言的时候，翻译家也会面临很多诸如"捯""移动"、"菠萝盖""膝盖"的问题。作为中国作家，我希望你们"捯"，希望你们"菠萝盖"。总而言之，这是一个语言问题。"移动"虽然很准确地传达了原作品的意蕴，但是如果选择"捯"，就能使语言更加生动，更加传神。

另一个争论是翻译家在翻译过程中是否需要投入情感的问题。有一些汉学家认为应该是"零度翻译""零度情感"，把翻译当作纯粹的技术工作，翻译家应该冷静地进行各种技术工作。而当翻译家投入情感，一部作品深深地打动、吸引他，作品中的人物命运引发他内心深处情感的强烈共鸣，那么此时他的翻译就是带着情感的翻译。所以，我还是倾向于后者的这种做法。翻译家如果真的喜欢一部作品，就必定会与作家的情感建立某种共鸣，与书中人物的情感建立共鸣。这种情况下的翻译必然是情感投入的翻译,完全的技术翻译并不存在。

翻译中的情感投入,应该取得与作家情感的一致性,取得与作品中人物情感的一致性,这样做的难点在于各种社会背景与语言的差别。作为读者,在阅读作品时有可能会有误读,即便是中国读者阅读中国作家的作品也会出现误读。作家希望传达一种意象,而读者可能品出另一种味道。误读是普遍存在的现象,也是语言的魅力。我们希望翻译家在翻译时与作家的情感保持一致,那么即便有误读也没有关系,有时误读也是美丽的。当然,我认同翻译家应该投入感情,而这是以翻译技术的准确为前提的。

作为原作者,作为作家,我们自己也有态度。当然,我非常感谢翻译家的工作。没有翻译家,中国文学作为世界文学的一个组成部分就很难实现。然而,作为作家,写作的出发点是明确的,我首先是为中国读者写作;甚至有些更加强硬的作家认为,我就是为自己而写作,这都是可以的。为自己写作,未必不能写出伟大的作品;为全世界人民写作,也未必能写出伟大的作品。写作的时候,应该充分地保持个性,保持原创性。我在几年前也谈到,为人民写作也好,为自己写作也好,都可以,但就是不能为翻译家写作。

我们要将读者当作上帝、当作朋友,但在某种意义上,我们要将翻译家当作"对手",当作"敌人",就是要给他们制造难题,就是要让他们翻来覆去地斟酌、思虑。当然故意地制造一些翻译障碍没有必要,写作的时候要充分发扬自己的语言风格。当某个方言、土语可能会给翻译家制造困难,但用在这里又非常恰当,准确地传达出作家当时的情感,有益于塑造人物性格时,还是应该用的。作家在写作的时候,不应该为了让翻译家更方便而放弃自己的语言风格,这样得不偿失。我们也应该相信翻译家、汉学家的才华和智慧,中国作家的作品不论多么具有语言风格,也都能够找到方法进行翻译。

翻译工作确实非常难,真正的翻译还是富有创造性的,这种看法也受到一些质疑。有些看法认为,翻译家是不能创造的,翻译家的工作是技术性的。我说的创造是有限定的,把一种有风格的语言转译成自己国家的语言时,能够比较传神地、相对应地让原作的语言风格得以呈现,本身就是一种创造。

我们在阅读译成中文的外国文学作品时,并不会对翻译家的作品产生怀疑。前几年,有很多翻译家翻译出来的拉美文学作品,例如马尔克斯的作品,感觉到这种语言和我们惯常见到的语言风格不一样,令我们耳目一新。我们下意识地认为这就是原作者的语言风格。我们在读如巴尔扎克、雨果等法国一些伟大作家的作品,也感觉到原作的语言就是这样。这也是一种创造。这样一种语言,我认为也是汉语文学的重要组成部分。

喧嚣与真实
——在第三届南方国际文学周上的演讲

时间：2014年8月19日
地点：广州大剧院

过去演讲很少写稿，但这次非常认真地准备了半个上午。主办方昨晚通知我，要在上台前给我化妆，我拒绝了。因为我想，化妆可以把白的变成黑的，也可以把黑的变成白的，但是不可能把丑的变成美的。美的必须要化妆，依然很美；丑的无论如何涂脂抹粉都不会变美。所以我想还是以本来面貌见人为好，尤其在台上演讲的时候，更要给大家以真实面貌。一个人只有保持自己的真实面貌，才可能说真话，办真事，做好人。

其实一个人要保持本来面貌还是挺不容易的，因为我们每个人都生活在社会当中，我们除了要跟自己的家人打交道之外，还要跟社会上各个阶层的人打交道。学生跟老师和同学打交道，员工除了跟自己的家人打交道外，也要跟老板和自己的同行打交道，这样的社会结构就迫使每一个人都有几副面孔。无论是多么坦诚朴实的人，在舞台上和在卧室里都是不一样的,在公众面前和在家人面前也是不一样的。我想我们能够做到的,也只能是尽量地以本来的面貌见人。

今天演讲的题目叫"喧嚣与真实",这是主办方给我的题目。这个题目挺难谈的,看起来是涉及社会生活的两个方面,实际上是很多方面。社会生活总体上看是喧嚣的,喧嚣是热闹的。热闹是热情,是闹,是热火朝天,也是敲锣打鼓,是载歌载舞,是一呼百应,是众声喧哗,是捕风捉影,是添油加醋,是浓妆艳抹,是游行集会,是大吃大喝,是猜拳行令,是制造谣言,是吸引眼球,是人人微博,是个个微信,是真假难辨,是莫衷一是,是鸡一嘴鸭一嘴,是拉帮结伙,也是明星吸毒,也是拍死了"苍蝇",也是捉出了"老虎",是歌星分手了,是二奶告状了,是证明了宇宙起源于大爆炸,也是证明了宇宙不是起源于大爆炸。确实是众声喧哗。

我想,社会生活本来就是喧嚣的,或者说喧嚣就是社会生活的一个方面,或者说是本来面貌,没有任何力量能让一个社会不喧嚣。当然了,我们冷静地想一想,从多个角度来考量一下,喧嚣也不完全是负面的,喧嚣也是社会进步的一种表现。原始社会是不喧嚣的,我们去参观半坡遗址的时候,我们想象当时人们的生活场面肯定是不喧嚣的。我们回想中国漫长的封建社会,那时也是不喧嚣的。但是我们回想最近几十年来,我们1958年大炼钢铁时很喧嚣,二十世纪六十年代"文化大革命"时也是很喧嚣的,后来改革开放的前几年比较安静,但是最近十几年越来越喧嚣。这种喧嚣有的是有声的,是在广场上吵架,或者是拳脚相加;有时候是无声的,是在网络上互相对骂。我想,面对这样的社会现象,我们必须客观冷静地对待,既不能说它不好,也不能说它好。这样一种现象,就像我刚才说的,实际上也有正反两个方面。我们作为生活在社会中的个体,应该习惯喧嚣。我们要具备从喧嚣中发现正能量的能力；我们也要具备从喧嚣中发现邪恶的清醒——要清醒地认识到，喧嚣就是社会生活的一个方面，而使社会真正能够保持稳定进步的是真实。因为工人不能只喧嚣而不做工，农民不能只喧嚣而不种地，教师不能只喧嚣而不讲课，学生不能只喧嚣而不上课。也就是说，我们这些社会生活中的大多数人，还是要脚踏实地、实事求是，老老实实做人，踏踏实实做事，否则只喧嚣就没饭吃。

关于真实，我想也是社会更加重要的基础。真实不仅仅是一个社会的本来面貌，也是事实的本来面貌。有时候喧嚣会掩盖真实，或者说会掩盖真相，但大多数情况下，喧嚣不可能永远掩盖真相，或者说不能永远掩盖真实。我可以讲四个故事，来证明这个结论。

第一个故事是，几十年前，大概在二十世纪七十年代的时候，我的一个闯关东的邻居回来了，在村子里扬言他发了大财。他说他在深山老林里挖到了一棵人参，卖了几十万人民币，从村子东头讲到西头，又从西头讲到东头。很多村民争先恐后地请他吃饭，因为大家对有钱人还是很尊敬的，大家还希望一遍遍听他讲述如何在深山老林里挖到这棵人参的经历。我们家当然也不能免俗。我们把他请来，坐在我家炕头上吃饭。我记得很清楚，他穿了一件在当时的农民眼里是很漂亮的黑色呢子大衣，即便坐在热炕头上也不脱下。我记得我们家擀面条给他吃，我奶奶发现他脖子上有一只虱子，于是他的喧嚣就被虱子给击破了，因为一个真正有钱的人是不会生虱子的。过去人们讲穷生虱子富生疥子，我们知道他并没有发财，尽管他永远不脱下那件呢子大衣，但我想他的内衣肯定很破烂。又过了不久，这个人的表弟也穿了一件同样的呢子大衣，奶奶说："你这件大衣跟你表哥的很像。"他说："我表哥的就是借我的。"事实又一次击破了这个人喧嚣的谎言。

另一个故事是,我在北京的检察院工作期间,曾经了解和接触了很多有关贪官的案件。当然我不是检察官,因为我们是新闻单位,我们要报道,我是记者,了解了很多这方面的案例。其中有一个河北某地的贪官,他平常穿得非常朴素,上下班骑自行车,给人一种非常廉洁的形象。他每次开会都要大张旗鼓、义正词严地抨击贪污腐败。过了不久,检察院从他床下面搜出了几百万人民币,所以真实就把贪官关于廉洁、关于反腐败的喧嚣给击破了。事实胜于雄辩。

第三个是我的亲身经历。2011年我在故乡写作,有一次去买桃子,一个卖桃子的人看起来很剽悍,他也认识我,或者他认出了我。他一见面就说:"你怎么还要来买桃呢?"他点了我们市市委书记的名字说,某某某给我送一车不就行了吗。我说我又不是当官的,他干吗要送我。他马上说我是当兵的。实际上我也不是当兵的,我已经转业了。然后他说:"你们这些当兵的,我们白养了你们,连钓鱼岛都看不住,让小日本在那边占领。"我说小日本也没有占领。他说反正你们这些当兵的白养了。我问那怎么办。他说很好办嘛,放一个烟幕弹就把问题全解决了。尽管我心里很不愉快,但后来还是买了他五斤桃子。我问桃子甜吗,他说甜,新品种。我让他给我够秤,他说放心。结果我回家一称,只有三斤多一点,他亏了我将近两斤,然后一吃,又酸又涩。所以这个事实真相,又一次把卖桃人的喧嚣给击破了。

第四个故事也是我的亲身经历。我有一个亲戚,经常见面。每次见他,他都义愤填膺地痛骂当官的,咬牙切齿。但今年他的儿子参加中考,离我们县最好的中学的录取分数线差了五分,他就来找我了,说就差了五分,让我看看找一找人,让孩子能去。我说现在谁还敢,现在反腐败的呼声如此高,现在难了。他说他不怕花钱,他有钱。我想:让我去送钱,这不是让我去行贿吗? 我问:"这不是腐败吗?

你不是痛恨贪官污吏吗？现在你这样做不是让我帮着你制造新的贪官污吏吗？"他说："这是两码事，这是我的孩子要上学了。"这个真实也把亲戚反对贪官污吏的喧嚣给击破了。

我对这四个故事的主人公没有任何讥讽嘲弄的意思，我也理解他们，同情他们。假如我是那位亲戚，我的孩子今年中考差了几分，上不了重点中学，也许我也要想办法去找人，我也会跟我的亲戚说，不怕花钱。为什么会出现这种现象？为什么大家在不涉及自己切身利益和家庭问题的时候，都是一个非常正派、非常刚强、非常廉洁的人，而一旦我们碰到这样的事情，尤其是涉及孩子的事情时，我们的腰为什么立刻就软了？我们的原则为什么立刻不存在了？我想，这有人性的弱点，也有社会体制的缺陷。所以我讲这四个故事没有讥讽的意思，而是要通过这四个故事来反省，让每个人在看待社会问题的时候，在面对社会喧嚣的时候，能够冷静地想一想喧嚣背后的另一面。

我是一个写小说的，说得好听点是一个小说家。我想，在小说家的眼里，喧嚣与真实都是文学的内容。我们可以写喧嚣，但我认为，应该把更多的笔墨用到描写真实上。当然，小说家笔下的真实，跟我们生活中的真实是有区别的。它也可能是夸张的，也可能是变形的，也可能是魔幻的。但我想，夸张、变形和魔幻实际上是为了更加突出真实的存在和真实的力度。总而言之，面对当今既喧嚣又真实的风云万变的社会，一个作家应该冷静观察，要透过现象看本质。我们过去说，研究一个人，就是要听其言观其行。我们要察言观色。观察会让你获得大量的外部信息，然后要运用我们的逻辑来进行分析。我们要考量现实，也要回顾历史，还要展望未来，然后通过分析得到判断。在这样的观察、分析、判断的基础上，展开我们的描写，给读者一个丰富的文学世界。

图书在版编目(CIP)数据

我们都是被偷换的孩子/莫言著.—杭州:浙江文艺出版社,2020.5
(2021.3重印)
(莫言作品全编)
ISBN 978-7-5339-6004-9

Ⅰ.①我… Ⅱ.①莫… Ⅲ.①演讲—中国—当代—选集
Ⅳ.①I267

中国版本图书馆 CIP 数据核字(2020)第 022101 号

策划统筹	曹元勇
责任编辑	李 灿
封面设计	Compus·道辙
责任印制	吴春娟

我们都是被偷换的孩子
莫言 著

出版	浙江文艺出版社
地址	杭州市体育场路 347 号　　邮编　310006
网址	www.zjwycbs.cn
经销	浙江省新华书店集团有限公司
印刷	浙江新华数码印务有限公司
开本	650 毫米×970 毫米　1/16
字数	215 千字
印张	18.25
插页	5
版次	2020 年 5 月第 1 版
印次	2021 年 3 月第 2 次印刷
书号	ISBN 978-7-5339-6004-9
定价	46.00 元

版权所有　侵权必究
(如有印、装质量问题,请寄承印单位调换)